LOVERBOYS 21

HÜTTENFIEBER

**VON
D. VINING**

BRUNO GMÜNDER

Loverboys 21

Aus dem Amerikanischen von Gerold Hens
Copyright © 2000 by Bruno Gmünder Verlag
Leuschnerdamm 31, D-10999 Berlin

Originaltitel: Cabin Fever and Other Stories
Copyright © 1995 by Donald Vining
Published by Arrangement with International Scripts Ltd.

Umschlaggestaltung: Print Eisenherz, Berlin
Konzept: Stefan Adler
Coverfoto: Derek Powers/LPI
Druck: Nørhaven A/S, Dänemark

ISBN 3-86187-051-7

*Die in diesem Buch geschilderten Handlungen
sind fiktiv.*

*Im verantwortungsbewußten sexuellen Umgang
miteinander gelten nach wie vor die Safer-Sex-Regeln.*

BÄLLE

Bart empfand eine tiefe Befriedigung, als er sich hinter den Schreibtisch setzte, an dem er schon einmal als Pfadfinder gesessen hatte, als er Bürgermeister für einen Tag gewesen war. Damals war ihm das grandios erschienen, aber jetzt überwältigte es ihn nicht mehr. Schließlich war er jetzt gewählt, nicht ausgewählt worden.

Jener eine Tag als Jugendbürgermeister hatte ihm seinen Lebensweg vorgezeichnet. Seine gesamten Studien in der Schule und auf dem College seither, seine gesamte Praxis in öffentlichem Recht, all seine freiwilligen Einsätze für frühere Kandidaten hatten das Ziel verfolgt, einst an diesem Schreibtisch zu sitzen und zwar nicht nur für einen größtenteils zeremoniellen Tag, sondern für eine oder mehrere Legislaturperioden. Sein Stimmenvorsprung war nicht groß gewesen, aber trotzdem empfand er ein Triumphgefühl, denn er hatte ihn trotz der Tatsache errungen, daß er schwul war.

Nicht, daß er sich während des Wahlkampfs offiziell geoutet hätte. Im Gegenteil hatten viele der Frauen, die in seinem Hauptquartier so hart für ihn gearbeitet hatten, dies zweifellos getan, weil in ihren Hinterköpfen die Vorstellung lauerte, er sei ein Junggeselle, der vielleicht, sobald die Wahl vorbei war, auf den Gedanken käme, er brauche eine Frau mit ihren Qualitäten.

Die Opposition hatte natürlich in letzter Verzweiflung alles unternommen, um an die Homophobie der Wähler zu appellieren. Man hatte die skurrilsten Fernsehspots laufen lassen, in denen unterstellt wurde, der Bulle, der als Barts Bodyguard abgestellt war, müsse regelmäßig unaussprechliche Dinge mit seinem Schlagstock anstellen. Brads Wahlkampfversprechen, mehr Polizisten einzustellen, war weniger als ein Thema von Recht und Ordnung hingestellt worden, denn als Folge von Barts Gier nach einem riesigen Harem aus uniformierten Männern.

Wie die hochbezahlten Medienberater auf diese Idee gekommen waren, konnte er sich nicht vorstellen. In Wirklichkeit waren Bullen überhaupt nicht sein Geschmack. Diejenigen, die nicht von selbst fett wurden, sahen wegen dem ganzen Gerümpel um die Hüften – Knarre, Anzeigenblock, Handschellen und Gott weiß was – immer noch aus, als wären sie es. Bart mochte schlanke Männer, keine Fettsäcke. Viel konnte die Opposition über seine Vorlieben ohnehin nicht wissen, da er fast immer zu sehr damit beschäftigt gewesen war, die politische Leiter zu erklimmen, um viel über Sex nachzudenken, geschweige denn, Zeit dafür zu haben. Sie hatten einfach nur spekuliert wie so viele, da er mit sechsunddreißig noch nicht verheiratet war und sich nicht im geringsten bemühte, so zu tun, als träfe er sich mit Frauen.

Andere herabsetzende Fernsehspots in der letzten Woche des Wahlkampfs machten großes Aufhebens davon, daß der andere Kandidat eine äußerst auffällige Frau hatte, nur für den Fall, daß jemandem das Argument entgangen sein könnte. Das, so war Bart überzeugt, war nach hinten losgegangen. Die Gattin des früheren Bürgermeisters war ein sehr extravagantes, dominierendes Exemplar gewesen und hatte oft so getan, als habe man sie und nicht ihren Mann gewählt. In den

Fängen des Besitzers einer Zigeunerteestube, hatte sie darauf bestanden, daß die Termine und Maßnahmen danach ausgerichtet wurden, was in den Teeblättern zu lesen war. Die Wähler, vermutete Bart, begrüßten es, daß es keine Frau geben würde, die sich aufplustern, gewaltige Dekorationsrechnungen machen oder Kleidungsherstellern zusetzen würde, ihr Abendkleider zu ›leihen‹ – die, wenn sie sie anzog, aussahen, als würden sie sie tragen anstatt umgekehrt.

Barts Euphorie, an dem Schreibtisch zu sitzen, der so lange Mittelpunkt seines Ehrgeizes gewesen war, wurde abgewürgt, als Ralph Potter das Büro betrat. Potter, der Barts Wahlkampf so klug geleitet hatte, ohne sich auf die billigen Fernsehmätzchen einzulassen, war mit der Ernennung zu Barts oberstem Berater belohnt worden. Wie gewöhnlich strotzte er vor Ideen, und wie gewöhnlich hatte er eine Liste mit anstehenden Aufgaben bei sich.

Bart hörte zu und nickte, während Ralph die Liste der wichtigsten Maßnahmen durchging. Dann kam Ralph auf die Dinge zu sprechen, die in Angriff zu nehmen waren.

»Und wir müssen Zeit für den Tag einplanen, an dem du die Baseballsaison eröffnest, indem du den ersten Ball wirfst.«

»Was?!« rief Bart erbleichend. »Ich habe noch nie einen wie immer gearteten Ball werfen können. Mein Vater hat seine Glatze nicht nach und nach bekommen. Er hat sich vor Verzweiflung die Haare darüber ausgerauft, was für eine Flasche ich darin war.«

»Aber der Bürgermeister wirft immer den ersten Ball. Das ist Tradition.«

»Die Leute haben für einen Wechsel der üblichen Politik gestimmt. Wir fangen damit an, daß wir dieser Tradition ein Ende setzen.«

»Hast du eine Ahnung, wie wichtig der Hauptligabaseball

in dieser Stadt ist? Nicht nur die Steuern auf die Eintrittskarten, sondern auch das Geld, das die Fans von außerhalb ausgeben, wenn sie hier sind? Und wie die Dinge derzeit liegen, ist die Mannschaft der Stadt der Favorit auf den Sieg und wahrscheinlich die Weltliga.«

»Ach was? Und wenn ich den Ball nicht werfe, wird das nichts daran ändern.«

»Hab ich dir je einen schlechten Rat gegeben?«

»Bis jetzt nicht.«

»Dann nimm ihn an. Du darfst die Baseballfans nicht verprellen.«

»Ich schau mir nicht mal gerne Ballspiele an. Ich werd statt dessen zu einer Opern- oder Ballettpremiere gehen.«

»Die Unterstützung der Operntunten und der Balletttrinen hast du jetzt schon. Schon allein dadurch, wie du aussiehst. Aber du brauchst die Baseballfans, die ganzen Sofasportler, die die Spieler vom Fernsehsessel aus trainieren.«

»Ich sag's dir, so wie ich einen Ball werfe, kriegen die 'n Herzkasper.«

»Dann besorgen wir dir einen Trainer. Der wird deinen Wurf verbessern.«

»Einen Trainer, damit ich einmal im Jahr einen Ball werfe?«

»Vielleicht zweimal, wenn's die Mannschaft in die Weltliga schafft.«

»Ich schlage vor, wir machen einen Kompromiß, und statt den Ball zu schmeißen, singe ich vor dem Spiel die Nationalhymne. Das bekäme ich noch hin.«

»Zu prätentiös.«

»Nicht so wie ich's mache, glaub mir.«

»Die Biersäuferfraktion würde das nicht akzeptieren. Du mußt den Ball werfen. Ich suche jemanden, der es dir beibringt.«

»Meinst du, mein Vater hätte das nicht versucht? Noch bevor er aufgab, war er ein gebrochener Mann.«

»Vertrau mir. Ich fand's furchtbar, als mein Vater mir das Fahren beibringen wollte, aber als ich dann in die Fahrschule ging ...«

Barts Tag des Triumphs lag plötzlich in Trümmern. Wieso er mit all den schmierigen, bösartigen Fernsehspots seiner politischen Gegner fertig wurde, ohne mit der Wimper zu zucken, aber einen Horror davor hatte, sich vor ein paar Baseballfans zum Affen zu machen, war schwer vorzustellen. Vielleicht, weil er wußte, daß die Fernsehspots Schwindel waren, seine Unfähigkeit, einen Ball zu werfen, aber echt. Dieser Dreißig-Sekunden-Spot, der einen grinsenden Bart zeigte, der nach unten blickte (in Wirklichkeit auf einen schwanzwedelnden Hund, wie er sich erinnerte) war mit Naheinstellungen von Paketen und Ärschen von Polizisten gegengeschnitten gewesen, als ob er auf sie glotzen würde. Ralph war außer sich gewesen, als er es gesehen hatte, aber Bart hatte gemeint, jeder intelligente Wähler könne sehen, daß die Medienleute zwei völlig unterschiedliche Einstellungen ohne Bezug aufeinander zusammengestückelt hatten. Bei der Fernsehübertragung vom Baseball würden solche Tricks nicht möglich sein.

In den nächsten Tagen war jedoch so viel zu erledigen, daß der Gedanke an die Baseballsaison völlig in den Hintergrund gedrängt wurde. Bart mußte seine Geduld für ein beantragtes Interview mit der Gattin des ehemaligen Bürgermeisters zusammennehmen, die wie sich herausstellte, für ihn als Hausdame arbeiten wollte, da er doch keine Frau hatte. Während er all ihre Bemühungen, weiterhin im Rampenlicht zu stehen, abschmetterte, kam Bart der flüchtige Gedanke, sie würde sich auf die Chance stürzen, wenn er sie fragte, ob sie den ersten Ball werfen wolle. Wahrscheinlich würde sie es besser machen als er. Aber selbst wenn nicht, keiner würde von einer Frau erwarten, daß sie es gut machte, wie man es von einem Mann erwartete. Abgesehen davon, daß er ihr die Genugtuung nicht gönnte, wußte Bart, daß Ralph sein Veto gegen die Idee einlegen würde.

Als alle ihre Einfälle für eine Rolle in der neuen Stadtverwaltung zurückgewiesen wurden, wurde die Frau des früheren Bürgermeisters eingeschnappt. »Sie sind wütend auf mich wegen der Fernsehspots, die ich vorgeschlagen habe.«

»Ach, *Sie* waren das. Sie haben ja eine sehr abartige Phantasie.«

Das ekelerregende Lächeln – süßer als eine strenge Marzipandiät – kehrte nicht mehr auf das Gesicht der Dame zurück. Mit ihren Handschuhen auf den Handrücken klatschend stand sie jäh auf und sagte aus einer luftigen Höhe irgendwo im Himmel herab: »Nun, eigentlich bin ich viel zu sehr damit beschäftigt, meine Autobiographie zu schreiben, um viel anderes zu tun. Und man braucht uns in Japan, um einen Tee mit besonders prophetischen Eigenschaften zu begutachten.«

Sie machte auf dem Absatz kehrt und ging. Anstatt sich darüber Sorgen zu machen, was die Fans von seinen Fähigkeiten als Werfer halten könnten, stellte Bart fest, daß er nun die Vorstellung des höhnischen Gelächters dieser Frau verabscheute, wenn sie ihn im Fernsehen in Japan oder wo immer werfen sehen würde.

Als sie weg war, kam Ralph herein.

»Ich habe ihn gefunden«, sagte er.

»Wen gefunden?«

»Den perfekten Wurftrainer für dich.«

»Geht das schon wieder los?«

»Er wird dir gefallen. Toller Kerl – und diskret. Er wird nicht den Hauch eines Wortes darüber verlieren, daß er dich trainiert. Und da er seine Autobiographie schon geschrieben hat, brauchst du dir keine Sorgen zu machen, daß es dort rauskommt.«

Bart seufzte. Jahrelang hatte er sich in dem wohltuenden Wissen gesonnt, daß die Jahre vorüber waren, wo es irgend jemanden interessierte, ob er einen Ball werfen oder fangen konnte.

»Du erinnerst dich doch an die Zeit, als Roaree Martinez ein großer Star war, oder?« sagte Ralph.

»Die einzigen Namen vom Baseball, die ich kenne, sind Babe Ruth und Lou Gehrig, und das auch nur, weil sie einen Schokoriegel nach dem einen und eine Krankheit nach dem anderen benannt haben.«

»Seine Karriere wurde durch einen Autounfall beendet, aber solange er dabei war, war er toll. Und jetzt besitzt er ein Restaurant in der City – Roaree's Ribs. Netter Kerl.«

Kaut wahrscheinlich Tabak, dachte Bart. Angesichts des Besuchs der Frau Ex-Bürgermeister und dem jetzt, war das nicht einer seiner besten Tage.

Ralph arrangierte natürlich die erste Trainingsstunde, wie er fast alles arrangierte. Pflichtbewußt fuhr Bart zu dem heimlichen Rendezvous, das in Martinez' Landhaus stattfinden sollte, angesichts der unterbesiedelten ländlichen Gegend in erstaunlicher Nähe der Stadt. Nachdem er sein Auto geparkt hatte, war er gerade im Begriff zu läuten, als sich die Tür öffnete. Bart war vom Anblick der männlichen Schönheit vor ihm so perplex, daß er beinahe von der Treppe gefallen wäre. Mit einer Haut wie Vollmilchschokolade und einem herzlichen Lächeln, bei dem seine wunderschönen, blitzenden Zähne zu sehen waren, streckte Roaree Martinez Bart einen muskelstarrenden Arm entgegen und schüttelte ihm die Hand. Dann, da Bart zu verdattert zu sein schien, um sich bewegen zu können, zog Martinez ihn ins Haus.

Mit einem anmutigen Schwung des anderen Arms führte Roaree Bart zu einem Sessel.

»Es ist mir eine Ehre, Herr Bürgermeister.«

Martinez trug Jeans, die sich um einen Arsch zum Sterben spannten und vorne ein Paket aufwiesen, bei dem Bart das Wasser im Mund zusammenlief. Sein helles Hemd umrahmte einen Oberkörper mit wundervollen Brustmuskeln und vollen Titten, denen der größte Macker nicht hätte die Schau stehlen können. Bart hatte während seiner Arbeit im öffentlichen Recht schon viele tolle schwarze und braune Männer gesehen, ohne sich zu gestatten, von ihnen zu träumen, aber jetzt gingen seine Phantasien mit ihm durch. Er spürte, wie er sofort einen Ständer bekam. Es scherte ihn nicht einmal, ob es eine reine Mär war, daß Schwarze und Braune superbestückt seien. Roaree war begehrenswert, ob sein Schwanz nun groß wie ein Baseballschläger war oder klein wie ein Fingerhut. Bart wurde bei solchen Gedanken unwillkürlich rot. Außerdem hatte ein so knackiger Kerl wir Roaree sicher jemanden, ob Mann oder Frau, der ihn eifersüchtig bewachte.

»Ich komme mir total blöd vor«, sagte Bart, »daß ich für etwas Stunden nehmen muß, was jeder amerikanische Junge mit zehn kann – oder sogar mit sieben.«

»Die einen können das eine, die andern das andere«, sagte Roaree sanft und legte seinen muskulösen Arm um Barts Schulter. Bart hätte bei der Berührung beinahe in die Hose abgespritzt.

»Ich habe einen Bruder«, sagte Roaree, »der jedes Gerät reparieren kann, das je gebaut wurde, und ich kann kaum meinen Videorecorder bedienen. Dafür kocht er beschissen, und das konnte ich schon als Kind. Sie sind ein toller Anwalt, der schon für Freunde von mir Prozesse gewonnen hat, da brauchen Sie nicht zu können, was jeder kleine amerikanische Junge kann.«

»Das haben Sie sehr nett gesagt.«

»Ich hab noch einen anderen Bruder, der nichts mit Baseball anfangen kann. Sein Ding ist Basketball.«

»Keine Art von Ballspiel ist mein Ding. Kugeln und ich kommen nicht miteinander zurecht.«

»*Überhaupt* keine Kugeln?« fragte Roaree, wobei er leicht die Augenbrauen über seinen blitzenden Augen hob.

Die tiefe Röte, die Barts Gesicht überzog, beantwortete Roaree seine Frage, und er brach in freundliches Gelächter aus. Der Arm um Barts Schulter drückte zu.

»Es ist nett von Ihnen, daß Sie mir Ihre Zeit widmen«, sagte Bart.

»Mann, ich bin um alles froh, womit ich einem guten Bürgermeister helfen kann, im Amt zu bleiben. Wir hatten viel zu lange eine Stadtverwaltung, die sich nur für die Reichen interessiert hat. Hey, ich bin jetzt zwar reich, aber ich vergesse nie, daß ich mal arm war.«

Bart schaute sich um. »Sie haben einen sehr guten Geschmack. Oder irgend jemand sonst.«

Wieder errötete Bart über seine Unverblümtheit; er hatte auf den Busch geklopft, ob Roaree mit jemandem sein Leben teilte.

»Das ganze Lob gebührt mir«, sagte Roaree. »Bevor wir jetzt rausgehen und ein paar Bälle werfen, dachte ich, ich zeige Ihnen ein paar Videos, die mein Trainer von mir gedreht hat. Sie wissen schon, um mir zu zeigen, was ich richtig und was ich falsch mache. Ein Band in den Recorder einlegen und ihn zum Laufen bringen, schaffe ich grade noch. Nur das mit dem Programmieren scheine ich nicht hinzukriegen. Setzen Sie sich doch auf die Couch.«

Bart tat wie geheißen, während Roaree das Band einlegte. Als er zurückkam, um sich neben Bart zu setzen, reichte er ihm einen Ball.

»Halten Sie den, um ein Gefühl dafür zu kriegen.«

Das war es eigentlich nicht, wofür Bart ein Gefühl kriegen wollte.

»Zuallererst müssen Sie den Daumen so drumlegen.«

Roaree richtete Barts Griff um den Ball, und Bart fühlte sich von der Berührung des Ex-Sportlers wie elektrisiert. Selbst den Geruch seines Aftershave fand er verführerisch.

»Wieso zittern Sie?« fragte Roaree.

»Ich schätze, das erinnert mich daran, wie ungeduldig mein Vater immer war, wenn ich nicht …«

»Also, ich bin nicht Ihr Vater«, sagte Roaree mit beruhigender, tiefer Stimme. »Entspannen Sie sich. Sie sind ja ganz verkrampft.«

Während das Video ablief, machte Roaree seine Kommentare, aber seine starken Finger massierten dabei Barts verkrampfte Schultermuskeln. Unter seinen Berührungen entspannte sich Bart jedoch nicht; bei alledem wurden seine Muskeln nur noch steifer, bis sie sich so hart anfühlten wie sein Schwanz.

Bart versuchte, sich auf den Film zu konzentrieren und die Schwingungen zu ignorieren, die von dem sehnigen braunen Leib neben ihm und dem langen Bein an seinem eigenen ausgingen.

»Jetzt achten Sie auf den Wurf, der gleich kommt«, sagte Roaree, und die Hand, die bisher Barts Schultern bearbeitet hatte, packte urplötzlich seinen Schenkel. »Da. Sehen Sie die Armbewegung da?«

Bart versuchte, auf das zu achten, was Roaree ihm zeigte, aber tatsächlich grübelte er, ob er es wagen sollte, die Hand auf Roarees Schenkel zu legen. Das Atmen fing an, ihm Schwierigkeiten zu bereiten, so als wäre er beim Training und säße nicht auf einem Sofa.

Jetzt zeigte der Film die Spieler, die sich die Ärsche tätschelten und sich umarmten. Einerseits beneidete Bart sie, aber andererseits machte es ihn traurig. Es erinnerte ihn daran, daß diese Art von Berührungen Sportlertypen leicht von der Hand gingen und nicht als etwas Sexuelles interpretiert werden durften.

»Das reicht wahrscheinlich mit den Bändern«, sagte Roaree und drückte Barts Bein. »Wir gehen besser zur Praxis über.«

Roaree stand auf und drückte die Stoptaste.

»Oh, Mann«, sagte Bart. »Na, ich schätze, wir kommen nicht drum rum.«

Er stand ein wenig unsicher auf.

»Aber bevor wir rausgehen, *müssen* wir Sie erst mal lockermachen«, sagte Roaree, drehte Bart um, und schickte sich an, ihm ernsthaft die Schultern zu massieren.

»Mir schwirrt der Kopf von all den Hinweisen, die Sie mir gegeben haben.«

»Wissen Sie, Sie müssen sich wirklich keine Sorgen machen. Die Zuschauer erwarten gar nicht, daß Sie werfen wie ein Spieler.«

»Gut zu wissen.«

»Im Wahlkampf haben Sie immer so ein Selbstvertrauen ausgestrahlt. Ich bin gar nicht gewohnt, Sie so unsicher zu sehen«, sagte Roaree.

»Ich gehe Situationen, in denen ich mich unbehaglich fühle, aus dem Weg.«

Die massierenden Hände bewegten sich um Bart herum, und er fand sich in einer beruhigenden Umarmung wieder. Er spürte, wie sich Roarees Paket an seinen Arsch drückte und wußte, daß der Schwanz des Baseballspielers so hart war wie sein eigener.

»Ich glaube, es gibt nur einen Weg, dich locker zu machen«, flüsterte Roaree ihm ins Ohr und rieb sein Paket ganz offen an Barts Arschbacken.

»Ich …« Bart wollte etwas sagen, vergaß aber mit einem Mal, was es war.

»Ich habe das Gefühl, im Bett brauchst du nicht viel Training«, flüsterte Roaree, der seinen Leib immer noch an Bart preßte.

»Sei dir da nicht zu sicher«, antwortete Bart erstickt. »Seit ich in die Politik gegangen bin, habe ich dafür nicht allzu viel Zeit gehabt.«

»Na, auf dem Gebiet bin auch ein ganz guter Trainer.«

Roaree nahm ihn bei der Hand und führte ihn ins Schlafzimmer.

Roaree beim Ausziehen zuzuschauen, nahm Bart so in Anspruch, daß er ungeschickt an seinen eigenen Klamotten fummelte.

»Du bist doch nicht verheiratet oder …«

Roaree lachte. »Ich? Den meine Mannschaftskameraden fünfmal hintereinander zur Wertvollsten Tunte gewählt haben?«

»Du machst Witze.«

»Stimmt, aber sie hätten's getan, wenn sie sich getraut hätten. Mann, wie die in der Umkleidekabine ihre Manneszierde und die Ärsche bewacht haben. Und je unattraktiver sie waren, desto mehr taten sie, als hätten sie Angst vor mir.«

Die Unterhose war inzwischen abgestreift, und Roarees Schwanz, dunkler als sein übriger Körper, stand in einem Winkel von fünfundvierzig Grad von seinem Leib ab. Die Eichel war, wie Bart bemerkte, rosa wie Roarees Lippen, aber der Schaft und die Eier waren schwarz wie Lakritze. Hier gab es keine Vollmilchschokolade.

»Schönen Dreiteiler haben Sie da, Euer Ehren«, sagte Roaree grinsend, den Blick auf Barts Schwanz und Eier gerichtet. Auf diesem Gebiet war Bart nicht schüchtern. Er mochte vielleicht keine Kugel werfen oder fangen können, aber die größeren, die ihm da locker unter dem gierigen, steifen Schwanz hingen, bereiteten ihm keine Verlegenheit. Roaree, obwohl gut bestückt, war nicht besser ausgestattet als Bart und bewahrheitete den Mythos grotesk riesiger sexueller Anhängsel nicht. Wie sein übriger Körper waren Schwanz und Eier bewundernswert proportioniert. Gierig fiel Bart auf die Knie und schloß zärtlich die Lippen um die angeschwollene rosa Eichel.

»Mann, also darin brauchst du bestimmt kein Training. Du machst das sehr gut«, keuchte Roaree, als Bart die dicken schwarzen Eier zärtlich in die Hand nahm und sie zwischen den Fingern rollte.

Bart stieß ein leises befriedigtes Schnurren aus, als sein Mund zu seiner Zufriedenheit gefüllt wurde.

»Ich dachte ja, der Oberkellner in meinem Restaurant wäre ein begnadeter Schwanzlutscher, aber gegen dich ist der nur Regionalliga, ach was, Kreisliga«, sagte Roaree. Bart beugte sich ein wenig vor, zog mit der Zunge Roarees Eier in den Mund und saugte gefühlvoll daran.

Nicht bereit, jetzt schon zu kommen, legte Roaree abwehrend die Hand an Barts Kopf und wich von dem geschickten, gierigen Mund zurück. Er legte die Hände unter Barts Arme und zog ihn auf die Füße. Mit einer Umarmung, die Bart fast die Knochen brach, ging er an dessen Körper nach unten, züngelte an seinen Titten, bohrte ihm die Zunge in den Bauchnabel und erforschte mit ihr das feuchte Loch am Ende des Schwanzes, um dann den Mund über die Eichel zu stülpen und langsam über den Schaft zu gleiten, bis die Schamhaare an seinen Lippen kitzelten. Genau so langsam wich er wieder zurück, schlabberte zwischen Barts Beinen und fuhr mit der Zunge über seine behaarten Eier. Zuerst schluckte er das eine, dann das andere. Plötzlich war Bart, zum erstenmal in seinem Leben, froh, daß er nie einen Ball hatte werfen können. Wenn doch, dann wäre ihm das hier nie passiert.

Abwechselnd brachten sie sich gegenseitig mehrfach fast bis zum Abspritzen, hielten aber jedesmal rechtzeitig inne, um die Angelegenheit genußvoll auszudehnen. Dann drehte Roaree Bart um und zog provozierend seinen Ständer durch Barts Arschspalte. Bart spürte, wie sein Loch vor Begierde heiß wurde.

»Ich will das Ding drin haben«, flüsterte er heiser.

»Keine Angst, ist schon auf dem Weg«, versicherte ihm Roaree. Von einem Tisch neben dem Bett nahm er ein Päckchen feuchter Kondome. Er riß die Folie auf, plazierte einen Gummi auf der Eichel seines zuckenden Schwengels und rollte ihn über den Schaft. Barts Vorfreude wuchs. Der Rand seines Arschlochs stülpte sich aus, und dann spürte er Roarees Eichel. In einem behutsamen, stetigen Stoß bahnte sie sich ihren Weg. Anfangs spürte Bart einen leichten Schmerz, als der heiße, dicke Schaft sein Loch dehnte, aber bald entspannten sich seine Muskeln und ließen Roaree ganz ein. Er war abgefüllt, vollgestopft. Langsam, aber dann mit zunehmendem Tempo fing Roaree an, den Schwanz herauszuziehen, um dann wieder zuzustoßen, so daß seine geschwollene Eichel Barts Prostata immer wieder massierte. Als der steife Schwanz das volle Tempo aufgenommen hatte, war Bart völlig entspannt. Ihm war, als stünden unter den Stößen von Roarees Schwengel seine gesamten Eingeweide in Flammen. Roaree küßte ihn auf die Schultern und hielt die Arme fest um seine Brust geschlossen. Bart bearbeitete seinen eigenen Schwanz mit der Faust, bis Roaree die Sache selbst in die Hand nahm und ihn im Takt mit seinen Stößen abwichste.

Bart hörte, daß Roaree anfing zu keuchen. Der Spieler beschleunigte seine Stöße und wichste Barts Schwanz immer schneller, bis ihm ein Schrei aus der Kehle brach und sein

Körper erschauerte. Roaree bockte wie wild, stieß mit den Hüften zu und trieb seinen Steifen tief in Barts Arsch, während er seine Ladung abschoß. Barts Schwanz schwoll unter Roarees Griff an und spritzte Batzen um Batzen heißen Spermas in die Luft, während sich sein Arschloch um Roarees zuckenden Schwanz verkrampfte.

Ausgepowert lagen sie auf dem Bett, Roarees Kopf an Barts Schulter, während sie wieder zu Atem kamen. Roaree ließ seinen Schwanz in Barts warmem Arsch, bis er zusammenschrumpfte und hinausrutschte.

Bart wandte das Gesicht zu Roaree und sonnte sich in dessen schönem Lächeln. Sie umarmten und küßten sich.

»Ich hätte mir nie träumen lassen, daß das Baseballtraining so einen Spaß macht«, sagte Bart.

»Bis die Saison anfängt, bist du ein Superstar.«

»Das bezweifle ich zwar, aber ich habe keine Angst mehr. Wenn ich den Ball werfe und den Popcornstand treffe, fick mich.«

»Das ist die richtige Einstellung!« sagte Roaree. »Und in der Zwischenzeit fickst du *mich*!«

UNTER DEM BETT

Feuerwehrmänner sollten eigentlich Brände löschen. Ty O'Neill entfachte einen in mir.
Als der knackige Feuerwehrmann mit seiner Frau in der Wohnung über mir in dem aufgeteilten, ehemaligen Einfamilienhaus einzog, muß mein Blutdruck nach oben geschnellt sein. Ich hatte ihn schon oft gesehen und bewundert, wenn ich an der nahegelegenen Feuerwache vorbeikam, in der er arbeitete. Ich hatte ihn sogar schon ein Feuer im Einkaufszentrum löschen gesehen, und so, wie er diesen Schlauch vor sich hielt, erinnerte dieser unweigerlich an einen riesigen Schwanz. Und dann wohnte er urplötzlich über mir. Mit seiner Frau zwar, aber trotzdem … als Nachbar war er eindeutig sexier als die beiden alten Jungfern, die wegen ihrer Arthritis nach Arizona umgezogen waren.

Das Schlimmste, oder Beste, je nachdem wie man es sieht, war, daß ihr Schlafzimmer genau über meinem lag, und in dem alten Haus hatten die Wände Ohren. Das Quietschen der Bettfedern und das Wummern des Kopfendes an der Wand, wenn er es ihr besorgte, brachten mich buchstäblich zum Keuchen. Er legte alles rein, das kann ich euch sagen, und vorzeitige Ejakulation war ganz gewiß nicht sein Problem. Es ging immer und immer weiter, und indirekt genoß ich jeden Stoß. Manchmal, wenn die Geräusche und die Bilder, die sie vor meinem geistigen Auge heraufbeschworen, Fieberhitze in mir entfachten, warf ich die Laken ab, zog mir die Schlafanzughose aus, streckte die Beine in die Luft und stellte mir vor, er würde sich mit jedem Stoß in mich bohren anstatt in sein dralles Weib.

Jemand hatte mir erzählt, daß es für beide eine späte Heirat gewesen sei, daß Ty, wie viele Iren, bei seiner Mutter gelebt hatte, bis sie starb, und dann eine Kellnerin geheiratet hatte, die einige Jahre zuvor schon einmal verheiratet gewesen war und sich hatte scheiden lassen. Alles was ich über Ty sagen kann, ist, daß er, falls er zu Hause bei seiner Mutter nicht viel Sex gehabt hatte, das jetzt garantiert nachholte. Fast jede Nacht ging es *quietsch, wumm, quietsch, wumm* – und bei jedem Laut stieg die Temperatur in meinem hungrigen Arschloch.

Der Zugang zu ihrer Wohnung lag hinten im Haus, gleich vor meiner Küche die Treppe hoch. Wenn ich ihn von der Feuerwache nach Hause kommen sah, schnappte ich mir manchmal meinen Abfall und flitzte zu der Tür, die in die kleine Diele hinten führte, in der Hoffnung, ihn auf dem Weg zu den Mülleimern zu treffen. Normalerweise war er zu schnell und stürmte, gierig auf sein Essen oder sein Nümmerchen, je nach Tageszeit, zwei Stufen auf einmal die Treppe hoch. Alles was ich dann sah, war sein toller Arsch, der oben um den Treppenabsatz bog. Manchmal drehte er sich oben um und sagte, ›Hi, Nachbar‹, bevor er in seiner Wohnung verschwand.

Ein oder zweimal wusch er, nackt bis zur Hüfte, sein Auto in der Einfahrt und zeigte dabei den kleinen Wald aus Haaren, der sich von Brustwarze zu Brustwarze erstreckte, und all jene Muskeln, die ihm halfen, mit seinen schweren Schläuchen zu hantieren. Ich nichts wie raus zu den Mülltonnen, um so lange wie möglich rumzutrödeln und unverfängliche Gespräche anzuleiern, wie ›Na, der hat wohl schon 'ne Menge auf dem Buckel?‹, als ob mich das geschert hätte, oder ›Ihre Nummernschilder gefallen mir‹. Er hatte Schilder, auf denen TY-1-ON stand. Ich bekam äußerst knappe Antworten, höflich aber einsilbig. Er legte alles in das Putzen und Wienern seines Autos, so wie er alles reinlegte, wenn er seine Frau fickte. Ich hatte das Gefühl, kein Feuer der Welt könne eine Chance haben, wenn Ty O'Neill sich seiner annahm.

Es fiel mir nicht allzu schwer, in der Schwulenkneipe am andern Ende der Stadt meine Nummern aufzureißen, und einige davon waren im Bett auch sehr nett, aber bei den Geräuschen von oben staute sich eine gewaltige Lust in mir auf – diesen hyperaktiven Schwanz an diesem Muskelprotz zu sehen, zu spüren, zu lutschen und von ihm gefickt zu werden.

»Jesses, was ist denn das?« sagte einmal einer meiner bürgerlicheren One-Night-Stands, als der Krach oben anfing, gerade als er dabei war, meine Eier in den Mund zu nehmen.

»Hör 'ne Sekunde zu, und du findet's raus. Und dann stell dir hinter jedem Stoß 'nen bulligen irischen Feuerwehrmann vor.«

»Ich steh nicht so auf Arbeitertypen«, sagte er ein bißchen zickig.

»Ist auch egal. Am andern Ende ist sowieso 'ne Frau, nicht so was wie wir.«

»Ich verschwende meine Zeit nicht mit Heteros«, sagte er.

»Ich normalerweise auch nicht, aber der drängt sich mir geradezu auf. Das geht praktische jede Nacht so.«

»Hört sich nach 'nem Verehrer der Missionarsstellung an. Fleisch-und-Kartoffel-Ficker. Sehr langweilig auf die Dauer.«

»Ich werd's nie erfahren.«

Seine Frau machte nicht den Eindruck, als sei sie unglücklich. Ohne zu ahnen, wie neidisch ich auf die Rammelei war, die sie jede Nacht genoß, war sie bei den seltenen Gelegenheiten, da wir uns trafen, sehr freundlich. Eines Tages lief ich ihr im Supermarkt mit einem bis zum Überlaufen vollgestopften Wagen über den Weg.

»Müssen Sie hungrig sein«, sagte ich. »Ich habe gelernt, nie einzukaufen, wenn ich Hunger habe, sonst kauf ich den ganzen Laden zusammen.«

»Ach, ich leg nur einen Vorrat von Sachen an, die leicht zu kochen sind. Ich muß nach Illinois, weil meine Mutter krank geworden ist. Ty ist so dran gewöhnt, von seiner Mutter oder mir alles vorgesetzt zu bekommen, daß ich etwas besorgen muß, bei dem man nur eine Dose zu öffnen und es warm zu machen braucht. Und dann muß ich noch beten, daß er mit dem Dosenöffner zurechtkommt.«

»Hoffnungsloser Fall im Haushalt, was?«

»Ach, im Reparieren ist er gut, aber in der Küche …« Sie verdrehte die Augen.

Wenigsten, dachte ich auf dem Nachhauseweg, habe ich jetzt mal Ferien von diesem allnächtlichen *quietsch, wumm, quietsch, wumm* von dem Bett über mir.

Am nächsten Tag fuhr sie in dem Auto mit dem TY-1-ON-Nummernschild davon. Er winkte ihr von der Einfahrt aus nach und stieg dann die Treppe zu seiner Wohnung hoch, nicht zwei Stufen auf einmal wie gewöhnlich, sondern langsam und untröstlich, als gäbe es nichts mehr, worauf er sich freuen könne, wenn er oben ankam.

Das Bett war nicht völlig still, als seine Frau weg war. Ich hörte ein eher gedämpftes Quietschen. Schlang er etwa seine muskulösen Arme um das Kissen und rieb seinen geilen Schwanz zwischen diesem und der Matratze, so wie ich es als Jugendlicher gemacht hatte?

Seine Frau war schon eine Woche weg, als ich ihn nach Hause kommen hörte, während ich im Bademantel in der Küche stand. Wie immer, seit sie weg war, stieg er die

Treppe langsam hinauf. Dann hörte ich vom Ende der Stufen vor der Tür seiner Wohnung einen Fluch. »Verdammte Scheiße. Bescheuerter Blödmann.« Ich wollte gerade zurück ins Wohnzimmer gehen, als ich ihn mit wütendem Stampfen die Treppe wieder herunterkommen hörte. Es klopfte an meiner Hintertür. Als ich öffnete, sah ich vor mir einen schäumenden Feuerwehrmann, der aussah, als wolle er selbst gleich in Flammen ausbrechen.

Er versetzte sich einen Hieb an seinen tollen Schädel. »Können Sie glauben, daß ich mich aus meiner eigenen Wohnung ausgeschlossen hab? Hab doch tatsächlich die Schlüssel drinnen stecken lassen.«

Ja, das konnte ich glauben. Nur Kinder von berufstätigen Eltern wie ich lernen früh, nie ohne Schlüssel wegzugehen. Er jedoch war es gewohnt, daß jemand, Mutter oder Ehefrau, zu Hause war.

»Naja, morgen kommt Sharon wieder zurück. Schätze also, ich schlaf auf der Treppe. Geschieht mir recht dafür, daß ich so bescheuert bin«, sagte er jetzt etwas gefaßter.

»Das ist doch nicht nötig«, sagte ich. »Sie können gerne die Nacht über hier unten bleiben.«

»Ich will Ihnen ja keine Schererein machen. Aber wenn Sie eine Couch hätten ...«

»Noch besser, ich habe ein Schlafsofa.«

»Das ist sehr gutnachbarlich von Ihnen«, sagte er beim Eintreten. Dann fügte er ziemlich belemmert hinzu: »Ich nehme nicht an, daß Sie regelmäßig *Feuerwache 48* gucken?«

Nichts lag mir ferner. Ich hatte mir einmal ein Pornovideo, *Feuerwache 69*, ausgeliehen, in dem es um etwas ganz anderes ging, aber die Fernsehserie hatte ich mir nur ein paar Minuten lang angeschaut, bevor mich die brüllende Heiterkeit der Lachkonserve angesichts der faden Gags so ärgerte, daß ich umgeschaltet hatte. Ich beschloß jedoch, meine Meinung für mich zu behalten, wenn er sich dafür interessierte.

»Nein, aber ich wollte mir überhaupt nichts besonderes anschauen, wenn Sie's also sehen möchten ...«

Er grinste wie ein Schuljunge. »Es ist nicht besonders realistisch, was die Feuerwehr betrifft, aber lustig.«

Ich zeigte ihm, wo das Schlafsofa im Wohnzimmer stand, und holte Laken und eine Decke für ihn heraus. Er schaute sie an, als habe er keine Ahnung, was er damit anstellen sollte und es auch nicht herausbekommen würde.

Ty schaltete den Fernseher ein und hatte es sich schnell auf dem Sofa bequem gemacht.

Ich brachte ihm Eis, das er annahm wie jemand, der es gewohnt war, bedient zu werden. Als er es aufgegessen hatte, schob er den Teller beiseite.

»Das war gut. Danke.«

Endlich war die grauenvolle *Feuerwache 48* zu Ende, und Ty streckte sich und gähnte. Während er noch den Kopf zurückgelegt, die Augen geschlossen und den Mund offenstehen hatte, starrte ich ihm zwischen die Beine und auf seine dicke Beule mit dem Schwengel im Ruhestand.

»Ich frag mich, ob's okay wäre, wenn ich 'ne Dusche nehm. Nach der Arbeit auf der Feuerwache war ich noch mit 'n paar Jungs bowlen und hab ganz schön geschwitzt.«

»Schön. Ich habe schon geduscht. Ich hole Ihnen Handtücher.«

Er zog die Schuhe aus, stand auf und streifte das Hemd ab. Unter seinem Unterhemd zeichneten sich für eine Sekunde die Hügel starrer Brustwarzen ab, dann zog er es sich auch über den Kopf. Beim näheren Anblick der behaarten Brust, die ich bisher nur aus der Entfernung gesehen hatte, wurden mir ein bißchen die Knie weich. Völlig ungeniert öffnete er den Gürtel, knöpfte den Hosenstall auf und stieg aus seiner

Hose. Seine Beinmuskeln und der Hintern bewiesen unzweideutig die Kraft, die hinter seinen Stößen lag.

»Das Badezimmer ist ... na, ich nehme an, Sie wissen, wo es ist. Ich glaube, unsere Wohnungen haben den gleichen Schnitt.«

In Unterhosen machte er sich auf den Weg. Ich wartete ab, bis er drin war, bevor ich im Wäscheschrank ein riesiges Handtuch, das zu diesem Riesenleib paßte, heraussuchte. Ich klopfte an, und, wie ich es mir gedacht hatte, hatte er inzwischen die Unterhose ausgezogen und war splitternackt, als er die Tür öffnete. Zwischen seinen Beinen war ein Wald aus Haaren, der noch dichter war als der auf seiner Brust, und darüber hing ein fetter Schwengel, der tatsächlich wie ein Feuerwehrschlauch aussah. Eine Falte aus Vorhaut bedeckte völlig die Eichel, deren wuchtige Umrisse sich deutlich unter der schützenden Hülle abzeichneten. Außerdem hingen darunter tolle, lose, behaarte Eier, eines etwas höher als das andere. All das nahm ich mit einem einzigen raschen Blick auf, bevor er sich bedankte und die Tür wieder schloß.

Ich ging zurück ins Wohnzimmer und schaltete auf den Kabelsender um, den ich mir eigentlich hatte anschauen wollen, bevor ich meinen Gast aufgenommen hatte. Es war einer, der schweinische Filme zeigte, Heteropornos zwar, aber die Möpse und Mösen ignorierte ich und konzentrierte mich auf die superbestückten Männer, die saftiger waren als gewöhnlich in Schwulenpornos und daher mehr nach meinem Geschmack. Den Ton drehte ich herunter, da die Frauen immer so verdammt laut quiekten, wenn die riesigen Schwänze ein- und ausfuhren.

Ich ließ mich so gefangennehmen, daß ich es nicht hörte, als Ty mit bloßen Füßen aus dem Bad getappt kam. Er war im Wohnzimmer, ehe ich von dem Schlafsofa aufstehen und den Fernseher ausschalten konnte. Ich sprang auf.

»Nein, lassen Sie an. Das will ich sehen«, sagte er. »Haben Sie Kabel? Ich hab davon gehört, daß sie spät nachts so was bringen.«

»Leicht zensiert«, sagte ich.

Er blickte auf den Bildschirm und dann auf den Haufen Bettzeug. Ich glaube, er hatte gedacht, ich würde das Schlafsofa für ihn beziehen, solange er unter der Dusche stand. Ein angewiderter Blick stahl sich in sein Gesicht, dann schaute er wieder auf den Fernseher. »Jesses, da werd ich scharf«, sagte er, überflüssigerweise, denn ich konnte sehen, daß sein Schwanz in der Unterhose steif wurde. Er richtete sie, um dem wachsenden Ständer den Raum zu verschaffen, den er brauchte.

»Mich auch«, sagte ich und spreizte die Beine weiter, um meinem Arschloch etwas Kühlung zu gönnen.

»Schau einer sich den Schwanz von dem Kerl an«, sagte er. »Wie 'n verfluchter Hengst.«

»Sie haben's nötig«, sagte ich.

Er schaute nach unten und richtete erneut seine Unterhose, um das geschwollene Ding unterzubringen.

»Tja, sieht so aus.« Er streichelte ihn gedankenverloren, und mein Arschloch wäre fast in Flammen ausgebrochen. Ich stand auf und machte mich auf ins Schlafzimmer.

»Machen Sie ruhig weiter und schauen Sie, so lange Sie wollen. Die Nachbarn sind nicht da«, sagte ich mit einem Lächeln und hob den Blick nach oben zu seiner Wohnung.

Bedrückt, daß ich keine Anstalten machte, das Bett für ihn zu beziehen, schaute Ty sich den Haufen Bettzeug an.

»Also, äh, ich glaub nicht, daß es sich lohnt, das Bett zu machen. Ich kann ja einfach so auf dem Sofa schlafen.«

Mit diesen Worten folgte er mir zum Schlafzimmer, eindeutig in der Hoffnung, ich würde nachgeben, und das Bett für ihn beziehen. Als er in Sicht des riesigen Betts in meinem Schlafzimmer kam, kam ihm sichtlich ein Gedanke.

»Sie haben ja noch ein größeres Bett als Sharon und ich! Könnte ich mich nicht einfach – äh – neben Ihnen hinhauen? Hat doch keinen Sinn, wegen einer Nacht extra 'ne Garnitur dreckig zu machen.«

Ich zögerte, weil ich wußte, daß ich nicht eine einzige Minute Schlaf bekommen würde, wenn ich neben der Wärme dieses heißen Tiers lag und meine Temperatur auf vierzig steigen würde. Noch ein Blick auf seinen fetten Schwanz, und ich gab das Zögern auf.

Er fing meinen Blick auf und schaute an sich herab, worauf ein Lächeln über sein Gesicht zuckte.

»Okay?« fragte er.

»Okay«, willigte ich mit schwerer Stimme ein. Meine Zunge schien meinen Mund völlig auszufüllen.

»Dann schalt ich den Fernseher aus«, sagte er eifrig und tat es.

Ich zog den Bademantel aus und ging zu meiner Kommode, um mir Boxershorts herauszuholen, um darin zu schlafen, hatte aber nicht genügend Zeit, sie anzuziehen, bevor er zurückkam.

»Jesses, was für eine Sendung. Sie hätten sehen sollen, was die gemacht haben, als ich abstellte.«

»Nur gut, daß ich's nicht gesehen habe«, sagte ich. »In mir da drinnen brennt so schon alles.«

»Vielleicht brauchst du ja einen Feuerwehrmann, um's zu löschen. Zufällig ist grade einer in der Nähe«, neckte er mich.

»Das ist aber ein Großbrand«, sagte ich, während ich mich auf die Bettkante setzte und die Beine hob, um die Boxershorts anzuziehen.

Er glotzte mir direkt aufs Arschloch und fing an, die Unterhose herunterzuziehen. Sein Schwanz hüpfte steif nach oben, und seine Eier zogen sich eng an seinen Leib, bereit, ihre Ladung abzugeben.

»Ja, ich seh schon förmlich den Rauch aus deinem Arsch kommen«, sagte er und trat näher. Ich ließ die Boxershorts zu Boden fallen, hielt aber die Beine oben, so daß mein vor Gier zuckendes Arschloch direkt vor seinen Augen lag. Die Vorhautfalte, die ich im Badezimmer kurz gesehen hatte, hatte sich inzwischen zurückgezogen, und die zuvor versteckte Eichel schwoll stolz an; das Loch an ihrem Ende glitzerte und war feucht von Lusttropfen.

Als ich das sah, erinnerte ich mich, daß Vorsicht angebracht war, und beugte mich zum Nachttisch, um ein Kondom herauszuholen. Er war jetzt so nahe, daß mir sein toller Schwanz praktisch im Gesicht steckte. Ich öffnete das Päckchen, schob das Kondom über seinen langen Schaft bis zum dicken Ende, wo er in seinem Busch verschwand, und genoß das Gefühl seiner Dicke, Härte und Hitze. Mit den Fingern kämmte ich durch seine Schamhaare, bevor ich mich wieder auf den Rücken legte und die Beine in die Luft streckte.

Obwohl mein Schließmuskel vor Vorfreude gezuckt hatte, war er auf einen solchen Umfang nicht vorbereitet und leistete Widerstand, bis er die Kraft seines muskulösen Körpers hinter die pilzförmige Eichel legte, und drin war er; nicht ganz ohne Schmerz für mich, aber dem Schmerz folgte die große Befriedigung, von ihm ausgefüllt zu werden.

Mit den Händen hielt er meine Füße fest und fing an, mich mit seinem fetten Schwengel zu rammeln, genau wie ich es mir vorgestellt hatte, als ich ihn oben hatte bumsen hören.

Bei jedem Stoß klatschten seine haarigen Eier gegen meine. Ich streckte die Hand aus und fuhr mit den Fingern durch seine Brustbehaarung, wie ich es zuvor bei seinem Busch gemacht hatte. Zärtlich zwickte ich ihm die Brustwarzen und gelobte mir, daß ich noch vor dem nächsten Morgen daran lutschen würde. Und an den Eiern auch. Aber inzwischen war ich damit zufrieden, daß dieser Riesenkolben mich in den Hintern vögelte.

Mein eigenes Bett fing an, zu quietschen und zu wummern, wie ich es noch nie zuvor gehört hatte, aber ich brauchte keine Angst zu haben, daß irgend jemand außer den Mäusen im Keller es mitbekommen würde. Ich hoffte, er würde bis zum Abspritzen genauso lange brauchen, wie er bei seiner Frau zu brauchen schien. Ich wäre glücklich gewesen, den geilen Hammer für alle Zeiten in mir zu spüren.

Schließlich wurden die Stöße drängender und schneller und sein Atem kürzer. Als er in aufeinanderfolgenden Schwällen kam, stieß er ein Geheul aus, wie ich es droben noch nie von ihm gehört hatte.

Als er wieder so weit zu Atem gekommen war, um reden zu können, keuchte er: »Ist das Feuer in dir jetzt aus?«

»Ja«, sagte ich fast flüsternd, aber da ich nicht wollte, daß er den Schwanz herauszog, schlang ich die Beine um seine Hüfte und hielt ihn fest drinnen. Er beugte sich nach vorn, steckte die Arme unter meinen Leib und hob mich an, während ich ihm die Arme um den Hals warf.

Er ging durchs Zimmer, mich auf seinen tollen Schwanz aufgespießt, der nur sehr langsam schlaff wurde. Ich stemmte mich nach oben, dann ließ ich mich wieder auf ihn herunter, um ihn zu reiten, bis die letzten Tropfen seiner Ladung versiegt waren. Ich preßte mich an seine behaarte Brust. Zu meiner Verblüffung gab er mir einen Kuß.

»Das war genau das, was ich gebraucht hab«, sagte er. »Das war 'ne verdammt lange trockene Woche. Da hatte sich ganz schön was angestaut.«

Ich konnte sehen, daß er keine Witze machte, als er mich behutsam wieder aufs Bett legte, den Schwanz herauszog und mir das Ende des Kondoms zeigte, das mit seinem fetten, weißen Sperma gefüllt war. Ich streckte die Hand aus und quetschte es in den Fingern, um den Saft und die Kraft des Mannes zu fühlen. Schließlich ließ ich es ihn herunterziehen, und er brachte es ins Badezimmer, um es die Toilette hinunterzuspülen und sich den Schwanz zu waschen.

Ich schlüpfte unter die Decke und wartete darauf, daß er zurückkam. Er tat es und kuschelte sich eng an meinen noch nackten und erhitzten Leib. Seine Arme schlangen sich um mich. »Weißt du«, sagte er, »ich hätte Lust auf noch 'ne Runde morgen früh.«

»Dann können wir uns ja beide auf etwas freuen«, sagte ich und fing an, an der nächstgelegenen behaarten Titte zu knabbern, bis wir beide einschliefen.

HÜTTENFIEBER

Still lag Marc neben Cons mit starken Muskeln bepacktem nackten Körper. Er betrachtete den Streifen dunkler Haare, der von Cons Brustmatte in den dichten Busch aus Schamhaaren auslief. Im langsamen Atemrhythmus des Schläfers hob und senkte sich der Streifen. Bei jedem Atemzug erneuerte der herrliche Körper die Energien, die sie bei ihrem allerletzten Fick vergeudet hatten. Bald würde Con aufwachen. Er würde wieder neue Kräfte besitzen und seinen muskulösen Arm über Marcs Brust werfen, das behaarte Bein über ihn legen und zum zigstenmal in dieser elenden, verregneten Woche von ihm Besitz nehmen.

Auf dem Hüttendach trommelte der Regen sein Lied, das nun schon seit vier Tagen unaufhörlich andauerte. Ab und an hatte es sich zu einem leisen Plätschern abgeschwächt, das baldige Befreiung aus ihrer Gefangenschaft vortäuschte. Aber schon kurz darauf hatte es dann mit einer Gewalt geschüttet, die solche Hoffnungen mit hämischem Grinsen zunichte machte. Welche Mißgunst der Himmel auch gegen ihn zu hegen schien, Marc schleuderte sie mit einem Blick vom Bett nach oben zurück.

Der Sex war toll gewesen. Marc hatte ihn die ersten beiden Dutzend Male oder so genossen. Con war liebevoll, nahm Rücksicht auf Marcs zierlicheren Körperbau und achtete auch sonst auf alles, was Marc sich je von einem Lover gewünscht hatte. Es war nur so, daß man zwar manchmal Lust auf einen Bananensplit oder sogar zwei haben mochte, daß aber acht am Tag zu viel sind. Gefräßigkeit hat die Neigung, selbst die Lust auf Süßes abzuschwächen und den Appetit nach etwas Salzigem wie Brezeln oder Erdnüssen zu wecken.

Die Ferienwoche in Cons kleiner Hütte in den Wäldern war natürlich nicht als eine Nonstop-Orgie geplant gewesen. Als Con sie vorgeschlagen hatte, hatte er die vielen Möglichkeiten gepriesen, die die Gegend am Seeufer bereithielte: Schwimmen, Paddeln, Wandern. Er hatte auch davon gesprochen, die Stufen zur Veranda und das Dach zu reparieren. Marc hatte sich vorgestellt, er würde tiefgebräunt in die Stadt zurückkehren und mit festen Muskeln, um die ihn seine Freunde im Sportstudio beneiden würden. Der einzige Muskel, der bislang ein hartes Training absolviert hatte, war sein Schließmuskel.

Er dachte an das erste Mal zurück, als ihm Con aufgefallen war. Marc hatte wie so viele Schauspieler zwischen den Engagements als Kellner gearbeitet, als Con zum Mittagessen hereingekommen war. Con war auch gekommen, um zu sehen, wie sein frisch aus Griechenland eingetroffener Cousin sich an das Leben in Amerika gewöhnte. Marc mochte Demetrius und erklärte ihm zuweilen amerikanische Redensarten, die ihn verwirrten. Aber Marc hatte ihn nie für mehr als entfernt attraktiv gehalten und war überrascht, als er erfuhr, daß er einen Cousin wie Constantin hatte. Con war so atemberaubend. Und zusätzlich zu seiner körperlichen Schönheit hatte Marc sich von der Sorge angezogen gefühlt, die Con für einen, wie sich herausstellte, ziemlich entfernten

Cousin zeigte, und davon, daß er so oft herkam, um sich um ihn zu kümmern. Irgendwann hatte Con natürlich zugegeben, daß seine häufigen Besuche weniger erfolgten, um nach Demetrius zu sehen, als um seine Bekanntschaft mit dessen hübschen, blonden Kollegen zu vertiefen.

Verabredungen waren allerdings nicht leicht zu arrangieren. Con als Vertreter für Ausrüstung und Produkte für Frisiersalons mußte über weite Strecken von einem Termin zum anderen hetzen, um das Geld zu verdienen, das ihm sein Auto, seine elegante Kleidung, seine Wohnung und die Hütte im Wald, wo er gerne ausspannte, finanzierte. Marc seinerseits besuchte nachts seinen Schauspielerworkshop. Danach entspannte er sich mit seinen Schauspielerkollegen, die ebenso aufgedreht waren, von den Strapazen in einer Bar. Sie hatten es zu ein paar Verabredungen zwischen Cons Terminen mit Friseuren und Marcs Schauspielschule, dem Sportstudio und hoffnungsvollen Vorsprechterminen für Fernsehrollen gebracht, aber Gelegenheiten zu einem sexuellen Zusammentreffen schienen sich kaum zu bieten, so sehr es sich die beiden auch wünschten. Also, für diese ganzen frustrierenden Wochen hatten sie sich in den letzten Tagen weiß Gott mit einer Jahrespackung Sex entschädigt in ihrer viertägigen Gefangenschaft.

Kaum hatte Marc verraten, daß sein derzeitiges Engagement zu Ende gehen würde, hatte Con erwähnt, daß es ihm freistehe, seinen Urlaub zu nehmen, wann immer er wollte. Da Marc jederzeit eine andere Rolle bekommen könne (»Du überschätzt die Nachfrage nach meinen Talenten. Die nächste Rolle könnte Wochen auf sich warten lassen. Monate. Jahre. So ist das im Showbusiness.«), schlug Con vor, sich in die Wälder zu schlagen und eine wundervoll versaute Woche in der Wildnis zu verbringen. Marc fand es faszinierend, daß sich unter Cons großstädtischem Gehabe und der teuren Garderobe ein weitaus bodenständigerer Mann versteckte. Jetzt fiel es ihm genauso schwer, den weltgewandten Supervertreter in sich heraufzubeschwören wie anfangs den Waldbewohner. Con war nur noch nackter Leib und sexuelle Gier. Seit Tagen hatte ihre Kleidung aus nichts anderem bestanden als abgeschnittenen Jeans und Sandalen, und auch das nur selten. Von der kurzen Zeit abgesehen, die sie zum Kochen und Essen von Mahlzeiten aufwendeten, um ihre Energiereserven wieder aufzuladen, war Con nichts als ein haariger Macker mit Dauerständer gewesen. Außer Sex gab es nichts zu tun.

Es war nicht so, daß Con geschwindelt hätte, was die Woche betraf. Er hatte Werkzeug und Material für die erwähnten Reparaturen mitgebracht und hätte diese auch ausgeführt, wenn das Wetter es gestattet hätte. Die Hütte lag tatsächlich auf einer Lichtung am Ufer eines wunderschönen Sees, und im Hof standen unter Planen ein umgedrehtes Kanu und ein Boot. Sie in den letzten vier Tagen zu benutzen, hätte jedoch bedeutet, sie so oft ausschöpfen zu müssen, daß für Paddeln oder Rudern keine Zeit geblieben wäre. Con hatte Marc von Anfang an zu verstehen gegeben, daß die Hütte klein war. »Aber wir werden ja draußen sein, im Wasser, beim Holzsammeln und -hacken und so«, hatte Con zuvor gestrahlt.

Gewiß, Con hatte sich bemüht, so viel Abwechslung in ihren endlosen Sex zu bringen, wie es die Enge in der Hütte zuließ. Nachdem alle möglichen Stellungen im Bett – einschließlich über kreuz – langweilig geworden waren, hatten sie es in dem durchgesessenen Sessel getrieben; auf dem Bärenfell vor dem Kamin; auf dem Tisch; unter dem Tisch; im Stehen, während sie durch das Fenster dem niederstürzenden Regen zuschauten; auf dem Rücksitz des Autos; auf dem Fahrersitz des Autos; unter dem umgedrehten Ruderboot. Verzweifelt, etwas Neues zu erfinden, hatte Con sogar Marc den aktiven Part überlassen und Marcs Schwanz ein paar Stunden lang geritten. Es war eine nette Abwechslung, aber für einen in der Wolle gefärbten Macker wie Con doch etwas unbehaglich. Nach etwa zwei Dutzend Nummern hatte Con sich sogar auf ein bißchen Blasen eingelassen. Aber trotz Marcs Virtuosität stand das eindeutig nicht weit oben auf der Liste von Cons Lieblingspraktiken. Ungefähr an neunundsechzigster Stelle.

Vorsichtig schlüpfte Marc aus dem Bett und schlich zum nahen Fenster. Er schaute hinaus, um zu sehen, ob wenigstens eine winzige Spur von Licht am Himmel zu sehen wäre und damit die Aussicht auf ein Ende ihrer Gefangenschaft. Hin und wieder hatten Marc und Con darüber gesprochen, aufzugeben und in die Stadt zurückzufahren, aber ihr Optimismus hatte immer obsiegt, und sie hatten den Termin, an dem sie die Ferien als totalen Reinfall erklären würden, immer wieder hinausgeschoben. Am Fenster angekommen, stellte Marc fest, daß der Versuch, etwas zu sehen, vergebens war. Es hatte sich so viel Regen im Netz der Fliegengitter verfangen, daß da genau so gut auch kein Fenster hätte sein können, so wenig ließ sich von der Welt draußen ausmachen. Mit hoffnungslosem Achselzucken ging Marc zum Sessel. Vorsichtig setzte er sich und war etwas überrascht, daß er bequem sitzen konnte, wenn man die Rammelei bedachte, die sein Arsch in den letzten paar Tagen zu ertragen gehabt hatte. Er hatte das Gefühl, zu wissen, wieso so viele Umweltschützer sich Sorgen wegen der Überbeanspruchung von Erholungsgebieten machten. Ihm war, als sei sein Arsch genau im gleichen Zustand wie der Yosemity-Park.

Marc fing schon an, im Sessel einzunicken, als etwas – ein Geräusch – zu seinem Bewußtsein vordrang. Nicht wieder das Klopfen auf dem Dach, nein, dessen absolutes Ausbleiben. Ungläubig schaute er zu den Dachbalken empor. Der

Regen hatte aufgehört. Schnell, aber leise, flitzte er zu dem Stuhl, auf dem seine abgeschnittene Jeans lag. Hastig zog er sie an, schlüpfte mit einem wachsamen Blick auf den immer noch schlafenden Con in seine Sandalen und huschte zur Tür. Er mußte hier raus, und sei es auch nur für ein, zwei Stunden. Leise die Tür hinter sich schließend, hüpfte er über die gebrochenen Stufen der Veranda und flüchtete in die Wälder.

Daß es aus den Bäumen auf ihn niedertropfte und seine Haut naß wurde wie in einem leichten Regen, machte ihm nichts aus. Er war draußen, und die Hütte, die ihm zuletzt wie ein Gefängnis erschienen war, entfernte sich immer weiter. Vor Freude fing er an, beim Rennen zu hüpfen.

Marc hatte keine klare Vorstellung davon, wie weit er gekommen war, als er den kleinen Hügel über einem rauschenden Sturzbach erstieg. Vom Regen angeschwollen, toste der Bach um breite Felsen, überspülte kleinere, verbreitete sich hier und da zu Teichen, die weiter ins Land vordrangen als gewöhnlich. In einem dieser stillen Seitengewässer stand ein Angler, der die Schnur auswarf und wieder einrollte. Ein Sonnenstrahl, der durch die grauen Wolken brach, die den Himmel immer noch beherrschten, traf den Mann wie ein Scheinwerferspot und ließ sein lockiges, rotes Haar aufleuchten. Nur mit einer Badehose bekleidet, enthüllte der Angler einen Leib von elfenbeinerner Weiße. Wenn er die Angel auswarf, wellten sich die Muskeln seines hochgewachsenen jungen Körpers.

Etwa hundert Meter stromaufwärts war bei ein paar Bäumen ein Zelt aufgebaut. Vor dem Zelt befand sich eine improvisierte Feuerstelle aus kleinen Felsen. Beim Anblick des Zelts, das noch kleiner war als die Hütte, hoffte Marc, der Angler sei in den vergangenen verregneten Tagen nicht darin eingesperrt gewesen.

Unter dem Dach der tropfenden Bäume fing Marc an, sich

die Regentropfen von der Haut zu streichen, während er sich auf den Weg abwärts zu dem Angler machte. Noch mit Abstreifen beschäftigt, überhörte er das Summen in der Luft, als die Angelschnur nach hinten in seine Richtung peitschte. Plötzlich gab es einen Ruck an seiner Jeans, und als er nach unten schaute, stellte er fest, daß sich der Haken im Saum seiner Tasche verfangen hatte. Sein verwirrter Blick glich dem des Rotschopfs, als dieser sich umdrehte, um zu sehen, wieso seine Schnur sich bei freier Fläche verhakt hatte.

»Tut mir leid, ich hab nicht hingeschaut und konnte nicht ausweichen«, sagte Marc.

»Wo kommst du denn auf einmal her?« fragte der junge Mann in der Badehose keineswegs unfreundlich.

»Ich mach nur einen Spaziergang. Wegen dem Wahnsinnsregen war ich vier Tage in einer Hütte eingesperrt.«

»Wenn du meinst, 'ne Hütte wär schlimm, versuch's mal mit 'nem Zelt«, war die Antwort, während der junge Angler Haken und Köder überprüfte, um zu sehen, ob sie durch das Verfangen in Marcs Tasche auch nicht beschädigt waren.

»Würd's dich stören, wenn ich mich da drüben auf den Felsen setze und dir 'ne Weile zuschaue?« fragte Marc.

»Überhaupt nicht, solange ich weiß, wo du bist, und du nicht wieder den Haken abkriegst.«

Marc hatte noch nie jemanden kennengelernt, der angelte (das schien nicht zu Cons Aktivitäten zu gehören, wenn er sich in den Wäldern erholte), und beim Zuschauen kam ihm der Gedanke, es könnte ihm beruflich von Nutzen sein, wenn er je einen Part ergattern würde, bei dem er mit Rute und Rolle hantieren müßte. Er brauchte jedoch nicht lange, um zu erkennen, daß Angeln nicht weiter interessant war und er rasch alles gelernt hatte, was er wissen mußte, sollte der unwahrscheinliche Fall eintreten, daß er einen Naturburschen zu verkörpern hätte.

Das Angeln langweilte ihn, der Angler selbst jedoch keineswegs. Sein elfenbeinfarbener Leib war wundervoll proportioniert, fast unbehaart, und die Beule vorn in der Badehose war üppig. Zudem hätte das Gesicht, das sich mit zunehmender Häufigkeit in Marcs Richtung umdrehte, jedes Werbeplakat zieren können, das Marc je gesehen hatte. Für einen Angler, der seit Tagen die erste Gelegenheit zum Angeln bekam, schenkte der Rotschopf seinem Besucher auffällig große Beachtung. Er drehte sich gerade wieder zu Marc um, als es an seinem Haken zupfte und er sich rasch wieder seiner eigentlichen Beschäftigung zuwenden mußte.

Die Forelle, die er an Land zog, war eine beachtliche Schönheit. Nachdem er sie in seinem Kescher untergebracht hatte, widmete sich der Rotschopf noch eine Weile eifrig dem Angeln. Nach kurzer Zeit allerdings schaute er wieder mit einem Lächeln in Marcs Richtung, das Marc verstanden hätte, wenn es von einem anderen gekommen wäre, in diesem Fall jedoch war er sich nicht sicher. Als er nach unten zwischen seine Beine schaute, wohin der Blick des Anglers gerichtet schien, stellte Marc fest, daß sein tieferhängendes Ei aus der abgeschnittenen Jeans baumelte und die Spitze seines Schwengels, der beim Anblick der Alabasterhaut der Schönheit in Badehose steif geworden war, ebenfalls ins Freie lugte. Er zog seine Shorts nach unten, worauf der Angler enttäuscht die Stirn runzelte. Wieso er rot wurde, wußte Marc nicht, hatte aber das Gefühl, sein Gesicht müsse so rot geworden sein wie die Haare seines Bewunderers. Genau in diesem Moment biß wieder ein Fisch an und wurde rasch aufs Trockene gezogen.

»Zwei von der Größe müßten eine schöne Mahlzeit abgeben, wenn du Lust hättest, zum Abendessen zu bleiben«, sagte der Angler, während er sich Marcs Felsen näherte.

»Liebend gern«, sagte Marc locker, stand auf und zerrte

erneut an seiner Shorts, um den Schwanz zu bedecken, der zu einem öffentlichen Auftritt entschlossen schien.

»Ich heiße Gerry«, sagte sein Gastgeber und streckte die Hand aus, um die von Marc fest zu drücken.

»Ich heiße Marc.«

Sie machten sich auf den Weg zum Zelt.

»Ich fang nicht gerne mehr, als ich essen kann, es sei denn, ich fahre in die Stadt zurück, wo ich sie einfrieren kann«, sagte Gerry.

»Kann ich bei irgendwas helfen?«

»Setz dich einfach da hin, und sieh schön aus«, war die verblüffend offene Antwort.

»Du hast's nötig«, sagte Marc nach einem ungläubigen Schlucken. Sie tauschten ein vielsagendes Lächeln, und es war klar, daß sie mit Auf-den-Busch-Klopfen nicht viel Zeit würden verschwenden müssen.

Gerry holte etwas einigermaßen trockenes Feuerholz unter einer Plane neben dem Zelt hervor und machte Feuer. Marc bewunderte Gerrys Geschicklichkeit, während dieser den Fisch für die Pfanne zubereitete.

»Du scheinst dich auszukennen, wenn's drum geht, Fische zu säubern.«

»Einer meiner unzähligen Onkel hatte einen Fischladen. In meiner Jugend ließ er mich dort bei sich arbeiten. Und natürlich bekam ich immer das dreckige Fischeausnehmen ab.«

Gerrys Talente waren mit dem Ausnehmen der Fische jedoch nicht erschöpft. Mit großen Augen sah Marc zu, wie er selbst unter diesen primitiven Bedingungen die Fische mit Mandeln, Petersilie, Zitronenscheiben und allen anderen Zutaten garnierte, wie es in einem feinen Restaurant üblich gewesen wäre.

»Wenn du rangehst, gehst du stilvoll ran«, lächelte Marc.

»Ich koche gern. Auf der Feuerwache erledige ich die ganze Kocherei«, verriet Gerry stolz.

»Du bist Feuerwehrmann?«

»In den Fußstapfen meines Vaters und noch einem von meinen vielen Onkeln.«

»Ziehen die dich auf der Feuerwache nicht damit auf – damit daß du gern kochst, meine ich«, erkundigte sich Marc.

»Die essen genau so gerne, wie ich koche. Meinst du, die sind so blöd, daß sie sich um das gute Essen bringen, indem sie mich auf die Palme bringen?« fragte Gerry mit hochgezogenen Augenbrauen.

»Wohl kaum.«

»Außerdem profitiere ich von der Legende, daß rothaarige Iren ein hitziges Temperament haben. Hab ich eigentlich gar nicht, aber die Leute achten darauf, mir nicht auf die Zehen zu treten.«

Als das Essen serviert war, setzten sich die beiden Männer auf zwei Felsen und aßen von Papiertellern ein Mahl, das feinstes Porzellan verdient hätte. Eine Weile gaben sie sich den Gaumenfreuden hin, nicht jedoch ohne immer wieder Blicke der Bewunderung zu wechseln, sowohl dessen, was sie sahen, als auch dessen, was sie aßen.

Kaum waren sie fertig und seufzten gut gesättigt auf, als der Regen wieder zu fallen begann.

»Nein, nicht schon wieder«, schrien sie im Chor.

Sie warfen die Papierteller, die schnell Feuer fingen, in die Flammen, aber bevor sie noch verbrannt waren, wurde aus den wenigen warnenden Tropfen ein Wolkenbruch.

»Schnell ins Zelt«, brüllte Gerry. So kurz die Entfernung zu dem Unterschlupf jedoch auch war, waren sie bereits durchnäßt, als sie die Bahnen hinter sich schlossen.

»Viel hast du ja nicht an, aber das ist auch schon durch und durch naß. Wenn du in der nassen Shorts hier rumsitzt, kannst du dir noch eine Lungenentzündung holen«, sagte Gerry lüstern. »Du ziehst die besser aus.«

»Das Risiko geh ich lieber nicht ein«, sagte Marc lächelnd und zog sie aus. Sein Schwanz federte nach oben.

»Ich hab 'n paar Handtücher da. Wir können uns ja gegenseitig abtrocknen«, sagte Gerry, während er die Badehose auszog. Befreit von der Enge des eingenähten Sackhalters, hüpfte sein Schwanz ebenfalls hoch. Die Vorhaut ähnelte irgendwie der Düse eines Feuerwehrschlauchs, als sie sich über Gerrys vor Lust größer werdenden Schwanz zurückzog.

Gerrys Berührungen mit dem Handtuch waren abwechselnd rauh und zärtlich, und es wäre Marc schwergefallen zu sagen, was erregender war. Als Gerry ihn umdrehte, um ihm die Brust trockenzureiben, ragte Marcs Schwanz steifer in die Höhe als die Stange, an der die Feuerwehrleute aus dem Schlafsaal zu der Garage mit den Feuerwehrautos herunterrutschen.

Gerry fiel auf die Knie und fing an, Marcs langen Schaft zu lecken. »Der perfekte Nachtisch«, murmelte er zufrieden, um sich dann vorzubeugen und an den Eiern zu lutschen. Marc schnappte nach Luft.

Gerry nahm die Eier zärtlich in den Mund, zuerst das eine, das tiefer hing, dann das andere, das angefangen hatte, sich im Sack nach oben zu ziehen.

»Feuerwehrmann, du löschst kein Feuer, du gießt noch Öl rein«, keuchte Marc. Heiß begehrte er, selbst an die Reihe an Gerrys steifem Schwengel zu kommen, dessen rosa Eichel sich jetzt völlig von der Vorhaut befreit hatte und wie ein saftiger Pilz aussah.

Zärtlich gab Gerry die Eier aus seinem Mund frei und fuhr mit der Zunge wieder über den heißen Schaft, schloß die Lippen über der pochenden Eichel und ließ sie sich langsam in die Kehle gleiten. Mit einem tiefen glücklichen Seufzer überließ Marc sich völlig der Freude, daß die eine Körperstelle, die Con vernachlässigt hatte, nun auch ihren Platz an der Sonne bekam, wäre das in dem strömenden Regen möglich gewesen.

Bald zog Gerry ihn zu seiner Matratze, und sie legten sich nieder. Marc strich mit den Händen über Gerrys glatte, unbehaarte Haut und küßte sie leidenschaftlich. Dann bahnte er sich seinen Weg über den langen, leicht muskulösen Körper nach unten.

»Ich wünschte, ich hätte dich die letzten vier Tage hier gehabt«, stöhnte Gerry. »Das hier schlägt Patiencelegen um Längen.«

Marc gab keine Antwort. Demosthenes mochte ja vielleicht fähig gewesen sein, mit Kieseln im Mund zu sprechen, aber hatte er es je mit einem Schwanz versucht? Seine Lippen streiften die roten krausen Haare von Gerrys dünnem Busch. Der lange Schwanz stieß hinten an Marcs Kehle und schnitt ihm für einen Sekundenbruchteil die Luft ab. Langsam zurückweichend fuhr er mit der Zunge über den Schaft zu den Eiern. Sie waren kleiner als seine und hingen nicht so tief herunter. Es waren jedoch perfekte kleine Kugeln, die diesen Namen wirklich verdienten. Seine eigenen waren eher eiförmig. Sie legten sich gegeneinander, und Gerry konnte offenbar nicht genug davon kriegen. Sein Mund schloß sich mit sichtlichem Behagen über ihnen. Er schien hin- und hergerissen zwischen dem Wunsch, den Schwanz und die Eier zu lecken, und wechselte immer wieder ab. Marc hatte dieses Problem nicht. Was Gerry an Ausstattung bei Eiern und Schambehaarung fehlte, machte er durch seinen zuckenden Schwanz, der sich bis zum Anschlag in Marcs heiße, gierige Kehle bohrte, mehr als wett.

Ein Beben in Gerrys Körper und das immer schnellere Keuchen warnten Marc, daß Gerry gleich kommen würde. Er gab den Schwanz aus dem Mund frei und nahm ihn in die Hand, bevor er ihn jedoch auch nur einmal gewichst hatte, schoß eine Spermafontäne in die Luft und fiel ihm auf Bauch und Nabel zurück. Fast im gleichen Augenblick griff Gerry, der den Mund von Marcs Schwanz genommen hatte, um einen lauten, lusterfüllten Seufzer auszustoßen, nach Marcs Schwengel und brachte ihn mit ein, zwei Bewegungen dazu, einen Riesenbatzen abzuspritzen.

Sie drehten sich um, um Kopf an Kopf zu liegen, und Marc küßte Gerry, und sie umarmten sich dankbar für die Lust, die sie einander bereitet hatten. Erschöpft und befriedigt lagen sie sich in den Armen, bis sie hörten, daß das Klopfen des Regens auf der Zeltbahn aufgehört hatte.

»Es hat aufgehört«, sagte Marc. »Ich sollte jetzt wirklich zurückgehen.«

»Wohin zurück?«

»Ich verbringe eine Woche mit einem Freund in seiner Hütte. Ich hab ihn schlafen lassen, ich mußte einfach mal 'ne Weile raus.«

»Ich weiß, wie das ist«, stimmte Gerry ihm zu.

»Aber er ist wirklich ein toller Typ, und ich will nicht, daß er denkt, ich sei ganz abgehauen. Ich brauchte nur mal 'ne Abwechslung.«

»Klar. Das ist ein Grund, weshalb ich zum Angeln gehe. Wenn Jake mir über ist, fahr ich einfach los.«

»Jake?«

»Der Kerl, mit dem ich eigentlich zusammenwohne«, erklärte Gerry augenzwinkernd.

»Auch ein Feuerwehrmann?«

»Nein. Er hat 'ne Kneipe.«

»Halten's die anderen Feuerwehrmänner nicht für komisch, daß du mit 'nem anderen Mann zusammenlebst?« fragte Marc.

»Offiziell wohne ich zu Hause bei meiner armen verwitweten Mutter und drei unverheirateten Schwestern. Der unverheiratete irische Junggeselle, der zu Hause wohnt, ist noch so ein Stereotyp zu meinem Vorteil. Ich schau zwar ziemlich oft rein, aber meistens wohne ich bei Jake.«

»Da hat Jake ja Glück gehabt. Und kochen kannst du auch noch.«

»Er ist schon in Ordnung, aber so'n totaler Stadttyp, der im Freien nervös wird. Ich krieg ihn einfach nicht über die Stadtgrenzen.«

»Glück für mich. Sonst hättest du mich nicht angeln können«, grinste Marc.

»Mein Preisfang heute«, lachte Gerry und zog Marc an sich, um ihn fest zu umarmen.

»Du hast aber auch 'nen Köder, an dem ich jederzeit anbeißen würde.«

Sie gaben sich einen langen, tiefen Kuß, dann stand Marc auf und zog seine Shorts an. Nach einem weiteren Abschiedskuß wischte sich Gerry mit einem Handtuch das Sperma ab, und Marc machte sich auf in den Wald und hoffte, den Weg zur Hütte zurückzufinden.

Mit etwas Glück erreichte er die Lichtung und sah Con, der, den Rücken Marc zugewandt, angefangen hatte, die Verandastufen zu reparieren. Marc blieb einen Augenblick stehen und sah Con bei der Arbeit zu. War Gerrys unbehaarter Körper zunächst eine willkommene Abwechslung von Con gewesen, so schaute Marc ihn nun mit frisch erwachter Gier an. Cons Muskeln wellten sich, während er die verrotteten Bretter herausriß und sie benutzte, um das neue Holz abzumessen. Als Con wieder anfing, zu sägen, stellte Marc fest, daß Cons dichte Brustbehaarung sehr warm und kuschelig aussah. Wenn der Regen ihnen nur eine Pause gönnte, in der sie zwischen dem Ficken das eine oder andere erledigen konnten, dann, so war Marc sicher, gab es für ihn und Con eine Zukunft. Er ging auf den emsigen Zimmermann zu.

Con schaute auf, lächelte und fragte ohne jeden Unmut: »Wo warst du denn?«

»Bin einfach durch den Wald gewandert.«

»Wie gut, endlich rauszukommen«, sagte Con und wandte sich wieder dem Sägen zu.

»Kann ich dir irgendwie helfen?«

»Klar. Setz dich auf das Brett da und halt es fest, während ich säge ... und sieh einfach schön aus.«

Con war zu beschäftigt, um zu bemerken, daß Marc rot wurde, als er sich daran erinnerte, daß er diesen Satz erst vor kurzem gehört hatte. Mit einem leichten Schuldgefühl beugte er sich zur Seite und küßte Con auf die behaarte Schulter. Con lächelte.

AM RUDER

Simon auf dem Sitz des Steuermanns des Vierers sah aus dem Augenwinkel die Spitze eines anderen Bootes, das gegen seine wild ackernden Ruderer aufholte. Sein Team aus vier wunderschönen Männern hatte den größten Teil des Rennens so bequem in Führung gelegen, daß Simon das Gefühl hatte, das Boot für die starken Männer nur steuern zu müssen, die mit dem Rücken zur Ziellinie, ihrem verzweifelt angestrebten Endpunkt, saßen. Er hatte geglaubt, es sei nicht notwendig, den Takt zu beschleunigen, indem er die Männer aufpeitschte, die bereits jedes Gramm ihrer beachtlichen Muskeln in ihre wundervoll gleichmäßigen Schläge legten. Statt dessen hatte er sich gestattet, ein wenig tagzuträumen, wie am Ende des Rennens das Ruderteam seinen Sieg feiern würde, indem die vier Mann ihren Steuermann in den Fluß werfen würden. Wie diese herrlichen Jungs Simon auch behandeln würden, ihm war es recht.

Der Anblick der Bootsspitze, die neben ihnen immer dichter herankroch, schreckte Simon auf, und er fing an, die vier zu schnelleren Schlägen anzufeuern. Wie ein Mann beschleunigten sie ihr Tempo und fanden irgendwo noch Reserven, um die Ruder noch kraftvoller durchs Wasser zu ziehen. Die Sitze der Männer glitten auf Simon zu, wenn sie die Ruder aus dem Wasser hoben und die Blätter nach hinten schnellen ließen, um sie wieder in den Fluß zu tauchen. Die Knie der Ruderer reckten sich in die Luft, dann streckten sich ihre Beine, wenn sie sich gegen den Strom stemmten. Simon stand auf Beine, und gierig wanderten seine Blicke über die blondbehaarten Beine von Peterson an Ruder Eins hinauf zu der dicken Beule, die Simon schon seit Jahren gerne hätte knuddeln mögen. Die anderen waren, wie Simon wußte, genau so lecker, hatten ebenso tolle Beine, aber Petersons Körper versperrte Simon die Sicht auf sie.

Simon hörte, wie der Steuermann des Konkurrenzbootes den Schlag beschleunigte, aber seine Leute schienen nicht über die Kraftreserven zu verfügen, zu denen sich Simons Superteam aufgerafft hatte, und die freche Bootsspitze fiel aus Simons Blickfeld zurück. Von Petersons nacktem Oberkörper strömte inzwischen der Schweiß. Aber da war kein Zaudern, und die acht Blätter ruderten in perfektem Gleichmaß und schoben das Boot noch schneller auf die Bojen zu, die die Ziellinie markierten.

Sein Team *mußte* dieses Rennen einfach gewinnen, nicht nur, weil es das letzte des Jahres war, sondern das letzte, das überhaupt für das College gerudert wurde. Da in der letzten Runde von Budgetkürzungen dem Sportbereich Mittel hatten abgezogen werden müssen, hatte man alle ›unbedeutenden‹ Sportarten – Rudern, Hockey, Fechten – abgeschafft und nur die gewinnträchtigen Massenmagneten wie Football und Basketball beibehalten.

Die Bojen, die die Ziellinie kennzeichneten, flogen vorbei. »Wir haben's geschafft!« rief Simon seinen Männern zu, die zu sehr mit blindwütigem Rudern beschäftigt waren, um nach rechts oder links zu schauen. Alle vier zogen abgekämpfte Grimassen und brachen nach vorn auf ihrem

Schoß zusammen, nachdem sie ihre letzten Kräfte für den Endspurt mobilisiert hatten.

Simon strahlte, als er die glühenden, muskulösen Schultern vor sich sah. Sein Team mußte nicht nur das schnellste, sondern auch das bestaussehende aller Zeiten sein. Peterson war ein atemberaubender Blonder, Garraciolo ein stämmiger Italiener mit Haaren auf der Brust; Burke ein braunhaariger Macker, der ebenso gut ein Footballstar hätte sein können, aber lieber ruderte, und Trumbull ein hinreißender Schwarzer mit perfekt geschnittenem Oberkörper.

Trumbull war der erste, der sich aufrappelte und anfing, sachte gegen die Strömung anzurudern, die sie wieder zur Startlinie zurücktragen wollte. Einer nach dem anderen setzte sich auf und half, das Boot zum Landungssteg des kleinen Bootshauses am Flußufer zu bringen. Als das Boot am Holz des Stegs anschlug, stiegen die vier Ruderer schwerfällig aus und zogen das Boot mit dem Leichtgewicht Simon noch auf dem Steuermannsitz ganz aus dem Wasser.

Trainer Riordan, neben dem sein kleiner Sohn Johnny stand und ›Hurra‹ schrie, gesellte sich zu den Männern, als diese am Ende des Stegs ankamen. Er schüttelte allen die Hand, und der Zehnjährige an seiner Seite folgte seinem Beispiel.

»Ein tolles Finish!« sagte Riordan. »Für das Rennen – und für die Rennen an diesem College leider auch.«

Simon trat zu ihnen, auf die Möglichkeit gefaßt, daß das Team, wie es manchmal passierte, feiern würde, indem sie ihn als Steuermann ins Wasser werfen würden. Das war das, was ihm am besten daran gefiel, Steuermann zu sein, der Aufstand der Galeerensklaven gegen ihren Aufseher.

Naja, nein, der Teil, der ihm *wirklich* der liebste war, war, wenn sie in der Umkleidekabine waren, und das Team sich die Straßenklamotten auszog und einen Moment, bevor sie

Sackhalter und Shorts anzogen, herumstanden und alles heraushing. Oder wenn sie aus der Dusche kamen und anfingen, sich an die Schwänze zu fassen, und herumzualbern, wie Simon es auch gerne getan hätte, wenn er sich macho genug gefühlt hätte, um mitzumachen.

»Zu schade, daß nicht mehr Zuschauer da waren, um euren Triumph zu sehen«, sagte Trainer Riordan. Simon drehte sich um und betrachtete die Flußufer. Es stimmte. Wie üblich hatten die Studenten fürs Rudern nicht das Interesse aufgebracht, das sie für andere Sportarten hegten. Und die wenigen Zuschauer, die die Ufer gesäumt *hatten*, zerstreuten sich bereits in Richtung anderer Veranstaltungen des Ehemaligenwochenendes.

»Die wissen gar nicht, was sie verpaßt haben«, sagte der Junge. »Es war unheimlich spannend, als das andere Boot an euch vorbei wollte, und dann wart ihr schneller und seid abgezogen.«

Zumindest hatten die Männer einen Fan in dem kleinen Sohn des Trainers. Trumbull wuschelte dem Jungen durch die Haare.

Jeder einzelne der Muskelprotze hätte wahrscheinlich das leichte Boot hochheben und zum Bootshaus tragen können, aber auf rituelle Art stellten sie sich zu zweit in einer Reihe auf und wuchteten es auf die Schultern, um es darauf wie Sargträger zu seinem Gestell zu tragen.

Riordan begleitete sie wie ein trauernder Angehöriger. Er tat Simon leid. Nicht allein, daß er eine häßliche Scheidung hinter sich und bis auf ein paar gelegentliche Wochen das Sorgerecht für seinen Sohn verloren hatte. Mit der Verschlankung des Sportprogramms hatte er auch seinen Job verloren. Wie konnte eine Frau nur solch einen hübschen Mann verlassen, fragte sich Simon.

»Wir zieh'n uns jetzt 'n paar Bier rein. Haben 'n Kühlschrank im Umkleideraum. Wir hoffen, Sie kommen mit«, sagte Garraciolo zum Trainer.

Riordan lächelte schwach. »Vielleicht später. Ich muß Johnny noch zum Bus zu seiner Mutter bringen.« Er schaute mit entsetztem Blick auf die Uhr. »Los Johnny, wir könnten's grade noch schaffen.«

»Ihr wart alle einfach toll!« rief Johnny zum Team zurück, während sein Vater ihn zum Parkplatz führte.

Die vier Männer, die inzwischen das Boot auf seinen Bock gesetzt hatten, winkten ihrem kleinsten und besten Fan zum Abschied zu. Simon zitterte vor Spannung, ob sie ihre Aufmerksamkeit nun ihm zuwenden und ihn in den Fluß schmeißen würden. Er bereitete sich darauf vor, auf dem Weg zum Wasser zu zappeln und sich zu wehren, damit sie mehr Spaß daran haben würden. Aber sie machten sich zur Umkleidekabine und ihrem Kühlschrank voller Bier auf, das auf sie wartete. Ein bißchen enttäuscht folgte er ihnen, aber wenigstens konnte er sich auf seine letzte Gelegenheit freuen zuzuschauen, wenn sie ihre Shorts und Sackhalter auszogen. Es würde das letzte Mal sein, wo er all die fetten, baumelnden Schwänze sehen würde.

Kaum waren sie im Umkleideraum, als sie sich um den Kühlschrank versammelten und die Luft von dem Zischen der geöffneten Dosen erfüllt wurde.

»Auf uns«, sagte Trumbull mit erhobener Bierdose. »*Wir* wissen wenigstens, was wir an uns haben, auch wenn's das College nicht tut.«

Alle hoben die Dosen und tranken einen großen Schluck. Als sie soweit waren, sich auszuziehen und sich zum Duschraum aufzumachen, waren sie schon leicht beschwipst. Simon, der mit ihnen unter die Dusche trat, war es wie üblich peinlich, zu spüren, daß sein Schwanz beim Anblick all der nackten Leiber und baumelnden Schwengel steif wurde. Wieder mußte er das kalte Wasser stärker aufdrehen, als es angenehm war, damit die beachtliche Beule zwischen seinen Beinen abschwoll.

Als sie sich unten herum einseiften und Garraciolo seine Vorhaut zurückzog, um sich darunter zu waschen, wand Simon sich in geilen Qualen.

Beim Abduschen sagte Simon leise, als sei er froh darüber: »Also, danke jedenfalls, Jungs, daß ihr mich nicht zum Feiern ins Wasser geschmissen habt.«

Die Männer wechselten Blicke, dann lächelten sie.

»Das haben wir nicht gemacht«, sagte der schlaksige Peterson, »weil wir was *anderes* mit dir vorhaben.«

»Ach?« sagte Simon unsicher.

»Stimmt ja«, sagte Garraciolo. »Ich hatte ganz vergessen, daß wir darüber geredet hatten.«

»Wie konntest du nur?« sagte Peterson. »Das ist doch die letzte Gelegenheit. *Seine* letzte Gelegenheit.«

»Gelegenheit zu was?« fragte Simon, der sich den Schaum von seinem zarten Leib abduschte. Er griff nach seinem Handtuch und hielt es vor sich, weil der Anblick all der nassen, baumelnden Eier und dicken Schwänze ihn sichtlich erregte.

»Das ganze beschissene Jahr über haben wir schon gesehen, wie's dich aufgeilt, wenn wir uns ausziehen. Anstatt dich in den Fluß zu schmeißen, haben wir was vor, das dir noch besser gefallen wird.«

»Und was?« fragte Simon.

Simon wich zurück, als Burke auf ihn zukam.

»Also jetzt sag mal«, sagte Burke. »Was hast du dir so richtig gewünscht, seit du als Steuermann bei unserem Team angefangen hast?«

»Ich – äh –«, stammelte Simon in der Gewißheit, daß sie nicht erwarteten, er würde sagen, daß er sich, seit er sie zum erstenmal nackt gesehen hatte, gewünscht hatte, jeden einzelnen Schwanz ins Maul oder in den Arsch zu kriegen.

Vor Burke weiter zurückweichend, stieß Simon gegen eine Bank. Sie traf ihn genau in die Kniekehlen, und ohne es zu wollen, saß er plötzlich, wobei er nur knapp vermied, sich schmerzhaft auf die Eier zu setzen.

»Ja«, sagte Garraciolo grinsend. »Dafür, daß du jedesmal das Tempo gesteigert hast, bis uns die Lungen platzten, kriegst du jetzt von uns genau das, was du dir wünschst – und vielleicht noch 'n bißchen mehr.«

Burke beugte sich vor, packte Simon an den Knöcheln und zwang ihn, auf die Hüften zurückzufallen. »Tja«, sagte er, »das Arschloch da sieht mir ganz danach aus, als hätte es Hunger.«

Simon wurde rot, als er merkte, daß sie sein Geheimnis erraten hatten, obwohl er sich doch so verzweifelt bemüht hatte, es zu verbergen. Sein Arschloch zuckte voller Vorfreude.

»Das ist das wenigste, was wir für dich tun können«, lachte Burke. Er drehte Simon um, so daß dieser der Länge nach auf der Bank lag. Garraciolo kam zu seinem Kopf, übernahm Simons Füße von Burke und zog sie auf sich zu. Simon schaute auf und sah Garraciolos Eichel unter der Vorhaut hervortreten. Sein eigener Schwengel wurde immer steifer, und die der anderen vier Männer auch. Die Vielfalt der verschiedenen Fickbolzen faszinierte Simon – Garraciolo mit seinem dichten Busch und dem Schwanz, der eher wegen seiner Dicke als seiner Länge beachtlich war; Peterson mit dünner Schambehaarung aber tief herabhängenden Eiern und einem langen, dünnen Schwanz; Burke, der an Eiern nicht viel aber an Schwanz einiges vorzuweisen hatte; Trumbull mit einem Gehänge, das dem Mythos der Größe bei Schwarzen entsprach und viel dunkler war als sein übriger Körper.

Trumbull holte etwas aus seinem Spind und gab es Burke. Simon sah, daß es sich um ein Kondom handelte. Widerwillig seufzend aber die Notwendigkeit anerkennend, öffnete Burke das Päckchen und schob sich den Gummi über den langen, steifen Kolben, der rechtwinklig von seinem Körper abstand. Er preßte die Eichel gegen Simons immer noch nasses und leicht eingeseiftes Arschloch und stieß mit seinem Schwanz langsam nach. Simon empfand einen scharfen Schmerz und zugleich die Lust, von Burkes dickem Irenschwanz ausgefüllt zu werden.

»Au!« heulte Simon gegen seinen Willen auf.

Garraciolo schaute auf den geöffneten Mund, aus dem noch mehr erstickte Schmerzensschreie drangen. »Ich seh da noch 'n Loch, das gestopft werden muß.«

Er grinste dreckig und ging, Simons Beine weiterhin an die Schultern festhaltend, um Burke leichteren Zugang zu gewähren, in die Knie und senkte seine wundervollen haarigen Eier auf Simons Gesicht. Als Simon sie auf sich herabkommen sah, sperrte er den Mund noch weiter auf, vergaß den Schmerz und schloß die Lippen um die Kugeln, um mit ihnen im Mund herumzuspielen. Garraciolo gewährte ihm ein, zwei Minuten, um an den fetten Dingern zu lutschen, zog sie dann aber entschlossen heraus und zwängte seinen Schwengel, der inzwischen steil aufragte, dem Steuermann in den Mund.

Trumbull, der von der Seite her zugesehen hatte, holte noch ein Kondom aus seinem Spind und streifte es über. Sein schwarzer Bolzen wurde unter dem Gummi bleich.

Burke fuhr fort, Simon in den Arsch zu vögeln, um schließlich mit zurückgeworfenem Kopf, lustvollem Stöhnen und erzitterndem Leib seine Ladung abzuspritzen. Dann zog er den allmählich erschlaffenden Schwanz heraus.

»Der nächste!« schrie er wie der Friseur im Friseurladen

auf dem Campus. Trumbull trat vor, während Burke zur Seite ging.

So fett Trumbulls Schwanz auch war, er schmerzte nicht so sehr wie anfangs der von Burke, da Simons Arschmuskeln inzwischen aufgewärmt waren. Als Trumbull Zentimeter um Zentimeter eindrang, hätte es Simon nicht gewundert, wenn ihm die Eichel vorne aus dem Mund wieder herausgekommen wäre. Da das nicht geschah, machte Simon sich wieder daran, mit Lippen und Zunge an Garraciolos Vorhaut zu spielen, als Trumbull den Schwanz zurückzog, um dann wieder zuzustoßen. Er wollte die Vorhaut so weit wie möglich nach unten ziehen, um dann die Zunge darunterzustecken, bis sie den Schlitz in der Eichel berührte, aber der Schwanz war zu hart und zu lang, so daß die Vorhaut zurückwich. Simon griff nach oben und strich mit den Händen über Garraciolos muskulösen Arsch.

Peterson stand seitlich im Abseits, streifte sich ein Kondom über den langen Schwengel und bearbeitete ihn ein bißchen, um ihn steif und bereit zu machen.

»Das ganze Jahr über hast du dir meinen Schwengel gewünscht«, sagte Trumbull. »Und jetzt hast du ihn tatsächlich; direkt in deinem geilen, kleinen Hintern.«

Simon ließ Garraciolos Schwanz einen Augenblick zurückfedern. »Oh, ja, ja«, sagte er zu Trumbull. Die fette Eichel von Trumbulls Schwanz verpaßte Simons Prostata eine wundervolle Massage, während sie ein- und ausfuhr.

Simon wollte sich wieder daran machen, Garraciolos Schwanz zu lutschen, aber der Italiener hatte wieder Burke Simons Füße halten lassen und sich umgedreht, um ein Kondom aus seinem Spind zu holen.

»Oh, Scheiße Mann, was für'n Spritzer«, schrie Trumbull als sein Leib von den Schwällen aus seinem Schwanz erschüttert wurde.

Peterson gewährte Trumbull einen Moment, um sich zu erholen, bevor er an dessen Stelle trat. Trumbull wandte sich erschöpft ab und setzte sich für einen Augenblick auf eine Bank. Garraciolo, inzwischen mit Kondom, nahm hinter Peterson Aufstellung.

Inzwischen waren keine großen Vorbereitungen mehr nötig, so entspannt war Simons Arsch, und Peterson war im Nu drinnen. Während er mit seinem langen, bleichen Schwanz zu rammeln anfing, wurde der wartende Garraciolo auf seinen Arsch aufmerksam.

»Das ist ja 'n tolles Paar blonder Bäckchen. Die schau ich mir jetzt schon das ganze Jahr an, wo ich hinter dir im Boot sitze ... Mann, ich glaub, ich wart den Steuermann gar nicht mehr ab.«

Während Burke und Trumbull noch lachten, machte Garraciolo sich daran, in Petersons Hintern einzulochen, der seinerseits Simon vögelte. Der große Blonde war überrascht und wollte protestieren, aber Garraciolo war schon drinnen und stieß im Takt mit Peterson zu.

Trumbull zuzwinkernd, stellte Burke sich hinter Garraciolo auf, wichste sich den Schwanz wieder steif und drang ebenso in Garraciolo ein, wie dieser es bei Peterson gemacht hatte.

»Jetzt mal halblang«, protestierte Garraciolo. »Was fällt dir ein?«

»Der Affe sieht's, der Affe macht's«, lachte Burke, der sich bis zum Anschlag in seinen Teamkameraden bohrte.

Trumbull lachte beim Anblick der lieblichen Kette und stand auf. »Da können wir den Rudelbums auch gleich vollmachen«, sagte er und ging hinter Burke in Position.

Simon fragte sich, ob er nicht vielleicht das Tempo angeben sollte, so lange das Team ihn tandemfickte, aber die vier Ruderer übernahmen selbst.

»Schlag«, riefen sie lachend im Chor, wenn sie sich einer in dem anderen und Peterson in Simon nach vorn warfen.

»Hört sich von draußen ja nach 'ner tollen Party an«, sagte eine vertraute Stimme. »Was zum Teufel…?«

Hastig zog Trumbull den Schwanz aus Burke, Burke seinen aus Garraciolo und dieser seinen aus Peterson, als sie sich umdrehten und Trainer Riordan erblickten.

Garraciolo vögelte weiter. Kurz vor den Abspritzen wollte er nicht auf seinen Spaß verzichten, Riordan oder kein Riordan.

»Ich hab Johnny bei seiner Mutter abgesetzt«, platzte Riordan, der nicht wußte, was er sonst sagen sollte, peinlich berührt heraus.

»Wir sind nicht einfach über Simon hergefallen«, erklärte Trumbull stockend. »Er wollte es. Wirklich. Er hat's genossen.«

»Sag dem Trainer, daß du's gewollt hast«, befahl Peterson und schnappte darauf nach Luft, als er kam.

»Machen Sie sich doch auch mal ran, Trainer. Das wird ihm auch gefallen«, schlug Garraciolo vor.

Riordan wurde rot und schüttelte den Kopf, aber dann schaute er auf Simons gierigen Arsch und sah ihn zustimmend nicken. Riordan blickte fragend um sich. Er schwankte ein bißchen beim Stehen, und es war klar, daß er, wie so oft, wenn er seinen Jungen zu dessen Mutter zurückbringen mußte, etwas getrunken hatte, um seinen Kummer zu ertränken.

»Ich hab Sie schon immer echt scharf gefunden«, schmeichelte ihm Simon.

»Ach, was soll's«, sagte Riordan, und riß sich Jackett, Krawatte und Hemd herunter. »Nächstes Jahr hab ich sowieso keine Arbeit mehr.«

»Genau, was soll's«, bestätigte das Team fast im Chor. Simon behielt gespannt und hoffnungsvoll die Beine in der Luft.

Als Riordan nackt war, brauchte er den Vergleich mit den Körpern der jüngeren Männer nicht zu scheuen. Der Daddy war echt gut in Form.

Die Ruderer führten Riordan, der ein bißchen schwankte, sanft zu Simons bereitwilligem Arsch.

»Ich weiß ja nicht«, sagte der Trainer. »Ich hab vielleicht ein klein bißchen zuviel getrunken, um ihn hochzukriegen. Hab mir zwei oder drei genehmigt, nachdem ich mich von Johnny verabschiedet hatte.«

»Wir haben genau den richtigen Steifmacher da«, sagte Peterson und deutete auf Simons Mund. Simon sperrte ihn auf und wackelte mit der Zunge, um den Trainer anzulocken. Seinen immer noch schlaffen Schwanz wichsend, kam Riordan auf ihn zu. Er setze sich über die Bank, auf der Simon lag, und fütterte ihn mit seinem langen, schlaffen Schwanz, der bereitwillig der Länge nach geschluckt wurde. Es dauerte eine Weile, aber nach einigem Lecken und Saugen wurde er steif.

»Das sollte reichen«, sagte Trumbull und reichte Riordan ein Kondom.

Die vier Ruderer stellten sich zu beiden Seiten auf, während Riordan seinen nun steifen Schwengel in Simons Loch einführte. Simon stöhnte voller Lust, als er erkannte, daß sein Traum vollständig Wirklichkeit geworden war – das ganze Team und der Trainer noch dazu!

Während Riordan ihn mit wachsender Begeisterung fickte, wurden die Ruderer vom Zusehen erregt. Sie fingen an, mit ihren Schwengeln zu spielen, während Riordan drauflosbumste, und griffen sich zuweilen gegenseitig an die Eier.

Schließlich stieß Riordan einen gutturalen Schrei aus, und

Simon wußte, daß das Reservoir am Ende des Kondoms sich Schwall um Schwall mit dem Sperma des Trainers füllte.

Im gleichen Augenblick strömte wie klebrig warmer Regen ein Schauer aus Sperma auf Simons Brust, als ein Teamkamerad nach dem andern, seine Ladung abschoß.

Simon ließ die Beine sinken, die von dem langen Obenhalten ein wenig verkrampft waren, und entspannte sich. Er stieß einen tiefen Seufzer der Befriedigung aus. Das ganze Jahr über hatte er nach den Teamkameraden, die er steuerte, gegiert. Und jetzt hatte er sie auf einen Schlag alle gehabt und den Trainer noch als Dreingabe. Das Bootsrennen im College hatte mit einem Bums geendet. Einem Rudelbums.

EIN SAMMLERSTÜCK

Schon lange bevor es Mode wurde, indianische Kunst zu sammeln, hatte sich die Kunstgalerie, in der ich arbeitete, darauf spezialisiert. Während andere Impressionismus, Post-Impressionismus, Op art, Pop art oder was sonst noch feilboten, machte die Galerie Sacagawea dicke Geschäfte mit Decken, Keramik und Körben, die von verschiedenen Indianerstämmen hergestellt wurden.

Das Problem dabei war, für genügend Nachschub an echten Artikeln zu sorgen, um die Nachfrage der Europäer, Japaner und gelegentlich auch Amerikaner, die die Kunst der stolzen Völker, die sie unterworfen hatten, nur allmählich zu schätzen lernten, zu befriedigen. Bei den Preisen, die bei Sacagawea üblich waren, war es nicht wünschenswert, daß die Kundschaft auf dem Boden irgendeines Stückes, das sie gekauft hatte, die Aufschrift ›Made in Taiwan‹ fand. Zu meinen Pflichten gehörte es, den Westen nach den besten Schmuckstücken abzugrasen.

»Paß nur auf, daß du dir auch die richtigen Schmuckstücke anschaust«, sagten meine Freunde, die mich besser kannten, worauf ich zu lächeln versuchte, als hätten nicht schon zehntausend andere Schlauberger den gleichen Witz gemacht.

»Wenn irgend jemand ein gutes Gehänge erkennt, dann du«, sagten sie anzüglich. Okay, es stimmt. Ein Kenner dieser Art von Schmuckstücken war ich schon lange gewesen, bevor ich zur Kunstwelt stieß, und hatte Hände und Mund schon an so manche absoluten Meisterstücke gelegt. Und die hatten unter anderem an Matrosen, Flugbegleitern, Polizisten (oh doch, wirklich) und netten jüdischen Ärzten gebaumelt. Aber noch nie an einem waschechten Indianer. Die, mit denen ich zu tun gehabt hatte, wenn ich nach ausgesuchten Flechtarbeiten Ausschau hielt, hatten gewöhnlich den Eindruck gemacht, als seien sie so alt wie die Black Hills oder die Hochebenen von Arizona. Lieber hätte ich auf einem Riemen aus Büffelleder gekaut, als daß ich wegen *ihrer* Schwänze auf die Knie gefallen wäre.

Das war natürlich, bevor ich Ragender Pfahl kennenlernte, bei dessen Namen allein mir schon Gedanken kamen, und dessen atemberaubend gutes Aussehen sie nur noch aufstachelte. Gerufen wurde er Stan, wahrscheinlich weil sein ihm in aller Unschuld gegebener Name von seiner Pubertät an in vielen Köpfen die gleichen Gedanken ausgelöst hatte wie bei mir. Obwohl er Jeans und T-Shirt trug, konnte man ihn sich mühelos mit Lendenschurz, Perlen, Kriegsbemalung und zwei, drei Federn in der üppigen, langen Mähne vorstellen. Ungeachtet seiner Kleidung war er ein lebendes Beispiel dafür, daß ›schön‹ nicht unbedingt mit ›dumm‹ gleichzusetzen ist. Entschlossen, die Tanten und Onkel, die die Körbe mit den wundervollen traditionellen Verzierungen seines Stammes flochten, nicht vom weißen Mann ausbeuten zu lassen, war Ragender Pfahl ihr Agent geworden. Er und nur er war der einzige, mit dem alle Verhandlungen über den Ankauf indianischen Kunsthandwerks zu führen waren. Mit Hungerlöhnen war bei dem nichts zu machen.

Jeder schickte mich zu ihm, aber in seinem ›Büro‹ war er

keineswegs leicht zu erreichen. Manchmal arbeitete er, wie ich erfuhr, als Model oder spielte kleine Filmrollen, wenn mal ein guter Indianer gebraucht wurde. Sehr auf das Image seines Volkes bedacht, weigerte er sich, den bösen Indianer zu spielen. Das, erklärte er mir, als ich es endlich geschafft hatte, mich mit ihm zu treffen, als er von einer Fotosession zurückkam, war für ihn eine Frage des Stolzes. Die Pawnee hatten, wie er mich erinnerte, kühne Kämpfe gegen ein paar andere Stämme, nie jedoch Krieg gegen die US-Regierung geführt, egal wie sehr man sie auch herumgeschubst hatte. Er hatte allerdings nicht vor, sein Volk von gerissenen New Yorker Typen übers Ohr hauen zu lassen, vor allem nicht angesichts all der Arbeit und Kunstfertigkeit, die in dem Handwerk steckte.

»Stan«, versicherte ich ihm, »ich habe auf jeden Fall die Absicht, den vollen Wert zu bezahlen.«

»Sie sind Geschäftsmann«, sagte er, »da ist es nur natürlich, wenn Sie versuchen, so wenig wie möglich zu zahlen, damit der Profit höher ist.«

»Aber wir wollen eine ständige Belieferung, da wäre es nicht wirklich ein gutes Geschäft, wenn die Lieferanten mit dem, was sie bekommen, unzufrieden sind.«

»Und was Sie bekommen, ist wirklich gute Arbeit. Kommen Sie, ich zeige Ihnen die Sachen von meinen Tanten und Onkeln. Die jüngeren Leute des Stammes, abgesehen von einer Cousine, haben nicht die Geduld dafür und geben sich nicht die gleiche Mühe. Wenn diese Generation ausgestorben ist, werden solche Arbeiten sehr selten sein.«

Ich merkte, daß er clever war. Und als er mich zu den Wohnungen seiner Verwandten führte, merkte ich außerdem, daß sein Arsch seine Jeans hinten genau so hübsch ausfüllte, wie sich vorne sein Paket wölbte. Aus jedem Winkel bot Ragender Pfahl einen atemberaubenden Anblick. Mein eigener Pfahl drängte im Versuch, aufzuragen, gegen meine Unterwäsche. Wie gerne hätte ich mit den Händen in diesen langen, weichen Haaren gewühlt. Für den Anfang.

Die erste Tante – genau genommen Großtante – der ich vorgestellt wurde, schenkte mir kaum ein Blinzeln aus ihren zerfurchten Augen zur Begrüßung. Ihr unbewegtes altes Gesicht schien keine Verbindung zu den Händen zu besitzen, die Weiden und Gräser so rasch und geschickt zu ehrwürdigen Mustern flochten. Mit den Gedanken schien sie weit in der Ferne zu weilen. Obwohl ihr Name Lachendes Wasser war, wirkte sie rauh und unerschütterlich wie ein Fels. Wenn die alle waren wie sie, war ich froh, daß Stan sie vertrat.

»Sie ist die eigentliche große Lehrerin von allen«, sagte Stan. »Aber inzwischen hat sie mit den Jungen, die zu rastlos sind, um wie sie dazusitzen und zu flechten, die Geduld verloren.«

Lachendes Wasser schnaubte abfällig. Ich beglückwünschte sie zu der Schönheit ihrer Arbeit.

»Sie freut sich, daß es Ihnen gefällt«, sagte Stan, und ich fragte mich, woher er das angesichts des steinernen, ausdruckslosen Gesichts von Lachendes Wasser wissen wollte.

Er führte mich weiter, um mir die Arbeit von anderen zu zeigen.

»Sie sind nicht der erste, der uns so ein Angebot macht, müssen Sie wissen«, sagte Stan. »Wir hatten schon Männer und Frauen von Museen und Kunstgalerien hier.«

»Aber Sie haben keinen Vertrag mit ihnen geschlossen?« fragte ich mißtrauisch. Ich nahm an, das sei vielleicht nur ein Standardtrick, um den Preis hochzutreiben, indem man mir vormachte, es gäbe Konkurrenz.

»Auf die eine oder andere Art haben sie mich genervt. Der eine – redete – so – mit – mir, als würde ich kein Englisch verstehen, obwohl ich ihm gesagt hatte, daß ich auf dem

College gewesen bin. Ich hab mich dann einfach umgedreht. Und der letzte hatte eindeutig zu viele schlechte Filme gesehen. Der dachte, wenn er mich mit Whiskey abfüllen könnte, würde ich einen Vertrag unterschreiben, bei dem er den ganzen Ausstoß des Stammes für ein paar Glasperlen bekommen würde. Aber dem hab ich's gezeigt.«

»Und wie?«

»Ich hab ihn unter den Tisch gesoffen. Hinterher hätte er keinen Vertrag mehr unterschreiben können, selbst wenn's um sein Leben gegangen wäre. Mir war danach, ihn mit 'nem Pfeil im Arsch wieder dahin zu schicken, wo er hergekommen war.«

»Oder vielleicht ohne seinen Skalp.«

»Mit Skalpieren war da nicht viel zu machen. Der hatte schon 'ne Glatze.«

Stans wundervolle Augen zwinkerten, und mein Interesse an ihm machte noch einen Satz nach oben; Sinn für Humor fand ich schon immer anziehend.

Dann lernte ich die junge Cousine kennen, die als einzige ihrer Generation in die Fußstapfen ihrer Vorfahren treten zu wollen schien. Sie war offener als Lachendes Wasser, hatte aber nur Augen für Stan. Und wer hätte ihr das verargen können? Ich hatte selbst Mühe, meine Gedanken *bei* den Kunstwerken und *von* meinem Führer zu behalten. Was ich *wirklich* von dem Reservat mitnehmen wollte, war dieser knackige Pawnee mit seinem wachen Geschäftssinn.

Nachdem ich alle Klienten von Stan kennengelernt und ihre fabelhaften Arbeiten gesehen hatte, führte er mich zurück in sein ›Büro‹.

»Und jetzt zum Geschäft«, sagte er und deutete auf einen etwas abgewetzten Sessel, während er sich mit weit gespreizten Beinen auf einem Lehnstuhl niederließ. Unvermeidlich richtete sich mein Blick auf die Spitze des Dreiecks, das sie bildeten. Ebenso unvermeidlich fingen seine schlauen Augen die Richtung meines Blicks auf, aber er unterdrückte das Zwinkern, zu dem sie ansetzten. Seine Beine nahm er jedoch weder einen Millimeter weiter zusammen, noch schlug er sie übereinander, sondern er ließ sie gespreizt, so daß ich ausgiebig hinsehen konnte. Verlegen, ertappt worden zu sein, schaute ich hastig weg, was aber nur dazu führte, daß ich an der Wand Bilder von Ragender Pfahl als Model und Schauspieler erblickte, nackt bis auf einen Lendenschurz und ein paar Federn.

»Werbung für meine sonstige Arbeit«, erklärte Stan, als er sah, daß ich die Bilder betrachtete, die seinen fast nackten Körper in voller Größe zeigten.

»Sie haben eine tolle Figur«, sagte ich voller Bewunderung.

»Ihrer sieht auch nicht so übel aus«, sagte er lächelnd. »Aber das gehört im Moment nicht hierher.«

»Stimmt, ach richtig«, pflichtete ich ihm bei und versuchte, meine Gedanken auf die anstehenden Angelegenheiten zu konzentrieren.

»Zuerst das Geschäft, und dann können wir ja vielleicht zum Vergnügen übergehen«, sagte er, wobei ein feines Lächeln verführerisch seine Mundwinkel umspielte. Ich bekam große Augen. Der wußte, wo's langgeht. Nun ja, seine Ausflüge ins Showbusiness hatten ihn zweifellos schon früher mit der Begierde anderer Männer konfrontiert. Ob er darauf angesprungen war oder nicht, war eine andere Frage.

Mit beträchtlichen Konzentrationsschwierigkeiten angesichts solcher Hoffnungen vor Augen, kam ich auf die eigentlichen Vertragsbedingungen zu sprechen. Obgleich er selbst kein Korbflechter war, kannte Stan alle Einzelheiten, von der Seltenheit des Materials bis zum Zeitaufwand, den jede Größe und jeder Typ erforderte. Mir wurde klar, daß es keinen Zweck hatte, zu versuchen, ihn übers Ohr zu hauen, und daran war ich auch überhaupt nicht interessiert. Irgendwie wußte er nicht nur über den Wert der Arbeiten Bescheid, sondern auch über die Preise innerhalb des Kunsthandels, und er war ein zäher Verhandlungspartner. Hätte Ragender Pfahl damals Manhattan an die holländischen Kolonisten verkaufen müssen, hätten diese es niemals für nur vierundzwanzig Dollar bekommen. Der hätte Arm und Bein dafür verlangt.

Schließlich war der Vertrag unterzeichnet, eine Kopie steckte in meiner Tasche, und eine lag in der Schreibtischschublade.

»Und jetzt wird gefeiert«, sagte er.

»Mit der Friedenspfeife?«

»Sie sind auch so einer, der zu viele schlechte Filme gesehen hat«, sagte er und gestattete sich, nun, da das Geschäft abgeschlossen war, ein breites Lächeln, bei dem er seine grandiosen Zähne enthüllte.

Aus einer anderen Schreibtischschublade holte er eine Flasche und zwei Gläser und goß uns beiden einen ordentlichen Drink ein.

»Auf eine lange und ertragreiche Geschäftsbeziehung«, sagte er und hob das Glas.

»Und mehr«, fügte ich kühn hinzu.

»Mehr?« Wieder saß er mit weit gespreizten Beinen da. Am liebsten hätte ich an der Innenseite seiner Schenkel meinen Weg in diese Glückseligen Jagdgründe hochgeküßt.

»Du weißt, was ich meine«, sagte ich freimütig.

»Ich hoffe, du weißt, daß ich kein *Berdache* bin. Ich spiele nicht die Frauenrolle.«

»Dann würde ich mich auch gar nicht für dich interessieren.«

»In der letzten Zeit wurde so viel darüber geschrieben, daß die Leute glauben, es gäbe unter uns viel mehr davon, als es tatsächlich gibt.«

»Was mich an dir anzieht, ist deine Kraft – körperlich, charakterlich und geistig. Nicht deine Sanftheit.«

Versuchsweise legte ich eine Hand auf sein Knie, und da ich keine Zeichen von Widerwillen sah, schob ich sie langsam über seinen muskulösen Schenkel. Ruhig nippte er an seinem Glas. Schließlich hatte meine Hand seinen Schlitz erreicht und streichelte sein Paket. Er lächelte.

Ermutigt machte ich mir an seinem Reißverschluß zu schaffen und versuchte, ihn herunterzuziehen, aber Falten in seiner Jeans behinderten mein Vorankommen. Stan richtete sich in seinem Stuhl auf, so daß die Falten verschwanden. Als ich immer noch Schwierigkeiten mit dem Reißverschluß hatte, griff er nach unten und zog ihn langsam und reibungslos herunter. Meine Hand wanderte in die Öffnung und stieß auf eine dicke, steif werdende Rute. Sie aus seiner Unterhose zu fingern, wurde immer schwieriger, je steifer und länger sein Schwanz wurde. Wieder ließ Stan mich eine Weile sich abmühen, bevor er mir zu Hilfe kam. Er öffnete seinen handgearbeiteten Gürtel und zog, indem er die Finger unter den Bund steckte, den Slip zusammen mit der Jeans herunter, Sein riesiger Schwanz hüpfte zuckend und steif nach oben. Darunter hingen in einem dichten Nest aus seidigen, schwarzen Haaren dicke Eier. Er schob die Hose bis zu den Knien; ich zog sie ihm weiter bis zu den Knöcheln.

Vor ihm niederkniend küßte ich zuerst einen seiner köstlichen Schenkel, dann den anderen und machte kurz vor dem aufstrebenden gewaltigen Hammer, der schwankend zwischen seinen Beinen pendelte, halt. Stan zog sich das T-Shirt über den Kopf, und ich starrte auf seine dunklen, aufgerichteten Brustwarzen. Am liebsten hätte ich den Mund überall zugleich gehabt, an den Eiern, den Schenkeln, dem Schwanz, den Brustwarzen.

Noch während ich mich mit dem Mund über ihn

hermachte, zog ich ihm die Schuhe aus, damit er ganz aus der Jeans steigen konnte, und mit einem Mal stand er nackt bis auf die Socken vor mir.

Stan erhob sich zu seiner ganzen Höhe von einsachtzig, und sein Schwanz ragte mir entgegen. Seine Hände gingen hinter meinen Kopf und zogen ihn nach vorn. Er mußte mich nicht lange drängen, den Mund aufzumachen, um mir seinen bronzefarbenen Schwanz in die Kehle bohren zu lassen. Mit einer Hand packte ich die fetten Eier, mit der anderen griff ich um ihn herum und umschloß eine seiner wohlgerundeten Arschbacken. Vor meinen Augen löste sich der gebildete Geschäftsmann auf und machte einem Primitiven Platz, einem Wilden, der mir mit seinem Riesenschwanz ins Gesicht pumpte, als wolle er sämtliche Missetaten des weißen Mannes an seinem Volk rächen.

»Ausziehen«, befahl er und riß mir seinen Schwanz brutal aus dem Mund. Ich versuchte es, ohne mit dem Mund von seinem Körper zu lassen, mußte aber dann doch einen Augenblick lang zurückweichen. Als ich das letzte Stück meiner Kleidung beiseite warf, wirbelte Stan mich herum, legte auf jede meiner Hinterbacken eine breite Hand und teilte sie, wobei er mir einen Daumen in den Arsch bohrte. Sein Vorgehen hatte etwas von Verführung und Vergewaltigung zugleich, weder zärtlich noch, wie ich mir sicher war, so roh, wie er hätte sein können. Der Daumen wurde durch zwei forschende Finger ersetzt. Mit der freien Hand öffnete er eine Schublade seines zerschrammten Tischs und holte ein verpacktes Kondom heraus. Als er meinen Arsch freigab, um die Packung aufzureißen, drehte ich mich um und fiel wieder auf die Knie, um noch einmal an seinem Schwanz zu lutschen. Er ließ mich an seinem Schaft lecken und saugen, dann an seinen Eiern züngeln und sie noch einmal in den Mund nehmen, während er mit dem Kondom abwartend dastand. Als mein Appetit jedoch unstillbar zu sein schien, stieß er mich von sich und setzte das Kondom an der Eichel seines steifen, spuckefeuchten Schwengels an, um den Gummi über den fetten Hammer zu rollen.

Ich ließ mich auf den Rücken fallen und streckte die Beine in die Luft.

»Auf den Tisch«, befahl er und fegte die wenigen Sachen, die auf der Platte lagen, zu Boden. Ich kletterte hinauf, legte mich wieder so auf den Rücken, daß mein gieriger Arsch über die Tischkante ragte.

Über mir aufragend, die langen, schwarzen Haare über die Schultern nach vorne gefallen, bot Ragender Pfahl das Ebenbild eines jungen, nackten Kämpfers, der im Begriff ist, einen unglücklichen weißen Siedler seinem Willen zu unterwerfen. Ich bezweifle jedoch, daß je ein Siedler so wild darauf gewesen war, unterjocht zu werden, wie ich. Mit einer Hand packte er meinen Knöchel, mit der andern führte er seinen tollen Schwanz in mich ein. Es schien nie enden zu wollen, als er ihn Stück für Stück für Stück hineinschob, bis ich glaubte, mir müsse jeden Moment die Eichel aus dem Mund kommen. Als ich schließlich seine Schamhaare am Arschloch spürte und mir seine Eier an die Backen klatschten, fühlte ich mich total aufgespießt.

Als er zu ficken anfing und mein enges Arschloch sich allmählich an seine Größe gewöhnte, wich der anfängliche Schmerz der reinen Lust. Er stützte sich ab, indem er, nun da er bis zum Anschlag in mir steckte, meinen anderen Knöchel packte. So sehr er Indianerfilme auch ablehnen mochte, das Grunzen, das er bei jedem Stoß von sich gab, klang erstaunlich nach dem, das ich in den billigsten Western zu hören bekommen hatte. Ich fragte mich, ob er beim Abspritzen wohl ›Geronimo!‹ schreien würde.

Sein tiefes, männliches Stöhnen und Keuchen turnte mich

nur noch mehr an. Dieser scharfe, starke, schwitzende Indianer fegte mein Loch aus, trieb seinen stahlharten Schwanz mit brutalen Stößen ein und aus. Mein Arschloch spannte sich um die fette, unbarmherzige Ramme. Meine Brustwarzen wurden steif und schmerzten. Mein eigener Schwanz zuckte steif zwischen meinen Beinen, und meine Eier schnurrten zusammen, während ich ihm den Arsch entgegenhob und versuchte, seinen Schwengel zu schlucken und immer mehr von dem rammelnden Bolzen hineinzubekommen. Ich fing an, zu stöhnen und zu jammern. Mein Arsch brannte, als er mir ein paar scharfe Hiebe auf die Backen versetzte. Ich bockte immer schneller und fester. Noch mehr Hiebe. Ich heulte auf. Dann spürte ich, wie meine Eier sich entluden und meine Rosette sich um seinen Bolzen verkrampfte. Ragender Pfahl bohrte sich bis zum Anschlag in mich hinein, bis tief in meine Eingeweide, und schoß los, spritzte und schoß immer wieder, bis er über mir zusammenbrach.

Nachdem ein letztes Zucken seinen Leib erschüttert hatte, wartete er einen Moment ab und zog seinen Schwanz heraus.

Langsam aber stetig machte der Wilde, in den er sich verwandelt zu haben schien, wieder dem geschäftstüchtigen, lächelnden, modernen Menschen platz. Behutsam zog er mich auf die Füße. Als seine schönen weißen Zähne mich befriedigt lächelnd anstrahlten, fragte ich mich, ob ich es wagen könnte, ihn zu küssen. Bei fremden Kulturen ist es schwer zu sagen, was die wirklich intimen Teile des Körpers sind, die nichts mit reinem Sex zu tun haben, sondern der Liebe vorbehalten sind. Bei Lateinamerikanern kann das der Arsch sein; mit Schwanz und Eiern kann man machen, was man will, ›aber faß meinen Arsch nicht an‹; bei anderen sind es die Lippen, ›Ich küsse nicht‹. Ich wollte Ragender Pfahl nicht vor den Kopf stoßen, aber ich wünschte mir sehnlichst, als Abschluß von seinem phantastischen Fick die Lippen auf die seinen zu pressen. Während ich die Sache noch mit mir selbst ausmachte, beugte Stan sich nach vorn und klärte das ›Problem‹. Er schlang seine starken Arme um mich und gab mir einen langen Kuß.

Wann immer heute eine Lieferung mit indianischen Körben – immer sorgfältig verpackt, wie es sich für wertvolle Gegenstände gehört – in der Galerie eintrifft, verfluche ich mich dafür, einen so langfristigen Vertrag abgeschlossen zu haben. Damals hatte ich es für einen guten Deal gehalten. Aber inzwischen ist mir klar, es hätte viel mehr Spaß gemacht, alle sechs Wochen in den Westen reisen zu müssen, um nachzuverhandeln!

VERGEBLICHE LIEBE

Die kleine Besichtigungsgruppe, die durch Codwallop Castle geführt wurde, schleppte sich schwach hinter ihrer etwas herrschsüchtigen Fremdenführerin her. Michael hielt sich alleine im Hintergrund. Er war fasziniert von dem Porträt des Erbauers des Schlosses. Frisch gereinigt und restauriert wie auch alle übrigen Kunstwerke, leuchtete es, als sei es gestern erst gemalt worden. Und der Dargestellte wirkte so lebendig, als könne er jeden Augenblick aus dem Rahmen steigen.

Was für ein atemberaubender Mann dieser tolle Codwallop aus der Renaissance gewesen war, mit wundervollen Beinen, wie geschaffen für das enge Beinkleid, sexy Augen mit feurigem Blick, einem rotbraunen Schimmer in seinen langen, weichen Locken und dem kurzgeschnittenen Bart. Und wenn dieser Hosenbeutel nicht sehr trog, mußte er ein Gehänge gehabt haben wie das Pferd, das er ritt!

Wieso passierte ihm das immer wieder? fragte sich Michael. Sich in Männer zu vergucken, die, infolge zeitlichen oder räumlichen Abstands, unerreichbar für ihn waren? Als er zum erstenmal das Frontispiz in einer Biographie über Edward Carpenter gesehen hatte, hatte er sich in den Mann heiß verliebt, obwohl der einunddreißig Jahre vor Michaels Geburt mit über achtzig gestorben war. Aus der Biographie hatte Michael erfahren, daß Carpenter, obwohl selbst hoch gebildet, auf Liebhaber aus der Arbeiterklasse gestanden hatte. Offensichtlich hätte es wenig Sinn gehabt, als Hochschulabsolvent mit Masterabschluß in Finanzverwaltung sein hingerissener Zeitgenosse gewesen zu sein. Dann hatte Michael ›Robin Hood‹ und andere Filme aus Errol Flynns Blütezeit gesehen und war in Liebe und Lust nach einem Filmstar entbrannt, der gestorben war, bevor Michael auch nur seinen ersten feuchten Traum gehabt hatte.

Das hier jedoch war das Allerschlimmste. Carpenter war durch und durch schwul gewesen, und von Flynn wurde gemunkelt, er habe in beide Richtungen tendiert. Aber hier stand Michael fasziniert vor dem Porträt eines Mannes, der schon Jahrhunderte vor Carpenter und Flynn gestorben und obendrein noch ein hundertprozentiger Hetero gewesen war! Die Fremdenführerin hatte erklärt, der König habe ihn strecken und vierteilen lassen, und sein Kopf sei auf einer Stange auf der Londonbridge ausgestellt worden – nicht nur, weil er einen Anschlag auf den Thron verübt hatte – sondern auch, weil er einige Hofdamen der Königin beschlafen hatte, die der König selbst hatte entjungfern wollen. Gestreckt, geviertelt und geköpft! Selbst wenn man eine Zeitmaschine wie bei H. G. Wells gehabt hätte, um in die Ära des hübschen Rebellen zurückzureisen, hätte man ihn, dort angekommen, erst einmal wieder zusammenflicken müssen.

Die Fremdenführerin, die mit ihrem Gefolge weiterging, rief das verirrte Schaf ihrer Herde zu sich. Mit einem letzten sehnsüchtigen Blick auf das herrliche Exemplar von Mann auf dem Gemälde, eilte Michael der Gruppe nach, wobei er feststellte, daß er einen Riesenständer hatte.

Als er zu den anderen aufschloß, sagte die Fremdenführerin

gerade: »Nein, nach dem Scheitern des Aufstands ließ der König nicht nur Sir Walter hinrichten, sondern auch dessen drei Söhne, die Mitverschwörer gewesen waren. Der König war entschlossen, das Geschlecht auszurotten, und nachdem er das Schloß eingezogen hatte, schenkte er es einem seiner treuen Vasallen. Heute gehört es natürlich dem National Trust wie so viele Schlösser und Herrensitze, die die Besitzer – bei den heutigen Steuern – nicht mehr halten können.«

»Gibt es Geister in dem Schloß?« fragte eine der Touristinnen mit aufgeregtem Zittern in der Stimme.

»Davon ist noch nie berichtet worden«, antwortete die Fremdenführerin, während sie die Gruppe in den nächsten Raum trieb und die Tür zur Großen Halle hinter sich schloß.

Michael sah, daß sie sich nun in einem Verkaufsraum befanden, wo die Besucher Geschirrtücher, Buchzeichen und Aschenbecher kaufen konnten, die eine entfernte Ähnlichkeit mit Codwallop Castle aufwiesen, das über einem malerisch in seinen Schatten gekauerten Dorf aufragte. Es gab auch einen Ständer mit Ansichtskarten. Aus früherer Erfahrung mit Besichtigungen, die er unternommen hatte, seit seine Firma ihn in ihr Londoner Büro versetzt hatte, wußte Michael, daß Karten von den Räumen oder Gegenständen, die ihn am meisten interessierten, selten waren, und er nahm an, daß Codwallop da keine Ausnahme bildete. Zerstreut drehte er den Ständer und fand eine Abbildung der Großen Halle, die, man hätte es sich denken können, vom gegenüberliegenden Ende des Raums aufgenommen war – wodurch er so klein wirkte, daß man seine Schönheit nie hätte erahnen können. Aber nach einer weiteren Drehung war es da, das Porträt in Nahaufnahme! Rasch erwarb er zwei Stück, um eine in Reserve zu haben, wenn die erste infolge seiner Träumereien vom Sex mit dem Wahnsinnstypen unbrauchbar geworden sein sollte. Während er die Karten bezahlte, kam ihm der Gedanke, es müsse eine sublime Todesart sein, von dem Schwert, das an der Seite des Rebellen hing, in zwei Teile gespalten zu werden – obwohl er es natürlich vorgezogen hätte, vom Inhalt des üppigen Hosenbeutels aufgespießt zu werden.

Die übrigen Touristen, die ihre Souvenirs bezahlt hatten, beschlossen, in der kleinen Teestube neben dem Souvenirladen eine Erfrischung zu sich zu nehmen. Michael jedoch hatte sich an die englische Sitte des Teetrinkens als Antwort auf alle Probleme, als Linderung jeden Kummers noch nicht gewöhnt, und er bezweifelte, daß er sich je an englischen Kaffee gewöhnen würde, selbst *wenn* ihn seine Firma für den Rest seines Arbeitslebens in England festsetzen sollte! Am liebsten wäre er zurückgegangen, um noch vor dem Abbild von Sir Walter Codwallop zu verweilen, verstand jedoch, daß es Touristen nicht gestattet werden konnte, unbeaufsichtigt durch Räume mit so vielen kostbaren, historischen und beweglichen Gegenständen zu streifen. Mit dieser Einsicht beschloß Michael, einen Blick auf das Grundstück draußen zu werfen, das einen Ruf genoß, der dem des Schlosses selbst in nichts nachstand. Englische Gärten waren eins, was ihm an England am meisten gefiel. Der häufige Regen mochte zuweilen nervtötend sein, trug aber zur Pracht der Gärten bei – er und die Arbeit meisterhafter Gärtner, die großen Stolz in ihre Pflege setzten.

Michael betrat den berühmten Irrgarten. Den Blick auf die höchste Zinne des Schlosses gerichtet, schaffte er es, die Orientierung zu behalten und ohne große Umwege rasch auf der anderen Seite herauszukommen.

Beim Heraustreten mußte er scharf nach Luft schnappen, als er der Bluejeans ansichtig wurde, die die herrlichen Backen eines Gärtners umschmeichelten, der nach vorn gebeugt einigen Untergebenen Anweisungen gab, die aus

Kisten kleine Schößlinge in ein Blumenbeet umsetzten. Erneut schnappte er nach Luft, als der Mann in der Jeans sich aufrichtete und sich umdrehte. Michaels Hände fuhren instinktiv zur Jackentasche, wo er die frisch erworbenen Ansichtskarten verstaut hatte. Eine Jeans war Welten entfernt von einem Renaissance-Beinkleid, aber ansonsten war er Sir Walter Codwallop wie aus dem Gesicht geschnitten – einschließlich des braunen Vollbarts und einer Beule zwischen den Beinen, die jeden Hosenbeutel aufs Prächtigste ausgefüllt hätte.

Hatte er etwa ein Gespenst vor sich? Das Schloß sollte ja angeblich keine Geister beherbergen, aber was war mit den Gärten? Und pflegten Gespenster aus vergangenen Jahrhunderten Jeans zu tragen? Außerdem war dieser Gärtner aus einem Stück – nicht zu einem menschlichen Puzzle zerfetzt. Aber er sah eindeutig aus wie ...

»'n Tag«, sagte der junge Mann mit freundlichem Lächeln.

Seine Stimme war so anziehend wie seine Gestalt, männlich, tief und sonor.

»Erstaunlich«, sagte Michael, während er die Ansichtskarten hervorzog. »Was für eine Ähnlichkeit.«

Er hielt ihm die Karte hin, aber der Gärtner beachtete sie kaum und konzentrierte sich statt dessen auf Michael.

»Ja, das hab ich schon zu hören bekommen«, sagte er mit einem Lächeln, das den dämmrigen Nachmittag erhellte, »aber noch nie von jemandem, der so attraktiv ist wie Sie.«

Michael schluckte angesichts der Freimütigkeit des jungen Mannes. Abgesehen davon, daß sie, als ihre Augen sich trafen, jenen universellen Blick gegenseitiger Zuneigung und Bewunderung gewechselt hatten.

»Ironischerweise heiße ich zufällig auch noch Walter, genau wie er«, fügte der Gärtner hinzu.

»Ich ... ich komm gar nicht darüber hinweg«, stammelte Michael, der, obwohl es zu regnen anfing, wie angewurzelt stehenblieb.

»Eine Sache von Genen, die wieder durchgedrungen sind, nehme ich an«, sagte Walter. Er mochte vielleicht nur Gärtner sein, aber ein einziger Satz aus seinem Mund bewies, daß er kein Bauerntölpel war.

»Die Fremdenführerin hat uns erzählt, der König habe die Söhne von Sir Walter umgebracht, um die lästige Sippschaft auszurotten«.

»Die *legitime* Linie hat er beendet, stimmt schon«, sagte Walter mit einem Zwinkern seiner verführerischen Augen, »aber er hätte alle Hände voll zu tun gehabt, um auch all die kleinen Bastarde auszurotten, die Sir Walter landauf, landab gezeugt hatte.«

»Und Sie sind ein Nachkomme von einem von denen?«

Walter zuckte die Achseln. »Schon möglich. Ich hab meine Herkunft nie zurückverfolgt. Ich bin nicht einer, auf den es Eindruck macht, wenn er in seiner Familie blaues Blut entdeckt. Und ich würde mich auch nicht schämen, wenn an meinem Stammbaum ein paar Wegelagerer hängen würden. So oder so, ich bin einfach ich.«

»Und ein recht ansehnliches ›ich‹ außerdem«, sagte Michael, unfähig, seine Bewunderung zu verheimlichen, und angesichts des wissenden Blicks, den sie wechselten, auch gar nichts willens.

Die Touristengruppe, die aus der Teestube kam, um zum Bus zu gehen, quiekte unter den Regentropfen. »War doch klar, daß mein Schirm hinten im Bus ist, wenn ich ihn brauche!« schrie einer. Eilig machten sie sich auf den Weg zum Parkplatz, wo der Bus auf sie wartete.

»Ihre Gruppe fährt los«, sagte Walter ein wenig enttäuscht.

»Ich bin nicht mit einer Gruppe da. Ich bin mit meinem eigenen Auto gekommen. Und ich will mir den berühmten Garten anschauen – ob Regen oder Sonne.«

»Die wird wahrscheinlich in 'ner halben Stunde oder so wieder scheinen. Aber bis dahin werden Sie ganz schön naß.«

In diesem Augenblick fing es, nach gehöriger Vorwarnung, an, wie aus Kübeln zu schütten.

»Zu spät, um sich darüber jetzt noch Sorgen zu machen«, sagte Michael, dem war, als hätte er sich von dem jungen Mann auch nicht losreißen können, selbst wenn die sprichwörtliche Sintflut über ihn hereingebrochen wäre.

»Wir können in meiner Hütte warten«, schlug Walter vor und deutete auf eine kleine aber behaglich aussehende Tudorhütte unweit des Gewächshauses.

»Wunderbar. Sehr nett von Ihnen«, sagte Michael, dem der Regen übers Gesicht strömte. Walter ging über den Rasen voran, gefolgt von Michael, der enttäuscht war, weil der Regen ihm die Sicht auf Walters saftigen Hintern nahm.

Das erste, was Michael beim Betreten der Hütte auffiel, waren die zahlreichen Bücher auf den Regalen – zum Teil Handbücher der Gartenpflege, hauptsächlich aber Werke der Weltliteratur. In dem schönen bärtigen Kopf steckte offenbar eine Massen grauer Zellen, dachte er.

»Einen Tee?« fragte Walter, der den Kessel aufsetzte und Tassen und Untertassen vom Regal holte, als sei eine zustimmende Antwort selbstverständlich. In diesem Moment hätte Michael auch eine Tasse Blausäure angenommen, hätte Walter sie angeboten!

»Das wäre schön«, sagte er in Befolgung der englischen Teesitten.

»Ich höre da einen amerikanischen Akzent«, sagte Walter. Michael nickte. »Da kann ich auch gleich sagen, daß ich mich nicht mit Touristen einlasse, besonders nicht mit amerikanischen«, fügte Walter seufzend hinzu.

»Haben Sie was gegen Amerikaner?«

»Ja, ihr Land ist zu weit weg. Außer daß ich nicht Sir Walters Geschmack an Weibsbildern teile, teile ich auch nicht seine Vorliebe am Rumbumsen. Also fang ich nichts an, was keine Zukunft hat – so wie mit Touristen.«

Michael lächelte beruhigend. »Glücklicherweise bin ich nicht so ein Tourist. Ich lebe und arbeite zur Zeit in London und das wahrscheinlich noch viele Jahre.«

Walters Miene hellte sich auf.

»Na, dann ist's was anderes«, sagte er. Der Kessel pfiff, und er drehte sich um, um in weit besserer Laune den Tee zuzubereiten.

»Wissen Sie«, fuhr Michael kühn fort, »gleich als ich das Bild im Schloß sah, hab ich mich in ihn verliebt. Ich meine, *wirklich* verliebt.«

»Das kann passieren«, sagte Walter, der Kuchenstücke zum Tee schnitt. »Vor langer Zeit sah ich einmal Randolph Scott in einem Film und habe danach monatelang von ihm geträumt.«

Walter servierte den Tee, stellte die Kanne auf den Tisch vor dem kleinen Sofa, auf dem Michael saß, und bedeckte sie mit einem Wärmer, damit der Tee nicht kalt wurde. Er setzte sich neben Michael, so daß sich ihre Beine berührten. Durch Michaels Rückgrat und Schwanz fuhren elektrische Blitze.

»Sie werden sich noch eine Erkältung holen, wenn Sie in der nassen Jeans hier rumsitzen«, sagte Michael in echter Besorgnis.

»Keine schlimmere als Sie in Ihrem nassen Anzug. Wir sollten vielleicht beide die Klamotten ausziehen und sie zum Trocknen über die Gasheizung hängen.«

»Gute Idee«, stimmte Michael zu und setzte seine Tasse so schnell ab, daß sie auf der Untertasse ein bißchen klirrte. Walter stand auf und zog die Jeans aus. Der Anblick seiner schönen nackten Beine verwirrte Michael so, daß er kaum seine Knöpfe und Reißverschlüsse aufbekam. Als die Kleider zum Trocknen über der Heizung hingen, streckte Walter die Hand nach Michael aus und führte ihn, als dieser sie freudig ergriff, zur Tür zu einem anderen Zimmer.

Das Schlafzimmer, in das er ihn führte, war der einzige sonstige Raum in der sauberen kleinen Hütte. Einer englischen Sitte gemäß, die Michael am meisten verwunderte, stand die Kommode quer vor dem Fenster, so daß man von außen die unbearbeitete Rückseite des Spiegels sehen konnte. Michael hatte oft gerätselt, wieso die Engländer, wenn sie schon darauf beharrten, ihre Kommoden an die Fenster zu stellen, die Rückseite nicht netter gestalteten. Er würde Walter danach fragen, aber bestimmt nicht jetzt.

Als sie ihre letzen Kleidungsstücke ausgezogen hatten, legte Walter die Arme um Michael. Seine Haut fühlte sich warm an, die einzige Eigenschaft, die er in seinen Phantasien nie wirklich heraufbeschwören konnte. Walters Schwanz war inzwischen steif und heiß wie der Spieß, der dem unglücklichen König Edward II. in den Arsch gesteckt worden war – wovon der Fremdenführer nur andeutungsweise berichtet hatte, als Michael am Wochenende zuvor Berkeley Castle besucht hatte. Walter preßte seinen Schwanz an Michael und küßte ihn mit einer Zuneigung, die rasch einen weiteren heißen Spieß hervorbrachte.

Ohne jede Zurückhaltung, wie sie die Engländer in seinem Büro an den Tag legten, zog Walter Michael zum Bett. Michael setzte sich, mit weichen Knien angesichts der Geschwindigkeit, mit der seine Tagträume wahr wurden, auf die Kante. Er beugte sich zur Seite, um Walters steifen

Schwanz in den Mund zu nehmen, der heiß und köstlich schmeckte.

Er spielte mit den fülligen Eiern des jungen Mannes und fuhr mit den Fingern durch die dichten, langen und eher weichen als drahtigen Schamhaare. Als Walters Schwanz sich in seine gierige Kehle bohrte, hatte Michael den Eindruck, er sei fast so lang wie das Schwert auf dem Gemälde. Er brannte darauf, ihn im Arsch zu spüren.

Michael griff um Walter herum und legte die Hände auf die Rundungen von Walters Backen, die geformt waren wie zwei Brötchen, die man vor dem Backen hatte im Warmen liegen lassen, damit sie aufgingen. Er knetete sie, als seien sie tatsächlich aus Teig. Dann ließ er den Zeigefinger in die Vertiefung gleiten und streichelte zärtlich Walters Arschloch.

Walter warf den Kopf zurück und genoß die Lust, die Michael ihm bereitete.

Überall, wo Michaels Hände Walters Körper berührten, fanden sie kräftige Muskeln vor, Ergebnis seiner Arbeit im Freien, bei der er Kisten und Töpfe schleppte und Unkraut jätete. Michael wünschte sich, er hätte mehr als nur zwei Hände, um Walters Körper überall gleichzeitig berühren zu können: durch den braunen Bart zu streichen, die Brustwarzen zu zwirbeln, die aus seiner Brustbehaarung hervorragten, die festen Waden und Schenkel zu streicheln, die Vertiefung in seinem Rücken und die Spalte im Arsch zu erkunden, die wundervollen, lose baumelnden Eier zu liebkosen. Er wünschte sich auch mehr als einen Mund, um gleichzeitig Walters sexy gesenkten Lider, die Ohren, Lippen, Brustwarzen, den Nabel, den Schwanz, die Eier und den Arsch küssen und lecken zu können. Der ihm sich darbietende Leib war ein Festmahl, und Michael machte sich hungrig darüber her, voller Furcht, er könne sich jederzeit wieder in eine

Phantasiegestalt zurückverwandeln. Er blieb jedoch fest, warm und reagierte wundervoll. Das üppigste Festmahl, das hohen Gästen von den Herren von Codwallop Castle je geboten worden war, hätte niemals mehr Genuß bereiten können.

Endlich öffnete Walter die oberste Schublade eines kleinen Schränkchens neben dem Bett, holte ein Kondom heraus und riß die Packung auf. Er schob Michael für einen Augenblick sanft beiseite und rollte das feuchte Kondom über seinen zuckenden Schwanz. Michael ließ sich voller Vorfreude auf das Bett fallen und hob die Beine. Walter steckte einen spuckefeuchten Finger in die gierig pulsierende Rosette von Michaels Arsch. In diesem Augenblick war Michael sich sicher, daß der echte Sir Walter bei den frischen Bräuten auf dem Land wahrscheinlich nie sein Recht als Feudalherr hatte erzwingen müssen. Ein Blick auf diese herrliche Gestalt über ihnen mußte die Frauen ebenso gierig darauf gemacht haben, sein strotzendes Gerät zu empfangen, wie Michael es jetzt war, Walters steifen Schwanz aufzunehmen.

Walter zog den Finger heraus und setzte an seiner Stelle seinen großen Schwanz an. Michaels Arsch schluckte ihn gierig. Immer schneller stieß Walter zu. Michael wand sich voller Lust und wünschte sich, die Stöße würden nie enden. Irgendwann jedoch wurde Walter von Krämpfen geschüttelt. Und schließlich schrie er auf und kam. Nach ein paar schwachen letzten Stößen zog er den Schwanz heraus und brach – ausgelaugt – über Michaels Leib zusammen, nahm dessen Kopf zwischen die Hände und küßte ihn zärtlich wie zum Dank für die ihm bereitete Lust. Michaels Arme schlangen sich um ihn und bewiesen, daß sie beidseitig gewesen war. Dann entspannten sie sich allmählich in gegenseitiger Umarmung.

Als sie wieder normal atmen konnten, sagte Michael:

»Das kleine Dorf bei Codwallop scheint mir ein netter Ort zu sein, wo ich mir für meine Zeit in London ein Landhaus kaufen könnte. Weißt du eins, das zum Verkauf steht?«

»Zur Zeit nicht, aber der Alte Mercy Hawks kann es mit seinen neunundsiebzig nicht mehr lange machen«, sagte Walter. »Bis dahin könntest du ja an den Wochenenden zu mir kommen. Die Hütte ist klein, aber da es Generationen von Obergärtnern hier mit Frauen und Kindern ausgehalten haben, sehe ich nicht ein, wieso du und ich es nicht können sollten.«

»Das könnte mir so gut gefallen, daß ich gar keine eigene mehr haben wollte.«

»Da wirst du keinen Einspruch von mir hören«, sagte Walter mit liebevollem Blick. Sie küßten sich, wie um den Handel zu besiegeln. Dann setzte Walter sich auf.

»Jetzt könnten wir beide glaube ich eine Tasse Tee gebrauchen.«

Michael lachte. England ist *nicht* unterzukriegen.

EHEMÄNNER

Obwohl die Dusche so kalt war, wie er es gerade noch aushielt, trotz der Tasse Kaffee aus der Kaffeemaschine, die seine Frau am Abend zuvor eingestellt hatte, trotz dem Weg von zu Hause zum Bahnhof schlief Lou noch halb, als er auf dem Bahnsteig zu den anderen verheirateten Pendlern stieß und den Zug um 7:45 nach New York bestieg. Er konnte sich kaum daran erinnern, haltgemacht und ein *Wall Street Journal* aus dem Automaten genommen zu haben, aber da er es, wie auch die meisten anderen, in Händen hielt, mußte er es wohl getan haben.

Während Lou durch den Mittelgang ging, stiegen ihm die Düfte einer Reihe von After Shaves und Duftwässern in die Nase. Hier und da roch er auch schwach ein feineres Parfüm, denn heutzutage fuhren in den Pendlerzügen auch Frauen, die ebenso korrekte Anzüge trugen wie die Männer, aber mit unauffälligen Perlen anstelle von Krawatten. Die eine hatte bereits ihren Aktenkoffer geöffnet und Papiere auf dem Nebensitz ausgebreitet, um zu arbeiten. Obwohl Lou die Tatsache, daß seine Frau nur etwas grummelte, wenn er sie zum Abschied küßte, um sich dann umzudrehen und bis in die Puppen weiterzuschlafen, manchmal verfluchte, war er froh, keine dieser Geschäftsfrauen geheiratet zu haben.

Lou ließ sich in einer Reihe nieder, die er momentan ganz für sich selbst hatte, obwohl sich das garantiert beim nächsten Halt ändern würde, wenn noch mehr Reisende einsteigen würden. Er schlug seine Zeitung auf, auch wenn seine Augen noch nicht bereit zu sein schienen, aufzuklappen und ihre Arbeit aufzunehmen.

Er mußte hinter der Zeitung eingenickt sein, vermutete er, als ein schwer gebauter Mann über seine Beine stieg, um sich auf den Fensterplatz schräg gegenüber zu setzen. Jetzt stiegen neue Passagiere ein, obwohl Lou sich nicht daran erinnern konnte, daß der Zug angehalten hatte. Direkt ihm gegenüber ließ sich ein hochgewachsener Mann in den Sitz fallen. Plötzlich war er wach.

Es war der Rothaarige! Er war Lou schon mehrfach auf der Rückfahrt aufgefallen, wo er eine Stadt vor Lou ausgestiegen war, weil er abends genau so makellos aussah wie sonst jeder am Morgen. Sein ganzes Leben lang hatte Lou diesen Typ Mann beneidet, der nie zu schwitzen scheint, selbst wenn die Klimaanlage aussetzt, an dem selbst nach einem Tag in der Stadt nie der kleinste Fleck hängenzubleiben scheint, kein Tintenfleck an den Fingern, nicht die kleinste Fluse. Lou bezweifelte, daß er sich je auch nur Dreck aus dem Bauchnabel puhlen mußte. Der hätte sich da gar nicht reingewagt.

Der hübsche junge Rotschopf streckte seine Füße in den teuren Schuhen zu beiden Seiten von Lou aus und schlug seine Zeitung auf, natürlich die *Times*, nicht das *Wall Street Journal*. Sein Blick traf auf die inzwischen weit aufgerissen glotzenden Augen von Lou, er lächelte kurz und nickte und verschwand dann hinter der Zeitung. Unterhalb der *Times* war jedoch sein korrekt gekleideter Unterleib zu sehen und die langen, schlanken Beine, deren Knie fast die von Lou berührten. Lou war fasziniert von der vollkommenen Symmetrie, in der die Hose saß. Keinerlei indiskrete Ausbeulung, und Lou ertappte sich dabei, daß er sich den engen weißen Slip vorstellte, der den Schwanz und die Eier umschloß. Er fragte sich, ob die Schamhaare wohl genau so rot waren wie die Kopfbehaarung.

An der Hand, die die Zeitung hielt, befand sich ein ungewöhnlich breiter Ehering, der mit der Stimme einer besitzergreifenden Gattin hinauszuschreien schien, ›Der gehört mir!‹. Der von Lou war kleiner, aber er war da.

Ein wenig nervös schaute Lou auf, um zu sehen, ob der Nebenmann des Rothaarigen seine Blicke beobachtete, aber der Vierschrötige war in seine Zeitung vertieft und schaute nur gelegentlich aus dem Fenster, um zu sehen, wie weit sie noch von der Stadt entfernt waren. Alle im Zug schienen auf ähnliche Weise in Beschlag genommen, nur eine einzige Seele in der Reihe gegenüber war so frivol, sich mit dem Kreuzworträtsel zu beschäftigen.

Lou fiel die Kraft der Schenkel in den Nadelstreifen auf. Der Dicke neben dem Rothaarigen hatte gewaltige Schinken. Lous Frau, noch nie eine Elfe, bekam allmählich eine Figur, die immer mehr von Fettpolstern entstellt wurde. Der Rothaarige war angenehm schlank, ohne dürr zu sein. Wahrscheinlich joggte er abends, und Lou stellte sich die eleganten Umrisse des athletischen Körpers vor. Im Geist streifte er den Stoff der Nadelstreifenhose ab und malte sich die Beine aus, die wahrscheinlich so leicht behaart waren, daß sie wie muskulöser Alabaster wirkten – im völligen Gegensatz zu Lous eigenen, dunkel behaarten Beinen.

Als er den Blick von den Beinen und dem korrekten Unterleib löste und aufschaute, stellte Lou verlegen fest, daß die

Augen des Rothaarigen ihn über den Rand der Zeitung hinweg direkt anblickten. Lou spürte, daß er rot wurde, aber die blauen Augen ihm gegenüber zwinkerten ihn zuerst beruhigend und dann aufreizend an. Die Zeitung senkte sich ein kleines Stück, und Lou erblickte auf dem hübschen Gesicht ein feines Lächeln.

Ihre Blicke trafen sich für einen Augenblick, dann senkte der Rotschopf die Augen und schaute Lou direkt zwischen die Beine. Bei dieser unerwarteten Reaktion begann Lous Herz mit einem Mal, wild zu klopfen. Sein Schwanz wurde steif, wobei er, anders als der seines Gegenübers, nicht von einem Slip beengt wurde. In seinem linken Hosenbein wurde eine leichte Ausbuchtung sichtbar, die von den blitzblauen Augen deutlich bemerkt wurde. Das winzige ermutigende Lächeln spielte um, wie Lou feststellte, wundervoll feuchte und zum Küssen auffordernde Lippen. Lou bekam plötzlich keine Luft mehr.

Irgendwie verschoben sich ihre Knie, die einander nahe gewesen waren, ohne sich zu berühren, bis die Waden eines Beins Kontakt schlossen. Obwohl der andere so kühl wirkte, war in dem Bein, das sich an das von Lou preßte, eine Hitze zu spüren, die Lous ganzen Leib zu erwärmen schien. Lou spannte seinen Wadenmuskel an, so daß dieser sich an das Bein seines Mitreisenden drängte. Als Antwort darauf spürte Lou, daß sich etwas gegen sein Hosenbein preßte, und jetzt schien seine Zunge anzuschwellen, daß er Mühe hatte, zu schlucken.

Die Berührung ihrer Beine, die zuerst zufällig gewesen zu sein schien, war nun eindeutig beabsichtigt. Lou rutschte herum, um sein anderes Bein gegen das des Rothaarigen zu pressen. Es kam keine Regung, den ursprünglichen Abstand wiederherzustellen, und die Hitze ging jetzt von beiden Beinen aus. Lou fühlte sich fiebrig, obwohl der Rothaarige immer noch völlig ungerührt zu sein schien. Demonstrativ las er weiterhin in seiner Zeitung, wenngleich er sie jetzt mehr zusammenfaltete, so daß sein Gesicht nicht mehr davon verdeckt wurde, und immer wieder blickte er mit unauffälligem Lächeln zu Lou herüber und spannte erneut die Wade an Lous Bein.

Wollte der Schönling ihn nur veräppeln oder meinte er es ernst? Da war dieser riesige Ehering – aber schließlich trug Lou ebenfalls einen. Was sollte das alles? Für seinen Teil konnte Lou sich nicht daran erinnern, einem anderen Mann seit der Pubertät solch starke Gefühle entgegengebracht zu haben, als er sich verknallt hatte, allerdings nicht in das Sportas der Schule, sondern in den Leiter des Debattierclubs. Und der war, jetzt, da er darüber nachdachte, der gleiche Typ von unnahbarem, makellosen Mann gewesen, dessen Körper Schmutz und Schweiß ebenso abwies, wie von seinem Geist jede Unreinheit abprallte. Als Lou versucht hatte, ihn zu verführen, war er höflich aber fest mit all den Gründen zurückgewiesen worden, aus denen die Kirche des jungen Mannes vorehelichen Sex als Sünde betrachtete. Er hatte Lou sogar versichert, sich noch nie ›selbst berührt‹ zu haben, und das, ohne in irgendeiner Weise prüde zu wirken. Lou hatte nicht den Eindruck, daß der Rothaarige je ebenso abstinent und sittsam gewesen war. Und jetzt schienen diese blitzenden blauen Augen ihn eindeutig zu ermuntern.

Spontan stellte Lou sich vor, und der Rotschopf antwortete. »Ben Moyer.« Sie schüttelten sich die Hände, wobei sie sie eine Sekunde länger festhielten als üblich. Bens Hand war trocken, Lous Handfläche war feucht und schien zu schwitzen. Lou genoß das Gefühl, Bens Hand zu spüren und hätte am liebsten seinen kühlen, nackten Leib in die Arme geschlossen. Sex am Morgen war nie sein Ding gewesen, selbst nicht in den Flitterwochen, aber mit einem Mal sehnte er sich verzweifelt danach. Scheiß auf das Brötchen und den Kaffee in der Frühstückspause. Was Lou jetzt auf der Stelle schlucken wollte, war der Schwanz und die Eier dieser kühlen, makellosen bleichen Schönheit.

»Rechtzeitig aufzustehen, um den Zug zu erreichen, ist ein Kreuz, stimmt's?« sagte Lou.

»Ehrlich gesagt, macht mir das nichts aus«, antwortete Ben achselzuckend, und Lou glaubte ihm. Es hatte nicht den Anschein, als sei das ein Problem für ihn.

»Naja, man muß dahin, wo das Geld sitzt, und das sitzt nun mal in der City.«

»Ich mag die City, die anonyme Menge. Ich könnte es nicht ertragen, nahe von zu Hause zu arbeiten und nie Abstand zwischen mich und die häuslichen Angelegenheiten bringen zu können.«

»Haben Sie Kinder?« fragte Lou, der sich sofort darauf wünschte, das Thema nicht zur Sprache gebracht und seine Beute an ihren Status als Ehemann erinnert zu haben.

Ben antwortete ungerührt. »Das durchschnittliche Geschwisterpaar, ein Junge und ein Mädchen. Nun ja, natürlich betrachten wir sie als überdurchschnittlich. Und Sie?«

»Nur Mädchen, fürchte ich. Drei. In beiden Familien sind Mädchen die Regel«, sagte Lou kopfschüttelnd, während er daran dachte, daß er und seine Frau beschlossen hatten, es nicht noch weiter mit einem Sohn zu versuchen, da wahrscheinlich nur noch mehr Mädchen dabei herauskommen würden.

Damit war das Thema beendet, denn keiner von beiden hatte Lust, noch weiter über die Familie zu reden. Lou zumindest war es unangenehm, das beiseite schieben zu müssen, was ihm bezüglich Ben eigentlich durch den Kopf ging.

»Wenigstens bin ich in der Stadt nicht auf den öffentlichen Verkehr angewiesen, um zum Büro zu kommen«, sagte er. »Ich arbeite in Fußnähe zur Grand Central Station.«

»Ich auch«, sagte Ben. Damit zog er seine Visitenkarte und reichte sie Lou. Lou fischte nach seiner eigenen, um sie seinerseits Ben zu geben. Inzwischen sammelte der Dicke am Fenster seine Sachen zusammen, um sich aufs Aussteigen vorzubereiten. Es war nicht viel Zeit zu verlieren.

»Wir könnten uns ja vielleicht zum Mittagessen treffen«, schlug Lou vor, als der Dicke sich an ihnen vorbeidrängte und sie ihren Beinkontakt lösen mußten.

»Oder sowas«, sagte Ben mit eindeutig provozierendem Lächeln.

»Heute vielleicht?« fügte Lou hastig im puren Fieber der Begierde hinzu.

»Paßt hervorragend«, sagte Ben, der nicht die Absicht hatte, den Schüchternen zu spielen.

Als sie bei der Einfahrt des Zuges aufstanden, sehnte Lou sich danach, Ben in die Arme zu schließen und den schlanken, muskulösen Leib zu spüren, der einen solchen Gegensatz zur Weichheit und Fülle seiner Frau bot.

An diesem Morgen hatte Lou Mühe, sich auf seine Arbeit zu konzentrieren. Ungeduldig wartete er darauf, Ben über die Nummer auf der Karte anzurufen und sich zum Treffen zu verabreden, hatte aber das Gefühl, er sollte mindestens bis zehn Uhr damit warten. Er zermarterte sich das Hirn, wie sie es wohl schaffen könnten, alleine zu sein, damit er diese Markenklamotten herunterreißen konnte, um an den Körper zu kommen, den Gott diesem Mann gegeben hatte. Saunen gäbe es nicht mehr, hatte er gelesen. Wenn ihn seine Arbeit so lange in der Stadt festhielt, daß es keinen Sinn mehr hatte, nach Hause zu fahren, übernachtete er manchmal bei einem Freund, der in Tudor City wohnte. Er wußte aber, daß dieser Freund Verwandte aus Ohio zu Besuch hatte, die während ihres Aufenthalts in New York seine Wohnung als Hotel benutzten.

Die Stärke seines Verlangens, Ben vollständig zu besitzen, überraschte ihn.

Es war lange her, seit er ein solches Verlangen verspürt hatte. Er und seine Frau kamen den ehelichen Pflichten immer seltener nach, aber sie war fähig, mittendrin von Problemen mit den Kindern, noch mehr Verbesserungen im Haushalt oder einer neuen Diät, von der sie gelesen hatte und die ihr Gewichtsproblem lösen könnte, anzufangen. Ehe er sich versah, vögelte Lou automatisch vor sich hin, während sie solche Sachen besprachen.

Um zehn hielt Lou es nicht länger aus. Er wählte die Nummer auf Bens Visitenkarte, wobei er erst jetzt bemerkte, daß dieser bei einer Wohltätigkeitsstiftung arbeitete, wo er für die Vergabe von Beihilfen zuständig war.

Gefaßt darauf, die Stimme einer Sekretärin zu hören, brachte es ihn aus dem Konzept, als Ben selbst antwortete.

»Hier ist Lou Waller. Vom 7:45er Zug. Ich ruf an, um zu hören, wie's mit Mittagessen aussieht.«

In Bens Stimme war deutlich ein Lächeln vernehmlich. »Ich dachte, du hättest dich vielleicht inzwischen abgekühlt.«

Da seine Sekretärin direkt vor seiner Arbeitsnische saß, glaubte Lou nicht, zugeben zu können, daß er – alles andere als abgekühlt – den Eindruck hatte, er bekomme jedesmal Fieber, wenn er an Ben dachte.

»Kein bißchen«, sagte er nur.

»Leider hat sich meine Sekretärin heute krank gemeldet, und die einzige andere Person im Büro ist unterwegs, so daß ich ganz alleine hier bin. Ich kann heute nicht weg, fürchte ich.«

»Du bist ganz alleine?«

»Nun ja. Gar nicht so übel, wenn man's recht bedenkt, oder?«

»Perfekt. Gegen eins?«

»Ist mir recht. Bring ein paar Sandwiches mit, wenn du willst.«

»Also Essen ist das letzte, was mir vorschwebt.«

Ben lachte und verstand genau. »Zum erstenmal bin ich froh, daß wir ein kleiner Betrieb sind.«

Nachdem alles geklärt war, zwang Lou sich, sich wieder der Arbeit zu widmen, mußte aber feststellen, daß er immer wieder abschweifte. Normalerweise achtete er nicht auf die Zeit, aber diesmal schaute er unsinnig oft auf die Uhr. Selten war die Zeit so langsam vergangen. Er grübelte, wie früh er gehen mußte, um um eins anzukommen und noch Zeit für einen Halt zu haben, um Kondome zu kaufen. Als die Stunde endlich herankroch, stellte er fest, daß er einen Ständer hatte. Da dies peinlich werden konnte, wenn er durch das Großraumbüro ging, versuchte er seinen anschwellenden Schwanz zu beruhigen, indem er an abturnende Dinge dachte – zu Hause die Regenrinnen zu reinigen, an langweilige Sitzungen, an Steuern.

Schließlich war es Zeit zu gehen, und Lous Aufbruch war so hastig, daß er im Vorbeieilen die Blätter von den Tischen im Großraumbüro herunterfegte.

Bens Büro war in der Tat klein und befand sich am ruhigen Ende eines Flurs, in dem eine Reihe von Kleinunternehmen beheimatet schienen. Im Vorraum wurde der größte Teil der Fläche von Aktenordnern eingenommen, die den Schreibtisch der kranken Sekretärin flankierten. Daneben befanden sich zwei Büros für die Angestellten der Stiftung, von denen Ben das größere gehörte. Bens Tür stand offen, als Lou eintrat, und Ben, der hinter seinem Schreibtisch saß, lächelte ihn strahlend an. Er erhob sich zu seiner vollen, stattlichen Größe und kam ins Vorzimmer. Während sie sich die Hände schüttelten, streckte Ben die freie Hand aus und legte die Sicherheitskette an der Tür zum Flur vor.

»Ich war heute morgen ständig abgelenkt, weil ich an das hier gedacht habe«, gestand Ben.

»Mir ging's genau so.«

Mit einem leichten Nicken in Richtung seines Büros ging Ben voraus und schloß auch hier die Tür hinter sich ab. Dann ließ er das Rouleau herunter, drehte sich um und kam auf Lou zu. Der Kühle preßte seine Lippen auf die von Lou, die nahezu in Flammen standen. So blieben sie stehen, und zwischen Lous geöffnete Lippen schob sich eine Zunge. Die beiden Männer umschlangen sich gierig mit den Armen und preßten ihre Unterleiber gegeneinander. Enger Slip oder nicht, in Bens Unterhose war jetzt eine dicke Beule, der Lous inzwischen gigantische Erektion mehr als gleichkam.

»Wir wollen doch unsere Anzüge nicht zerknittern«, sagte Ben mit spielerischem Lächeln und unterbrach die Umarmung, um sein Jackett abzulegen.

Die Krawatten wurden abgestreift, und sie fingen an, die Hemden aufzuknöpfen. Als das von Lou aufklaffte, waren über seinem Unterhemd die dichten Haare zu sehen.

»Ja, ich hab mir gedacht, daß du behaart bist«, sagte Ben, offensichtlich angetan.

»Und ich war mir sicher, daß du's nicht bist«, sagte Lou ebenso zufrieden.

Je mehr Kleidungsstücke verschwanden und sorgfältig beiseitegelegt wurden, desto breiter wurde ihr anerkennendes Lächeln, als beide gewahr wurden, daß der andere genau so war, wie sie es sich vorgestellt und gewünscht hatten.

Als sie nackt bis auf die Unterhosen waren, drängten ihre geschwollenen Schwänze ins Freie und ragten steinhart empor. Ben steckte seine langen, bleichen Finger in Lous

Boxershorts und griff unter seinen steifen Schwanz, um die großen, behaarten Eier zu streicheln, wobei er ein Geräusch von sich gab, das wie das Schnurren einer Katze klang, als sich seine Hand um die lose hängenden Kugeln schloß. Lou seinerseits ließ die Hand unter den Bund von Bens Slip gleiten und fuhr mit den Fingern durch das kleine Gebüsch aus Schamhaaren bis zu dem Ständer mit der dicken Eichel. Ben beugte sich vor und leckte sich seinen Weg zu den erregten, aufgerichteten Brustwarzen, die aus seiner Brustbehaarung herausragten. Dann fing er an, an der Warze zu saugen, und Lou stellte zum erstenmal fest, daß es für ihn eine äußerst erogene Zone war.

Beide schoben sich die Unterhosen herunter und ließen sie zu Boden fallen. Beider Schwänze standen habacht wie Westpointkadetten bei der Parade.

Ben drängte Lou zu einem lederbezogenen Sofa an der Wand des Büros. Als Lou auf das kalte Leder sank, war es zuerst ein Schock, den er aber kaum beachtete, da vor seinem Gesicht plötzlich Bens Ständer mit den fast unbehaarten Eiern aufragte. Er nahm zuerst ein, dann das andere Ei in den Mund, und Ben keuchte entzückt. Lou streckte die Hände aus und legte sie auf die Backen von Bens hübsch rundem Arsch.

Mit der Zunge über den langen, dünnen Schaft von Bens Schwanz bis zur Eichel leckend, erforschte er alle Kurven. Gleichzeitig zog er die linke Hand von Bens Arsch, steckte sie ihm zwischen die Beine und ging langsam nach oben, um am Rand des engen Arschlochs zu fingern. Es zuckte unter Lous Berührung und schien den forschenden Finger geradezu einzusaugen. Als Lous Finger eindrang, spannte Ben den Arsch um ihn, und Lou hörte ein tiefes, lustvolles Stöhnen aus Bens Kehle dringen. Es klang, als habe ein Verhungernder endlich etwas zu essen gefunden.

Bens Knie wurden weich, und Lou zog den Finger heraus,

während Ben vor ihm in die Knie ging. Er beugte sich nach vorn und saugte an der Brustwarze, deren Umgebung noch von seiner Spucke feucht war. An den Haaren knabbernd, die von Lous Brust zur Mitte seines Bauchs verliefen, steckte Ben seine Zunge in den Bauchnabel, um dann zum Unterleib vorzudringen. Seine Hände strichen langsam über die gespreizten Beine, die sich weiter und weiter spreizten, um Ben Zugang zu den großen, haarigen Eiern zu gewähren, die dieser mit der Zunge in den Mund einzog. Lous Schwanz zuckte.

Lou lehnte sich im Sofa zurück und bot Ben seinen Körper zum Festmahl. Er streckte die Hand aus und strich zärtlich über Bens wellige rote Haare. Er schloß die Augen und überließ sich ungewohnter Lust, als er spürte, daß seine Beine angehoben wurden. Die Augen wieder öffnend, sah er, daß Ben ein feuchtes Kondom über seinen langen, dünnen Schwengel mit der pilzförmigen Eichel gestreift hatte und ihn an Lous behaartem Arschloch ansetzte.

Lous Körper setzte dem Druck Widerstand entgegen, aber mit einem festen Stoß glitt der Schwanz hinein und drang Stück für Stück in Lou ein. Für Lou war es das erste Mal, aber fast augenblicklich, nach dem ersten schmerzerfüllten Wimmern hoffte er, es würde nicht das letzte Mal sein. Es erschien ihm so stimmig, so ganz als das, was er sich während all der Jahre lustloser Reaktionen auf Sex mit seiner Frau unbewußt gewünscht hatte. Er streckte die Arme aus und packte den schönen, bleichen Körper, der über ihm aufragte. Es war wundervoll, diesen schönen Menschen in sich zu spüren. Jedesmal, wenn Ben zurückwich und dann wieder vorstieß, geriet er an den Rand der Ekstase.

Ben beschleunigte das Tempo, und endlich schien ein Ausbruch von Energie Bens schmalen, straffen Körper zu erschüttern, während eine Ejakulation auf die andere folgte.

Nach einem letzten Zucken des Schwengels brach Ben über Lou zusammen, der seinen glatten Rücken streichelte. Nachdem er sich ein, zwei Minuten lang in äußerster Entspannung erholt hatte, zog Ben langsam seinen erschlaffenden Schwanz aus Lous Arsch. Bäuchlings legte er sich auf den Teppich, als wolle er ausruhen. Der Doppelhügel seines Hinterns war unwiderstehlich. Lou ging neben ihm auf dem Boden in die Knie und küßte ihn auf die Schulterblätter, um sich dann langsam und zärtlich küssend den Weg an Bens Wirbelsäule abwärts zu bahnen. Als er bei den Alabasterbacken von Bens weichem Arsch anlangte, ließ Ben sie verführerisch zucken.

Lou griff in die Tasche seines Mantels, der über dem Stuhl neben ihnen hing, und holte das Päckchen mit den Kondomen hervor, das er auf dem Weg gekauft hatte. Er riß es auf, nahm eines heraus und rollte es über seinen viel dickeren, wenngleich vielleicht ein wenig kürzeren Schwanz. Die Gleitflüssigkeit, die an seinen Händen blieb, rieb er in Bens Arschloch, das erwartungsvoll zuckte. Lou steckte einen Finger hinein, zog ihn wieder heraus und führte dann zwei ein, um das Arschloch auf die Größe vorzubereiten, die es gleich aufnehmen sollte. Dann kamen drei Finger, und dann setzte er sich über den am Boden liegenden Leib. Er nahm ein Kissen vom Sofa, hob Bens Mittelpartie an und steckte es darunter, so daß der gierige, wunderschöne Arsch leicht in die Höhe ragte. Dann setzte er seine Eichel an dem Loch an und erzwang sich langsam den Zugang.

Ben gab einen leisen wimmernden Laut von sich, der auf Schmerz hindeuten konnte, aber auch ebenso gut auf die Erleichterung, daß ein lange gehegter Wunsch endlich in Erfüllung ging. Lou genoß die Wärme in Bens Körper und beugte sich vor, um Ben auf den Hals zu küssen, während er immer schneller zuzustoßen begann.

»Ja. Ja, fick mich mit deinem großen, fetten Schwanz, du haariger, geiler Macker«, keuchte Ben voller Lust.

Die Gier in Bens Stimme stachelte Lou zu neuer Energie auf. Das war etwas, das seine Frau nie gezeigt hatte. Sie ließ Sex über sich ergehen, aber Ben bettelte darum.

»Ja, gib's mir, Lou. Steck mir deinen ganzen dicken, geilen Schwengel rein. Fick mich, fick mich.«

Lou griff unter Bens Körper und spielte mit dem jetzt weichen Schwanz und den Eiern, als er plötzlich spürte, daß sein Leib kurz davor stand, seine Ladung abzuspritzen. Wie in einer riesigen Explosion schoß sein Sperma durch seinen Schwanz in die Spitze des Kondoms. Ein paar Minuten lang wurde sein Körper von Nachbeben erschüttert, dann brach Lou ermattet über Ben zusammen und blieb in einer seligen Befriedigung liegen, wie er sie noch erlebt hatte.

Schließlich küßte er Bens Ohr. »Bitte, ich will nicht, daß das das einzige Mal war«, flüsterte er.

Ben drehte den Kopf zur Seite und lächelte.

»Ich weiß ja nicht, wie's bei dir ist, aber ich hab noch fünf weitere Gummis, die ich nicht verschwenden will, und meine Frau benutzt eine Spirale.«

»In meiner Packung sind auch noch fünf übrig«, sagte Lou froh, während er seinen erschlafften Schwanz herauszog.

»Dann ist ja alles klar«, sagte Ben, der sich lächelnd auf den Rücken drehte. »Sieht so aus, als müßte ich ein paar Abende länger arbeiten und einen späteren Zug nach Hause nehmen.«

Lou nahm Ben in die Arme und pflanzte ihm einen feuchten Kuß auf die grinsenden Lippen. Ihre Zungen schlangen sich ineinander, ihre Umarmung wurde noch fester, und Lou wußte, daß das nur der Anfang gewesen war.

JOGGER

Ich habe mit Joggen nicht angefangen, um, wie so manche, Gewicht zu verlieren; das habe ich nicht nötig. Ich hab's auch nicht gemacht, weil es für junge Geschäftsleute meines Alters ›in‹ ist; als offen schwuler Mann werde ich bei der Yuppiemeute nie richtig ›in‹ sein. Nein, ich habe damit angefangen, weil es eine tolle Gelegenheit ist, gutaussehende Männer in der Blüte ihrer Jahre in knappen Laufshorts, die ihre Beine sehen lassen, anzuschauen und kennenzulernen.

Ich stehe auf Beine, wißt ihr, und werde beim Anblick eines tollen Paars Männerbeine ganz schwach. Beine bedeuten mir nicht alles. Das beste Paar würde nichts helfen, wenn das Gesicht nicht auch toll wäre. Beim Gesicht fängt alles an, aber gleich danach will ich gute Beine. Wenn ich in Kneipen oder wo immer sonst Männer in voller Kleidung abschleppte, war ich schon manches Mal enttäuscht, sobald die Hose fiel und ich schinkenförmige Schenkel, dürre Stecken oder, bei manchen hochgewachsenen Männern überhaupt keine Waden (was oft mit mickrigen Arschbacken zusammengeht) zu Gesicht bekam. Aber bei gutgeformten Beinen, genau richtig muskulös und nicht übertrieben à la Arnold Schwarzenegger, möchte ich mich einfach an den Innenseiten der Oberschenkel nach oben küssen, bis ich zum meinem Mekka gelange. Ich glaube, nichts ist mehr sexy als der Anblick der nackten Beine eines Mannes, die einladend gespreizt sind, um mir Zugang zu gewähren, es sei denn, sie sind zum gleichen Zweck in die Luft gestreckt. Ich mag es, mit den Händen über sie zu gleiten und unter den Handflächen die Muskeln und die leichte Behaarung zu spüren. Ich mag es sogar, wenn ich im Bus oder der U-Bahn oder im Theater sitze und die Beine eines attraktiven Mannes auf dem Nebensitz verführerisch nahe an meine kommen, so daß ich ihre Wärme am Oberschenkel spüre. Und wenn sie tatsächlich zufällig oder absichtlich Kontakt schließen, bekomme ich einen fürchterlichen Ständer.

Als ich Gregory zum erstenmal sah, machte er gerade Dehnübungen in der Nähe des Engineer's Gate im Central Park, dem Ausgangspunkt und der Ziellinie so vieler Rennen, die im Park stattfinden. Es ist auch der übliche Ein- und Ausgang für viele von uns Joggern von der East Side, die eher gelegentlich Sport treiben. Ich sah, daß dieser Gregory (damals für mich Mr. Namenlos, aber sofort auch Mr. Traumprinz) sehr hübsch entwickelte Muskeln zu dehnen hatte, und checkte rasch das Gesicht ab. Oh, Mann, ja, es war toll. Ich hoffte, er mache seine Dehnübungen vor und nicht nach dem Laufen, da ich mich ihm anschließen wollte, wenn er seine Runden durch den Park drehte, um neben ihm herzujoggen und ihn kennenzulernen. Ein Blick auf seine Beine und sein Gesicht, und mir war klar, daß es mich ebenso glücklich machen würde, mich hinten an seinen Beinen zum Arschloch, wie vorne bis zum Schwanz und den Eiern hinaufzuküssen.

Ich fing an, neben ihm selbst ein paar einleitende Dehnübungen zu machen. Ich wollte gerade den Mund öffnen, um

Konversation zu machen, als er plötzlich losspurtete und mich mit einem Bein auf einem der Poller zurückließ, die die Parkwege für Autos absperren, damit Läufer und Radfahrer nachts freie Bahn haben.

Als ich das Bein wieder unten hatte und mich nach dem Dehnen wieder lockerte, war er schon ein gutes Stück entfernt, und ich lief ihm in gehörigem Abstand nach. Ohne abzuwarten, bis ich richtig aufgewärmt war, fing ich an zu rennen, um die Lücke zwischen uns zu schließen. Ergebnis war, daß ich einen Krampf bekam und noch weiter zurückfiel, während ich entschlossen weiterhumpelte. Schließlich mußte ich ganz stehenbleiben, um den Krampf zu lösen, während der Mann meiner Träume seinen wunderbar gleichmäßigen Lauf fortsetzte und vor mir in einer Kurve verschwand. Als er sich umdrehte, erhaschte ich einen weiteren Blick auf sein tolles Profil, was mich nur noch entschlossener machte aufzuholen.

Als der Krampf in meinem Bein endlich nachließ, beschloß ich, es Rosie Ruiz nachzumachen – ihr erinnert euch doch an die Frau, die als erste die Ziellinie des New York Marathon durchlaufen hatte und dann disqualifiziert wurde, weil sich herausstellte, daß sie mitten im Rennen in die U-Bahn gehüpft und den größten Teil des Wegs zum Ziel gefahren war! Anstatt dem Mann, auf den ich so scharf ließ, auf der gewundenen Straße am oberen Parkende nachzulaufen, nahm ich eine Abkürzung quer durch den Park, versteckte mich hinter einem Baum, und als er in südlicher Richtung gerannt kam, ließ ich mich etwa vierzehn Meter hinter ihn zurückfallen. Diesen Abstand würde ich mit einem kleinen Kraftspurt überwinden können. Da ich etwa eine Meile weniger gelaufen war als er, hatte ich sogar noch Atem, als ich zu ihm aufschloß.

»Hi, machen Sie das jeden Tag?«

Er grunzte bestätigend und ohne eine Sekunde lang das Tempo zu vermindern.

»Sie haben ja einen tollen Laufstil.« Auf diese Bemerkung hin wandte er sich um, schaute mich an, brummelte ein Dankeschön und preschte weiter. Seine tollen Beine trugen ihn wieder weit vor mich. Dies gestattete mir wenigstens einen Blick auf seinen hübsch geformten Hintern, in dessen Spalte ich nur allzu gerne mein Gesicht oder meinen Schwanz oder beides abwechselnd gebohrt hätte.

»Trainieren Sie für den Marathon?« fragte ich, wobei ich rufen mußte, weil er immer noch vor mir war.

Er drehte sein tolles Profil. »Das hab ich einmal gemacht. Das reicht.«

»Und, angekommen?« fragte ich, während ich leicht aufholte.

»Als Siebentausendfünfhunderteinunddreißigster«, sagte er mit einem leichten Lächeln über die Schulter.

»Dann waren Sie immer noch beim ersten Drittel«, sagte ich bewundernd, wobei ich beim Versuch, gleichzeitig zu laufen und zu reden, leicht schnaufen mußte.

Er nickte achselzuckend mit dem Kopf, lief aber weiter. Offensichtlich übte ich auf ihn nicht die gleiche Anziehung aus wie er auf mich, sonst hätte er das Tempo ein bißchen gedrosselt, damit ich hätte aufschließen und neben ihm herlaufen können. Ich konzentrierte mich darauf, wenigstens so dicht hinter ihm zu bleiben, daß ich ihn, wenn er seinen Lauf beendete und auslief, einholen konnte und er vielleicht ein wenig redseliger sein würde. Je mehr ich von diesen tollen Beinen sah, desto sehnlicher wünschte ich mir, von ihnen umschlungen zu werden.

An diesem Tag lief ich auf jeden Fall schneller als je zuvor, und das bekam ich zu spüren. Als wir die erste volle Runde zurückgelegt hatten und wieder an den Ausgangspunkt kamen, wo wir reden konnten, hatte ich dazu kaum noch Luft. Eine Weile lief er auf der Stelle, dann stellte er den Fuß auf den Poller, um sich ein bißchen zu dehnen. Erneut gesellte sich mein Fuß zu seinem. Andere Jogger kamen in den Park, kurze, fette, dürre, aber keiner, der sich mit ihm hätte vergleichen können.

»Ich heiße Jed Humboldt«, sagte ich und streckte die Hand aus.

»Abkürzung für Jedediah?« fragte er, anfangs ohne meine Hand zu ergreifen.

»Eigentlich nicht. Getauft wurde ich auf den Namen Alvin, aber man nennt mich seit Jahren Jed.«

Endlich nahm er meine Hand und sagte, während er sich dehnte: »Gregory Potter.«

»Nett, Sie kennenzulernen, Greg.«

»Nicht Greg. Gregory. Greg gefällt mir nicht.«

»Tut mir leid«, sagte ich und biß mir auf die Zunge – ich hatte jetzt schon sozusagen den falschen Fuß aufgesetzt.

»Börsenmakler, Banker, Anwalt?« fragte ich, wie ich alles von ihm wissen wollte.

»Nichts dergleichen«, sagte er leise lachend.

»Werbung, Versicherungssachverständiger?« beharrte ich.

»Gewürzimporteur, wie es der Zufall will.«

Ich war enttäuscht, daß er mich nicht auch fragte, was ich mache, beschloß es ihm aber trotzdem zu erzählen.

»Ich bin im Immobilienhandel.«

»Hartes Geschäft zur Zeit, glaube ich.«

»Sie sagen es. Aber ich komme ganz gut zurecht.«

Er hatte die Füße inzwischen vom Poller genommen und lief wieder auf der Stelle.

»Na, die Ampel auf der Fifth Avenue steht auf rot, da lauf ich besser rüber und geh nach Hause.«

»Ihre Frau wartet wohl mit dem Abendessen, hm?« klopfte ich auf den Busch und folgte ihm. Ich hatte versucht, seinen Ringfinger zu sehen, aber bisher ohne Erfolg.

»Nein, bei *mir* wartet das Abendessen darauf, in die Mikrowelle geschoben zu werden.«

Damit machte er sich davon, diesmal aber langsamer, so daß ich mit ihm Schritt halten konnte.

»Joggen Sie eigentlich jeden Tag so um die gleiche Zeit?« fragte ich.

»Es sei denn, ich werde im Büro aufgehalten.«

»Wie bei mir.«

»Dann laufen wir uns ja vielleicht wieder mal über den Weg«, sagte er.

Wir waren inzwischen an der Madison Avenue angekommen, und da die Ampel ihm hold war, wandte er sich plötzlich nach Süden und winkte zum Abschied. Ich wohnte ein Stück weiter nordwärts, blieb aber stehen und schaute ihm nach, wobei ich mir vorstellte, wie er seine Wohnung betrat, sich auszog und unter die Dusche ging. Gott, wie sehr wünschte ich mir, ihn dahin zu begleiten und ihm zum Abschied diese Beine und seine Manneszierde einzuseifen.

Joggen war normalerweise etwas, wozu ich mich einfach zwang, aber nach dieser Begegnung freute ich mich richtig auf den nächsten Tag. Unglücklicherweise kein Greg – Verzeihung, Gregory. Zweifellos einer dieser langen Abende im Büro, von denen er gesprochen hatte. Inmitten von Ingwer, Zimt oder Anis vielleicht. Oder eine Krise in Brasilien. Ich hätte nie gedacht, daß ich einmal auf Oregano eifersüchtig sein könnte.

Endlich jedoch, nach etwa einer Woche, kam ich zum Laufen in den Park und sah ihn. Meine Freude währte jedoch nur kurz, da er eine junge Frau bei sich hatte, die sich zusammen mit ihm dehnte und auf ihn einsprach.

Ich versuchte, meine Enttäuschung zu verbergen, als ich zu Gregory und der jungen Frau stieß.

»Hi«, sagte ich. »Lange nicht gesehen.«

»Ach, hallo«, sagte er. »Naja, ich war beschäftigt, und dann hatte ich einen Theaterabend. Das ist Gwen. Jud.«

»Jed.«

»Erfreut, Sie kennenzulernen«, sagte Gwen, obwohl ich den Verdacht hatte, sie sei es nicht mehr, als ich erfreut war, sie kennenzulernen.

Gregory war heute anders gekleidet. Seine knappe Shorts hatte an der Seite einen Schlitz, unter den man fast den Sackhalter des Trägers sehen konnte, auf jeden Fall aber ein paar Zentimeter mehr von seinem Oberschenkel.

Zu dritt liefen wir los und, wegen Gwen vermutlich, legte Gregory nicht so ein schnelles Tempo vor wie beim letztenmal. Es war der einzige Grund, der mir einfiel, aus dem ich froh über ihre Anwesenheit war.

»Was haben Sie denn im Theater gesehen?« fragte ich.

»Das neue Musical aus England. Wieder so eins, bei dem man sich nur an einen Song erinnert, aber tolle Ausstattung.«

»Hatten Sie den selben Eindruck?« fragte ich Gwen.

»Oh, ich hab's noch nicht gesehen«, sagte sie.

»Nur keine Angst«, sagte Gregory.

Na, das jedenfalls haben sie nicht gemeinsam unternommen, sagte ich mir.

»Mein Mann mag keine Musicals«, sagte Gwen.

Immer besser. Sie hatte einen Mann, und das war nicht Gregory.

»Er hat zu Musicals die gleiche Einstellung wie zum Joggen. Er bleibt lieber zu Hause. Eine Weile ist er mitgelaufen, nachdem eine Joggerin von so Jungs überfallen wurde, aber als er sah, daß ich keine Mühe hatte, mich an männliche Jogger zu hängen, die mit mir laufen, ließ er es bleiben.«

Sie *würde* sich an Gregory hängen müssen, dachte ich, aber ich war so erleichtert zu erfahren, daß sie keine Rivalin war, daß ich kaum noch etwas gegen sie hatte.

Darüber hinaus schenkte Gregory ihr keine besondere Beachtung. Und da Gwen ihn hartnäckig mit ›Greg‹ ansprach, obwohl er sie zweimal korrigiert hatte, sah ich, daß er sich ein bißchen über sie ärgerte. Ich liebte jede Runzel auf seiner Stirn, wenn sie es tat.

Als wir alle wieder am Engineer's Gate waren, hielt Gwen sich nicht mit Auslaufen auf.

»Ich muß nach Hause, um aus den verschwitzten Klamotten raus- und 'nen trockenen Martini reinzubekommen«, sagte sie grinsend, als glaube sie, den müden Witz hätte sie selbst erfunden.

»Wußte gar nicht, daß junge Leute heutzutage noch Martini trinken«, sagte Gregory, während sie losflitzte, um über die Straße zu kommen, bevor die Ampel wechselte.

»Ich stehe ja auf Weinschorle«, sagte ich.

»Ich auch. Lust, auf eine bei mir mitzukommen?« Gregorys Frage überraschte mich. Ich hatte das Gefühl, er wolle es feiern, von Gwen befreit zu sein. Gegen meine Gewohnheit fing ich an zu stottern. »N-n-nichts d-d-dagegen.«

Als wir in leichtem Tempo zu seiner Wohnung liefen, klopfte mein Herz schneller, als wenn wir über die Hügel im Park gespurtet wären.

Dem Gewürzhandel muß es wohl gutgehen, dachte ich, als ich Gregorys kleine aber schicke Wohnung zu Gesicht bekam. Sein Geschmack bei Möbeln und Innendekoration entsprach genau meinem, obwohl ich zugeben muß, daß ich nicht weniger scharf auf ihn gewesen wäre, wenn er auf viktorianisches Zeug gestanden hätte, was ich hasse.

Gregory machte uns unsere Gespritzten und ließ sich in einem Sessel gegenüber von meinem nieder. So wie er saß, konnte ich im Bein seiner knappen Shorts genau den Sackhalter sehen, und träumte benommen von dem, was in diesem so kuschelig verpackt war.

»Cheers«, sagte Gregory und beugte sich vor, um mit mir anzustoßen. Dabei schwappte etwas von der Schorle aus den sehr vollen Gläsern auf Gregorys ausgestreckte Beine.

»Oh, tut mir leid«, sagte ich und wischte die Tropfen von seinen blond behaarten Schenkeln, wobei mein Schwanz krampfhaft zuckte.

»Ich muß doch sagen, daß mir die paar Tage fehlen, an denen ich nicht gelaufen bin«, sagte Gregory, wobei er sich über die Beine strich und die Muskeln knetete. »Meine Waden sind ganz verknotet.«

»Das kommt davon, wenn man nicht regelmäßig läuft. Könnte da eine Massage helfen?«

»Wenn dir's recht ist, bin ich dabei«, sagte Gregory. »Wir können unsere Gespritzten ja mit ins Schlafzimmer nehmen.«

»Aber sicher«, stimmte ich zu und sprang aus meinem Sessel auf, wobei ich diesmal mich selbst vollkleckerte.

Gregory warf seinen wunderschönen Körper aufs Bett, hob ein Bein an, um es zu beugen, und nachdem er noch einen Schluck genommen hatte, stellte er seinen Drink auf dem Nachttisch ab und entspannte sich.

Ich begann ganz diskret, indem ich ihm die Laufschuhe auszog, um die Fußsohlen zu massieren, und dann den Fußknöchel beugte. Ich arbeitete mich an seinen Waden nach oben, die tatsächlich sehr verspannt zu sein schienen. Da sie der Pflege bedurften, machte ich halt und bearbeitete die Muskeln, obwohl mir die Finger kribbelten, mich über die Oberschenkel und darüber hinaus herzumachen. Da Gregory seufzte und die Augen schloß, nahm ich mir die Freiheit, seinen schönen Körper zu begutachten. Mit geschlossenen Augen griff er nach dem Saum seines T-Shirts, hob den Oberkörper an und zog es sich über den Kopf. Auf seiner Brust breitete sich ein zarter Flaum zwischen den Brustwarzen, die deutlich aufgerichtet waren und mächtig schmackhaft aussahen.

Endlich war ich an den Oberschenkeln angelangt und fuhr mit den Fingerspitzen lüstern unter den Rand seiner winzigen Shorts. Ich hatte den Eindruck, die Beule in der Shorts werde größer, aber da er einen Sackhalter trug, konnte das auch Einbildung gewesen sein.

»Ich dreh mich jetzt um, damit du hinten an die Beine kommst«, sagte Gregory und ließ seinen Worten die Tat folgen. Ich war mir nicht sicher, ob er es machte, weil meine Finger in die Nähe seines Pakets kamen, aber jedenfalls lag er jetzt bäuchlings fest darauf.

Ich machte mich wieder an den Waden zu schaffen, arbeitete mich nach oben vor und griff schließlich unter die Shorts, um seinen wohlgerundeten Hintern zu massieren. Meine Finger trafen auf die Bänder des Sackhalters, die sich eng um die runden Backen schmiegten.

»Runter damit«, sagte ich und packte den Bund der Shorts und des Sackhalters. Schweigend stemmte er sich auf und ließ sie mich herunterziehen, worauf ein leckerer Arsch zum Vorschein kam, der nur leicht von den Bändern des Sackhalters gezeichnet war.

Ich massierte die Striemen weg, und mein Daumen kroch noch tiefer in die Spalte, bis er sein Arschloch streifte, das leicht aufzuckte. Oh ja, dachte ich, das ist seine Stelle, und mein anderer Daumen ging direkt ins Ziel, das erneut zuckte. Ich drückte zu, worauf er die Augen aufschlug und über die Schulter blickte, aber nicht widersprach.

Ich nahm eine andere Stellung ein und konnte jetzt seine Eier und die Spitze seines Schwanzes sehen, die an der Stelle hervorlugte, wo seine leicht gespreizten Beine zusammentrafen. Versuchsweise fuhr ich mit dem Finger um die angeschwollene Eichel und unter ihren Rand. Er behielt die Augen jetzt geöffnet, und ich tätschelte zärtlich seine behaarten Eier, während ich ihm immer noch den Daumen in den Arsch bohrte.

Da er sich überhaupt nicht beschwerte, beugte ich mich vor und küßte ihn auf die Schulterblätter und dann an seiner Wirbelsäule abwärts bis zur Spalte, in die ich die Zunge steckte.

Gregory stieß ein lustvolles Stöhnen aus, und ich gab es endgültig auf, so zu tun, als wollte ich ihn massieren. Liebevoll biß ich in beide Arschbacken, um dann das Gesicht dazwischen zu stoßen und ihm das Arschloch zu lecken. Meine Zunge fuhr hin und her zwischen Loch, Eiern und Schwanz. Ohne ein Wort drehte Gregory sich wieder auf den Rücken und spreizte seine Beine noch weiter.

Ich küßte und leckte die Innenseite seiner Oberschenkel, wie ich es mir erträumt hatte, ging dann höher und badete seinen Unterleib mit der Zunge, wobei er leise stöhnte. Ein Haar geriet mir in den Mund, ich nahm es aber rasch weg und fing an, an seinen dicken Eiern zu lutschen, was noch mehr Lustgestöhn hervorrief.

Sein Schwanz, eine lange steife Rute, reichte inzwischen bis zu seinem Bauchnabel, und ich leckte mich zu seiner fetten Eichel vor. Auf keinen Fall, dachte ich, würde ich das ganze Ding in die Kehle bekommen. Dennoch versuchte ich es auf die bewährte Collegeweise, indem ich jedesmal, wenn ich die Lippen um das Ding schloß, ein Stück tiefer ging, bis ich zu meiner eigenen Überraschung schließlich seinen üppigen Busch erreichte.

Ich würgte, als sein Schwanz mir hinten an die Kehle stieß, und begnügte mich, nachdem ich mir bewiesen hatte, daß ich ihn, wenn auch mit Mühe, ganz aufnehmen konnte, mit den oberen zehn bis zwölf Zentimetern, während ich die Finger fest um die Wurzel schlang.

Alles an ihm schmeckte köstlich, besonders die Eier und der Schwanz, und ich hätte ewig so weitermachen können, da ich aber spürte, daß er am ganzen Leib steif wurde, und hörte, daß das verräterische Grollen aus seiner Kehle immer lauter wurde, wich ich mit dem Mund zurück und bearbeitete seinen Schwanz mit der Hand. Seine Ladung schoß hoch in die Luft wie der verdammte Old Faithful Geysir und landete auf meinen Haaren und Wangen, während der letzte Rest auf meine Finger tröpfelte, als ich seinen Schwanz quetschte, um die letzten Tropfen herauszumelken.

Alle Muskeln, die eben noch so verkrampft gewesen waren, gaben nach, und Gregory wurde am ganzen Leib schlaff, und sein Schwanz nach etwa einer Minute ebenfalls.

Gregory streckte die Hand aus um mir übers Haar zu streicheln, traf genau die Stelle, wo sein Sperma gelandet war und zuckte ein Stück zurück. »Mein Junge, du bist versaut«, sagte er lächelnd.

»Macht überhaupt nichts«, sagte ich und ließ mich schlaff neben ihm auf den Rücken fallen. »Ich dusche, wenn ich zu Hause bin.«

»Du kannst duschen, wenn wir fertig sind.«

»Sind wir etwa noch nicht fertig?«

»Nein, verdammt noch mal. Meinst du, du bist der einzige, der auf den Geschmack von Schwänzen und Eiern steht?«

Damit machte er sich über mich her und züngelte meine Eier in den Mund. Bald darauf meinen Schwanz. Noch nie war mir mit solchem Geschick und solcher Begeisterung einer geblasen worden. Vielleicht haben ja einige dieser Gewürze aphrodisierende Wirkung.

KÜSSE UNTER COUSINS

Der Gedanke, seinem Boß zu erzählen, er nehme drei Tage Urlaub, um zu einem Familientreffen zu fahren, war Peter äußerst peinlich. Das Ganze erschien so spießig, so hinterwäldlerisch, verstieß so total gegen das weltmännische Image, um dessen Vervollkommnung er sich bemühte, seit er Great Plains verlassen hatte, um an die Ostküste umzusiedeln. Er sagte seinem Vorgesetzten statt dessen, seiner Mutter stehe eine schwere Operation bevor, und sie wolle ihn bei sich haben. Nachdem er diesen Schwindel aufgetischt hatte, riefen die besorgten Erkundigungen aller nach ihrer Gesundheit Schuldgefühle und immer größere Widerstände gegen dieses lächerliche Treffen in ihm hervor.

Das alles hatte Opa eingefädelt, wußte Peter. Seitdem er den Lebensmittelladen verkauft hatte und in den Ruhestand gegangen war, hatte er sich ganz auf Familienforschung geworfen, und Peters Mutter hatte ihren Kotau vor ihrem Vater gemacht wie immer. Er hatte sich eine Familienversammlung gewünscht, und sie hatte mitgemacht und ihre weit verstreuten Sprößlinge bekniet, sich zu dem Treffen einzufinden.

Peter konnte sich schon vorstellen, wie es werden würde.

Dutzende von Cousins, Cousinen und zahllose Tanten, die alle ›Wann heiratest du endlich?‹ fragen und ihre verzogene Brut herumzeigen würden, als hätten sie etwas geleistet und als sei so ein Fick nicht das Einfachste von der Welt. Diese entfernten Verwandten bedeuteten ihm überhaupt nichts, würden nie wieder seinen Weg kreuzen, und halb überlegte er sich, ob er ihnen nicht sagen sollte, er würde nicht eher heiraten, bevor er den Richtigen treffen würde. Das würde ihnen über ihrem kalten Schinken und den scharfen Eiern etwas zu tratschen geben.

Als er in der alten Heimat eintraf, fand er im Haus einen einzigen Hexenkessel vor, schlimmer als sein Büro, wo man zuweilen auf das Chaos in den Nischen stolz zu sein schien. Wütend stellte er fest, daß sein Bruder es geschafft hatte, sich den flehentlichen Bitten seiner Mutter zu entziehen und sich zu entschuldigen. Wieso zum Teufel hatte er nicht darauf beharrt, zu beschäftigt zu sein, um wegzukommen, anstatt irgendwann zu kapitulieren?

»Es wird wundervoll werden«, brabbelte seine Mutter. »Du glaubst nicht, von woher wir überall Zusagen bekommen haben. Cousins zweiten Grades, dritten Grades, vierten ...«

»Ich kenne kaum meine richtigen Cousins, und besonders leiden kann ich sie auch nicht«, grummelte Peter. Er hatte nie das Gefühl gehabt, viel mit seinen übrigen Familienangehörigen gemeinsam zu haben, selbst mit seinen Brüdern nicht, und manchmal fragte er sich, ob seine Eltern die Tatsache vor ihm verheimlichten, daß er in Wirklichkeit ein Findling war, den sie als eigenes Kind aufgezogen hatten.

»Ich dachte, wir könnten uns heute abend die alten Familienalben anschauen, und ich könnte dir erklären, wer wer ist, damit du sie auseinanderhalten kannst«, sagte seine Mutter.

»Die werden nicht mehr so aussehen wie auf den alten Bildern. Und außerdem werden sie alle Namensschildchen tragen, wie auf einer Versammlung.«

»Aber dadurch weißt du noch nicht, wessen Kinder sie sind und wie sie verwandt sind.«

»Nichts könnte mich weniger interessieren«, sagte Peter störrisch.

»Blut ist dicker als Wasser«, sagte Opa, und Peter verdrehte die Augen. Dick war genau das, was Peter von den meisten seiner Verwandten erwartete, geistig und körperlich. Und gar nicht denken durfte man daran, daß er dieses lange Wochenende am Strand von Provincetown hätte verbringen können, wo die Körper und der Verstand schlank und flink waren, und wo eine Bruderschaft existierte, die weit stärker zusammenschweißte als Familienbande.

Aber er hatte eingewilligt, zu kommen, er war hier, und um sich davon abzuhalten, darüber nachzugrübeln, half er Mutter, Großvater und den anderen bei den Vorbereitungen, indem er säuberlich Namensschilder für diejenigen beschriftete, die die in die Ferne geschickten Einladungen angenommen hatten. Während er die Namen von den Briefen abschrieb, fragte er sich, was um alles in der Welt jemanden dazu bewegen konnte, so weit zu reisen, nur um sich mit vollkommen Fremden zu treffen, die rein zufällig den gleichen Namen oder die gleiche Abstammung hatten.

Der Picknickplatz, auf dem sich alle versammeln sollten, hatte schon bessere Tage gesehen, vor siebzig Jahren vielleicht, bevor die Autos es den Leuten ermöglichten, für ihre Freuden weiter in die Ferne zu schweifen. Der See verschlammte zusehends, die Bäume waren verdorrt, in die Tische und Bänke waren Namen eingeritzt, die inzwischen auf Grabsteinen auf dem Friedhof auftauchten. Die altersschwachen Tischplatten wurden jedoch mit Tischtüchern aus Ölzeug bedeckt, und die Verwandten aus der Umgebung taten ihr Bestes, um das Gelände mit Ballons und Fähnchen zu schmücken. Alle übrigen schienen entschlossen, ihren Spaß zu haben, nur Peter machte sich gefaßt auf eine Tortur, die endlose Verteidigung seines Junggesellentums.

Die ersten Ankömmlinge bestätigten Peters schlimmste Erwartungen. Angesichts der ersten weiter entfernt lebenden Verwandten aus Hintertupfingen, erschienen Neandertaler als gewandte Weltbürger. Die Tatsache, ein lange entschwundener Vetter dritten Grades zu sein, war für Peter bei weitem nicht genug Distanz. Verzweifelt sehnte er sich nach dem Osten zu all jenen zurück, die in die Stadt gekommen waren, weil sie es zu Hause nicht mehr ausgehalten hatten, um dort neue Familien zu gründen, die auf die Gleichheit der Vorlieben und Hoffnungen gegründet waren.

Bis zu dem Zeitpunkt, da das laute Dröhnen die Ankunft von drei Motorradfahrern ankündigte, die alle in schwarzes Leder gekleidet waren, was dem Jüngsten schmeichelte, an den beiden älteren aber leicht lächerlich wirkte. Die bisher munter Plaudernden verstummten und zogen sich vor dem Trio ein Stück in ihre Schneckenhäuser zurück. Wie zu erwarten, war Peters Reaktion das genaue Gegenteil von der aller anderen, denn sein Herz machte beim Anblick des jungen Mannes in schwarzem Leder einen Freudensprung. Als der Biker seine Brille abnahm und Peter seine Schlafzimmeraugen erblickte, die sie verhüllt hatte, wurden ihm die Knie weich, und er sank gegen einen Tisch zurück, wobei er sich ums Haar in eine Schüssel mit eingelegtem Gemüse gesetzt hätte.

»Na, wer mögt ihr denn sein?« fragte Peters Mutter, die sich zusammenriß und auf die Neuankömmlinge zuging.

»Na, 'ch bin Hughgene, un' mein Daddy Hugh da is'n Enkel von ...«

»Von Velma Brubaker«, sagte Opa, der Meister des Familienstammbaums.

»Un' ich bin Imogene, de Frau von Hugh un' de Mudder von Hughgene«, sagte die füllige Motorradfahrerin mittleren Alters.

»Na, verflucht«, sagte Opa. »Hab Velma nie gekannt aber von ihr gehört von meinem Pa. War 'ne ganz schön Wilde, als sie jung war, hab ich gehört.«

»Ein oder zwei Kinder von Männern, mit denen se nich verheiratet war«, sagte Hugh, »aber da kümmern sich de Leute nich mehr so drum wie früher.«

»Aber mein Daddy is von eins von de ehelichen«, stellte Hughgene hastig klar.

»Ist doch egal«, sagte Opa.

»Mir nich«, sagte Hughgene.

Peter, der den Jungen und seine Eltern musterte, während sie ihre Motorräder abstellten, griff hinter sich und nahm eines der anscheinend größten Teile aus dem Gemüse. Als er sich das Ende in den Mund steckte, errötete er bei den peinlichen Gedanken, die ihm durch den Kopf schossen, biß das Ende aber ab und schluckte es hinunter.

Als Hughgene seinen Helm abnahm, kam ein üppiger blonder Lockenkopf zum Vorschein. Peter kam zu dem Schluß, daß Hughgenes Figur für diese Lederklamotten wie geschaffen war. Wenngleich sich die seiner Eltern an weniger interessanten Stellen ausbeulten als bei Hughgene, bildete das Verbotene ihres Aufzugs nur einen schmeichelhaften Kontrast zu ihrem Sohn. Peter nahm sich noch ein Stück, biß langsam ab und träumte vor sich hin, während seine Lippen sich um das Gemüse schlossen.

Eine kichernde Herde aus Mädchen sammelte sich um Hughgene und stellte ihm dumme Fragen nach seinem Motorrad. Peter freute sich zu sehen, daß Hughgene kurz angebunden war und keinerlei Neigung zeigte, mit einem von ihnen zu flirten. Statt dessen verdrehte er seine

Schlafzimmeraugen hin zu Peter, der das Gemüse immer noch lasziv an den Mund hielt.

Hughgene machte sich von den Mädchen frei, die fortfuhren, Interesse an dem Motorrad zu heucheln, und kam auf Peter zu.

»'ch nehm an, wir sind Cousins, weiß Gott um wie viel Ecken«, sagte er, zog sich die Handschuhe aus und streckte ihm die Hand entgegen.

»Du bist der erste hier, auf dessen Verwandtschaft ich Anspruch anmelden würde«, sagte Peter, wobei er Hughgenes Hand ein wenig länger als bei allen anderen festhielt, wogegen Hughgene offenbar nichts einzuwenden hatte. Als er schließlich losließ, bot er ihm die Schüssel mit dem Gemüse an.

»Die hat unsere Cousine Harriet gemacht. Die hat 'n gutes Händchen für Gewürze.«

Hughgene nahm das größte Stück, das zu sehen war, lächelte wissend und biß langsam und vielsagend ab.

»Muß ja zugeh'm, daß ich eigentlich keine Lust gehabt hab, zu der Chose da herzukomm'«, nuschelte Hughgene. »Aber jetz glaub ich, daß ich ganz froh bin, daß ich's gemacht hab.«

»Ich bin sehr froh, daß du's gemacht hast«, sagte Peter.

»Hab ja nich gedacht, daß ich mit irgendei'm hier was zu schaffen hab, aber jetz...«

»Mir ging's genauso.«

»V'leicht hast'e ja Lust auf 'ne kleine Fahrt mit mei'm Bock nachher«, schlug Hughgene vor.

»Damit käme ich wahrscheinlich nicht zurecht. Bin noch nie auf einem gefahren.«

»Hinter mir, mein ich. 'ch laß doch keinen mein Bock fahr'n...«

»Oh, das wäre toll«, sagte Peter und spürte, wie beim

Gedanken, sich an Hughgenes Hintern zu pressen, die Arme um ihn zu legen und sich festzuhalten, als gälte es das nackte Leben, sein Schwanz steif wurde.

Peters Mutter kam zu ihnen. »Wie ich sehe, schließt ihr jungen Leute ja ziemlich schnell Bekanntschaft. Aber da sind noch ein paar Ladies, die du kennenlernen mußt, Hughgene. Ich weiß ja nicht, ob ihr zu Hause je gehört habt von ...« Und damit entführte sie ihn. Peter fand die Rückenansicht von Hughgene mit dem hübsch gerundeten Arsch ebenso appetitlich wie den Anblick seines Pakets. Wider jede Hoffnung hoffte er, daß Hughgene sein Angebot, ihn auf dem Motorrad mitzunehmen, nicht vergessen würde.

All jene, die sich bei der Ankunft der drei Motorradfahrer ihn ihr Schneckenhaus zurückgezogen hatten, waren inzwischen wieder hervorgekrochen und bildeten hier und da kleine Gruppen, um herauszufinden, wie sie verwandt waren, und um über das Leben von Verwandten auf den neuesten Stand zu kommen, die sie einmal gekannt, aber aus den Augen verloren hatten.

»Ach, die hab ich von meiner Weihnachtskartenliste gestrichen, nachdem sie sich von ihrem sechsten Mann hatte scheiden lassen«, hörte Peter Cousine Harriet von jemand anderem sagen. »Also eine ganze Seite in meinem Adressbuch war allein mit ihren Namens- und Adressenwechseln draufgegangen. Und an so vielen Weihnachten stellte sich dann heraus, daß ich schon einen Mann im Rückstand lag.«

Als Peter dies hörte, kam er zu dem Schluß, daß er möglicherweise doch ein paar interessante Verwandte hatte. Die Scheidungsfreudige wäre unter Umständen recht unterhaltsam gewesen, wäre sie denn aufgetaucht. Aber dafür war Hughgene da, und das war noch vielversprechender.

Alle, die etwas zum Essen mitgebracht hatten, versuchten, einander auszustechen, und diejenigen, die an diesem Wettbewerb nicht teilnahmen, überboten sich gegenseitig mit Prahlereien über ihre Erfolge oder die ihrer Kinder. Übersättigt mit derlei Gerede und bedrängt, von Tante Ednas Plätzchen, Onkel Lous selbstgemachtem Wein, Cousine Lillians Leckereien, irgend jemandes Räucheraal zu kosten, ganz zu schweigen von der ewigen Fragerei, ob er denn da drüben im Osten ein nettes Mädchen habe, fing Peter Hughgenes Blick auf und schaute hinüber zu den Motorrädern. Hughgene lächelte, nickte, lehnte eine ihm von dem Hersteller aufgenötigte Portion Kartoffelsalat ab und stand von dem Tisch auf, an den Peters Mutter ihn plaziert hatte.

Einige der Mädchen an seinem Tisch folgten ihm ebenso wie Tante Sandra, die jung Witwe geworden war, was jedoch viel länger zurücklag, als ihr bewußt war.

»Nimm mich mit, laß mich mitfahren«, sagte eines der jüngeren Mädchen, als Hughgene sein langes, durchtrainiertes Bein über die Maschine warf und Peter winkte, sich hinter ihn zu setzen.

»Zu gefährlich«, sagte Hughgene, der Peter den Helm seines Vaters reichte, der an dessen Maschine gehangen hatte.

»Ooch, bäh!« sagte das Mädchen schmollend.

»Nimmst du mich als nächste mit?« fragte Tante Sandra – wofür sie tödliche Blicke von ihren jüngeren Mitbewerberinnen um Hughgenes Gunst erntete. Hughgene ließ den Motor an und tat, als hätte er nichts gehört.

Peter schlang die Arme um Hughgene, so wie es sich die ganze weibliche Meute ersehnte, und sie brausten in einer Staubwolke davon. Irgendwie fühlte Peter sich vollkommen sicher, solange er sich an Hughgene festklammerte.

Das Röhren des Motors und der brausende Wind taten ihre aphrodisierende Wirkung ebenso wie der Geruch der Lederjacke und die Wärme von Hughgenes Körper. Zwanzig Minuten später, als Hughgene das Motorrad abbremste und auf dem Gipfel eines Hügels anhielt, von dem aus man meilenweit in alle Richtungen die leeren Straßen überblicken konnte, stellte Peter fest, daß er so einen Ständer hatte, daß er kaum gehen konnte.

Hughgene lächelte und langte herüber, um Peter an das ausgebeulte Paket zu fassen. »Ja, genau so einen krieg ich auch davon.«

»Obwohl du daran gewöhnt bist?« fragte Peter und streckte die Hand aus, um sich zu überzeugen.

»Scheint in der Familie zu liegen«, sagte Hughgene. »Große Schwänze.«

»Bei einigen will ich nicht mal dran denken.«

»Als ich zum erstenmal den von mei'm Daddy gesehen hab, als ich noch klein war, dacht ich ›Wau-au!‹ Aber jetz hab ich noch 'n größeren. Un' ich weiß ja nich, aber deiner könnt noch größer sein.«

»Das ließe sich herausfinden«, sagte Peter und zog seinen Reißverschluß auf. Sein Schwanz ächzte danach, aus der Enge seines Slips befreit zu werden.

Hughgene öffnete seinen Schlitz, und nach etwas Mühe mit seinem Schwanz, der inzwischen zu steif war, um ihn einfach aus der Unterwäsche zu bekommen, präsentierte er ihn.

Peter und Hughgene traten dichter zusammen und legten ihre Ständer aneinander.

»Kein großer Unnerschied«, sagte Hughgene und klopfte mit seinem Schwanz spielerisch an den von Peter. Peter leistete Gegenwehr, und eine Weile schwangen sie sie wie Schwerter gegeneinander.

»Mein Spitzname is Huge«, sagte Hughgene. »Meine Mudder meint, meine Freunde rufen mich so, weil ich groß bin un' breite Schultern hab.« Er brach in Gelächter aus.

Der offene Mund war für Peter unwiderstehlich. Er packte Hughgene, drückte ihm voll einen Kuß auf den Mund und schob ihm die Zunge zwischen die Lippen.

Vor Angst, zu weit gegangen zu sein, wich er zurück.

»Tut mir leid«, sagte er.

»Was tut 'n dir dabei leid? Wir küssen uns als Cousins, oder?«

»Wär mir recht.«

»Also, was ich gern küssen wollt, wär dein dicker, oller Schwanz. Der sieht so lecker aus.«

Hughgene fiel ins Gras auf die Knie und schloß seine sinnlichen Lippen um Peters Schwanz, genau so, wie er es mit dem Gemüse gemacht hatte.

»Mmm«, sagte er, wobei er zurückwich und den Schwanz begutachtete. »Das is 'n besserer Nachtisch als der Zitronenkuchen, den deine Mudder mitgebracht hat.«

Hughgene leckte über den langen Schaft, den er nicht in einem Stück in die Kehle bekam. Er griff nach Peters Schlitz, um die Eier herauszuziehen und damit zu spielen. Peter öffnete den Gürtel und den obersten Knopf am Schlitz und ließ die Hose herunter, damit Hughgene ihm die Unterhose herunterziehen konnte und freien Zugang zu all den Schätzen zwischen seinen Beinen hatte. Mit seinen großen Händen umfaßte Hughgene die vollen Rundungen von Peters Arsch.

Peter liebte es zwar, Hughgenes Zunge an der Eichel, den Eiern, zwischen den Beinen zu fühlen, aber das Wasser lief ihm im Mund zusammen, wenn er daran dachte, sich über Hughgenes Schwanz herzumachen, der außerhalb seiner Reichweite hüpfte und zuckte. Er machte sich frei und zog an Hughgenes Schulterriemen, um ihm zu zeigen, daß er aufstehen solle. Hughgene erhob sich, und Peter ging in die Knie.

Peter nahm die dicke Eichel von Hughgenes Schwanz in den Mund und hatte kaum noch Platz für ein Stück des

Schafts. Er bohrte die Zunge in das Loch an der Spitze und leckte dann den Rand ab. Als Hughgene die Hose herunterließ, fuhr Peter mit den Händen über Hughgenes kräftige Oberschenkel und Waden und genoß das Gefühl der blonden Haare unter den Handflächen.

»Oh, ja«, keuchte Hughgene. »Leck den fetten Bolzen. Und leck mer de Eier. Ich lieb's, wenn mer mir de Eier lutscht.«

Nicht mehr, als Peter es liebte, sie zu lutschen. Hughgene fing an, sich Lederjacke, Hemd und Unterhemd auszuziehen. »Ich will ganz nackig an dir ganz nackig sein. Un' überall deine Haut spür'n.«

Ohne mit Lutschen abzusetzen, fing Peter an, den Rest seiner Klamotten abzuschütteln.

»Mann is das scharf! Das Treffen macht richtich Spaß!« grummelte Hughgene, als Peter versuchte, den ganzen Schwanz in die Kehle zu bekommen, husten mußte und sich mit einem bescheideneren Teil davon zufriedenzugeben hatte.

»Sin doch keine Disteln im Gras, oder? Will mich nich in Disteln legen«, sagte Hughgene und überprüfte das Gelände, bevor er seinen schönen Körper auf den Feldblumen ausstreckte.

Ein dummer Schmetterling landete auf Hughgenes Knie und wäre ums Haar zerquetscht worden, als Peter sich auf Hughgene warf. Sie rieben ihre nassen Schwänze aneinander, während Peter Hughgenes volle Lippen küßte, um ihm dann die Zunge in den Mund zu stecken.

Peter spürte, wie Hughgene die Beine unter ihm spreizte und sie anhob, um seine Bikerarschbacken zu zeigen.

»'s wird zwar wehtun wie die Sau, aber ich will's«, keuchte Hughgene. Peter, der so etwas von einem in Leder gehüllten Motorradfahrer nicht erwartet hätte, orientierte rasch seine Gelüste um. Er wollte Hughgene mehr zu Willen sein, als er je jemandem zu Willen hatte sein wollen.

Zärtlich betastete er das Arschloch, dessen enger Ring vor Vorfreude bereits zuckte.

»Oh, ja; besorg mir's richtich«, sagte Hughgene, nachdem Peter den dritten Finger versenkt hatte. Peter fuhr mit der Schwanzspitze ein paarmal über den Rand des zuckenden Arschlochs, um sie schließlich langsam hineinzuschieben. Hughgene spürte ganz deutlich einen Schmerz, hätte es jedoch für unmännlich gehalten, das zuzugeben. Sobald Peter ganz drinnen war, beugte er sich vor und küßte Hughgene.

»Ich fühl mich vor wie der Puter sich gefühlt ham' muß, als er gestopft wurd«, sagte Hughgene. »Meine ganzen Eingeweide fühlen sich an, als wär'n se voll mit deim fetten Schwengel.«

Als Peter anfing, vor- und zurückzustoßen, gewöhnte sich Hughgenes Leib an die beachtliche Größe des Eindringlings und fing an, unter der starken Reibung warm zu glühen.

Hughgenes lustvolles Stöhnen übertönte fast das ferne Geräusch von Motorrädern, aber Peter hörte es dumpf, als er gerade innehielt, um den Schwanz herauszuziehen, bevor er seine schwere Ladung auf Hughgenes Bauch abspritzte. Peter erhob sich in den Knien und sah sie kommen. Hastig raffte er Blätter zusammen, um sich die Schwanzspitze abzuwischen. »Ich glaube, deine Leute kommen her.«

»Machen sich wahrscheinlich Sorgen, weil wir so lange weg sind. Dachten v'leicht, wir hätten 'n Unfall gehabt«, sagte Hughgene, während er sich den Bauch abwischte und nach seinen Kleidern tastete.

»Verdammt, ich wollte, daß du das gleiche bei mir machst«, sagte Peter. »Mein Arschloch ist schon ganz heiß und feucht.«

»Mann, das Treffen is ja noch nich vorbei. Wir kriegens

schon noch hin, daß du dein' Teil abkriegst. Ich muß noch 'ne fette Ladung loswerden, auf der dein Name steht«, sagte Hughgene. »Jetz leg dich mi'm Rücken ins Gras.«

»Das geht doch jetzt nicht! Die Motorräder kommen näher. Die sind gleich hier.«

»Die Sache is doch die: wir ruhn uns nur 'ne Weile aus un' gucken in den Himmel wie die Wolken vorbeiziehen. Leg dich neben mich hin.«

Peter tat wie geheißen, war sich aber sicher zu erröten, als Hugh und Imogene mit besorgten Gesichter auf ihren Motorrädern heranröhrten.

»Was is denn los?« fragte Imogene mit so weiblich schriller Stimme, als säße sie nicht gerade auf einem Motorrad.

»Garnix is los«, sagte Hughgene, ruhig wie ein geborener Lügner. »Wir wollten nur 'ne Weile von 'n ganzen Leuten weg. Ham' ganz friedlich in de Blumen gelegen.«

»Um das ganze Zeug bißchen zu verdauen«, fügte Peter hinzu.

»Na, ihr beiden, dann kommt jetz mal zurück, damit sich die Leute nich mehr Sorgen machen müssen«, befahl Hugh. »Die sin grade dabei, Preise für die ältesten und die jüngsten und die, die am weit'sten hergekommen sin und so zu verteilen.«

»Ich war ganz krank vor Sorgen«, sagte Imogene. »Ich hatt schon Angst, du wollt'st vor deinem Cousin angeben und ihr wärt gegen 'n Baum gefahr'n oder sowas.«

»Nee. Uns geht's gut. Ging uns nie besser«, sagte Hughgene, der das Bein über seine Maschine warf.

»Und ob«, stimmte Peter zu, der seinen Platz hinter Hughgene einnahm und die Arme um ihn legte. »Uns ging's nie besser.«

Hugh und Imogene knatterten wieder los zur Gesellschaft zurück. Hughgene folgte ihnen, während sich Peters Hand langsam an Hughgenes Hüfte nach unten bewegte, um sein Paket zu tätscheln.

»Später, Cousin. Ich versprech dir's, du kriegst'n später«, sagte Hughgene über die Schulter hinweg.

Peter schmiegte sich glücklich an Hughgene. Er kannte ihn noch nicht lange, war sich aber sicher, er würde zu seinem Wort stehen. Das war ein Verwandter, mit dem er in Verbindung bleiben wollte.

ROSA BRIGADE

Todd Thorpe lächelte, als er in der Limousine des Generals vom Pentagon wegfuhr und sich erinnerte, wie seine Familie reagiert hatte, als er in die Army eingetreten war. Sein Vater hatte vielleicht, wenn auch heimlicher, mehr Tränen vergossen als seine Mutter. Mr. Thorpe hatte gefürchtet, sein einziger Sohn könnte ihm nach einem unerklärten Krieg gegen irgend so einen Zwergstaat in der Karibik, der gegen die CIA aufzumucken gewagt hatte, in einem mit der Flagge bespannten Sarg zurückgebracht werden. Anstatt sich jedoch durch von barfüßigen Guerilleros mit Fallgruben gespickte Dschungel zu schlagen oder sich über Strände vorzukämpfen, die von Heckenschützen in Bäumen verteidigt wurden, steuerte Todd seinen schweren, blitzenden Wagen fröhlich auf Fort Leonard Matlovich zu.

General Sedgewick, der telefonierend im Fond saß, sollte die neu geschaffenen rein schwulen Einheiten inspizieren, für deren Aufstellung sich das Verteidigungsministerium einen abgebrochen hatte. Die Divisionen waren nach dem Vorbild der nach Rassen getrennten schwarzen und japanischen Einheiten aus dem Zweiten Weltkrieg gebildet worden. Der General hatte natürlich keine Ahnung, daß sein Lieblingsfahrer so schwul war, wie alle im Fort. »Wieso haben die nicht das Landwirtschaftsministerium angerufen«, knurrte er, »und für den Auftrag 'nen Obstinspekteur ausgesucht?!«

General Sedgewick gehörte zu denen, die in die Erfindung Alexander Graham Bell kein rechtes Vertrauen setzen, denn er brüllte in das Telefon, als müsse seine Stimme den zunehmenden Abstand zwischen der Limousine und dem Präsidentenberater Ohnono im Weißen Haus ohne mechanische Hilfe überbrücken.

»Ja, ich hab von dem Gerücht gehört, daß die die Puppen für die Bajonettübungen wie Jesse Helms und den Abgeordneten Dannemeyer anmalen. Ich werde das überprüfen«, schrie der General.

Wenn nur, dachte Todd, die schwulen Einheiten eingerichtet worden wären, bevor er eingetreten war. Er hätte es zweifellos vorgezogen, in ihren Reihen Dienst zu tun, anstatt seine sexuelle Orientierung verheimlichen zu müssen, wenn er all die Obermotze vom Pentagon durch die Gegend chauffierte. Sich als Hetero ausgeben zu müssen, war zum Kotzen, und es gab angenehmere Wege, das zu erreichen.

Natürlich war es lächerlich, daß das Verteidigungsministerium immer noch an dem alten Dogma festhielt, es würde die Truppe demoralisieren, wenn Homosexuelle in ihren Reihen wären. Die hohen Tiere wußten genauso gut wie Todd, daß Tausende von Schwulen in allen Kriegen, in allen Dienstbereichen, einschließlich der Machos von den Marines, mitgekämpft hatten. Jahrelang waren ähnliche Argumente angeführt worden, um die Integration von schwarzen Soldaten zu verhindern, und dann die Versuche von Frauen abzuschmettern, in die Armee einzutreten. Diese Minderheiten kamen nicht so einfach durch wie so viele Schwule, obwohl Deborah Sampson es ihnen im Revolutionskrieg gezeigt *hatte*: Die hatte sich im Männerfummel eingeschlichen!

Jetzt hatte endlich eine Gruppe offen schwuler Kongreßabgeordneter einen Kompromiß vorgeschlagen, der das Pentagon zwang, das gleiche zu tun wie am Ende bei den anderen verschmähten Gruppen – sie in angeschlossenen Einheiten zu akzeptieren. Vor die Alternative gestellt, das Fort zu schließen, hatten sich die örtlichen Scharfmacher, die zunächst gegen den Gedanken an Schwule in ihrer Gegend Sturm gelaufen waren, rasch mit der Tatsache angefreundet, daß schwules Geld für die zerrütteten Finanzen des Landes ebenso gut war wie das von Heteros. Sie setzten daher in allen Einrichtungen außerhalb der Kaserne die Preise hoch und sperrten anstatt ihrer Töchter ihre Söhne ein!

Es war ein herrliches Land, sagte Todd bei sich selbst, als er über die gewundenen, an Pferdefarmen grenzenden Straßen fuhr. Anfangs war davon die Rede gewesen, die schwulen Einheiten auf die Aleuten zu versetzen, weit ab der Zivilisation, die durch den Kontakt mit Schwuchteln ›angesteckt‹ werden könnte. Am Ende jedoch war es das Geheul derer, die über die ihnen entgehenden Profite jammerten, wenn es keine Armybediensteten mehr gab, die diese Entscheidung kippten. Rasch überlegte man, daß es besser sei, die neuen Einheiten dort zu stationieren, wo das Pentagon ohne allzu große Mühe ein Auge auf sie haben konnte.

Todd wurde das Gebell von General Sedgewick leid, der im Rücksitz brüllend ein Telefongespräch nach dem anderen führte. Dann kam plötzlich das Fort in Sicht. Noch waren nicht alle Straßenschilder ausgetauscht worden; auf einigen stand an Stelle von ›Fort Leonard Matlovich‹ immer noch der ursprüngliche Name der Kaserne – der eines legendären Helden aus dem Ersten Weltkrieg. Als Veteranenvereine darauf beharrt hatten, das Andenken des alten Knaben werde durch die Anwesenheit von Schwuchteln in ›seinem‹ Fort geschändet, hatten die neuen Kommandeure sich bereiterklärt, es nach dem schwulen Vietnamhelden umzubenennen, auf dessen Grabstein geschrieben stand: ›Ich bekam einen Orden dafür, daß ich zwei Männer umbrachte, und die Entlassung dafür, daß ich einen liebte.‹

Todd stellte fest, daß die Wachposten, die das Tor bewachten, eine gute Figur machten. Sie waren stämmig, gut gebaut und mackerig. Selbst General Sedgewick, ein scharfer Hund, wenn es um die Kleiderordnung ging, konnte keinen Makel entdecken, als sie salutierten.

»Wo geht's hier zum Hauptquartier?« fragte Tom. Obwohl der General es nie bemerkt hätte, blickte ihm der atemberaubende Wachposten tief in die Augen und erkannte Todd sofort als seinesgleichen.

Der junge Mann gab ihm eine wunderbar korrekte Wegbeschreibung, und Todd fuhr durchs Tor. Vor dem Gebäude wurden sie von dem kommandierenden Offizier, einem grauhaarigen aber gutaussehenden Colonel namens Shaw in Begleitung seines Stabs erwartet, die alle so steif habacht standen wie der Ständer eines Oberschülers.

Als er endlich das verdammte Telefon weglegte und steifbeinig aus der Limousine stieg, nahm General Sedgewick Todd beiseite: »Sie werden mich in ihren eigenen Fahrzeugen durch ihre Anlagen fahren. Ich brauche sie nicht vor fünfzehnhundert Uhr, Thorpe.«

Der General und der Colonel wandten sich um, um das Hauptquartier zu betreten; ein Mitglied des Stabes trat vor und wies Todd an, wo er die Limousine parken solle. Der hübsche Soldat sagte ihm auch, wo sich das Freizeitzentrum befand – für den Fall, daß er sich dort eine Weile aufhalten wolle, während er wartete – und zeigte ihm den Weg zur Messe. Tolle Gastfreundschaft, dachte Todd, und er hätte gewettet, daß das Essen in der Messe um einiges besser war als der übliche GI-Fraß. Nichts zu meckern hier, dessen war er sicher. Die Quiche am Sonntagmorgen mochte vielleicht mit Schmalz zubereitet sein, aber bestimmt würde sie toll schmecken. Und sogar über ein Beef Wellington hätte Todd sich nicht gewundert.

Absurderweise lief General Sedgewick als wolle er seine Manneszierde vor Colonel Shawns Stab schützen, obwohl Todd bezweifelte, daß irgend jemand – einschließlich der Gattin des Generals – sich in den letzten Jahren dafür interessiert hatte. Komisch, wieso immer die Häßlichsten sicher sind, daß alle Schwulen auf sie scharf sind.

Todd fuhr auf den Parkplatz und stellte die Limousine in der Lücke ab, dann blieb er eine Weile hinter dem Steuer sitzen und schaute sich um. Wenngleich das Fort seinen neuen Bestimmungszweck noch nicht lange erfüllte, hatte es sich durch neue Landschaftspflege in einen ruhigen Ort verwandelt, der sich von den öden Kasernen, in denen Todd seine Grundausbildung absolviert hatte, deutlich unterschied. Die spartanische Nacktheit so vieler Armykasernen war durch eine fast genießerische, ästhetische Sensibilität ersetzt.

Gerade als Todd aus dem Auto stieg, kam eine schneidig marschierende Einheit vorbei. »Links-zwei-drei, links-zwei-drei, ich-und-du«, skandierten sie und schauten aus den Augenwinkeln, um zu sehen, wie Todd reagierte. Er lächelte. Als sie um die Ecke einer hübsch gestrichenen Unterkunft verschwanden, machten zwei der Männer in der letzten Reihe einen kleinen Knicks nach rückwärts wie Revuegirls. Todd lachte, hoffte aber, sie würden ihre Neigung zu Mätzchen unterdrücken, wenn der General sie inspizierte. Er war sich sicher, sie würden genau wissen, wann sie unter Freunden waren und wann sie dem Feind gegenüberstanden.

Das Freizeitzentrum, das Todd betrat, hallte wieder vom Ping und Pong des Hallentennis, dem Aufprall von Dartpfeilen und dem Klirren der Getränkeautomaten, die Münzen schluckten und mit einem dumpfen Knall Dosen ausspuckten. Todd machte sich auf zu einem Bereich, wo weniger aktive Typen *The New Yorker* oder die *Vogue* lasen und da und dort in Erotikmagazinen blätterten. Todd griff nach einer Ausgabe von *Connoisseur*, die auf einem Tisch lag und ließ sich in einem bequemen Sessel nieder.

Über die Seiten der *Sports Illustrated* hinweg hatte ein Sergeant, der in der Nähe saß, sein Interesse eindeutig auf den Soldaten gerichtet, der nicht das dreieckige rosa Schulterabzeichen trug, auf dem die neue schwule Einheit bestanden hatte. Todds Blicke und die des Sergeants begegneten sich immer wieder, bis der gutaussehende Sergeant schließlich seine Zeitschrift niederlegte.

»Was machen Sie denn hier?« fragte er ziemlich barsch.

»Ich bin der Fahrer eines Generals vom Pentagon, der hier auf Inspektion ist.«

»Mmm«, sagte der Sergeant. »Wir hörten, daß man uns einen Überraschungsbesuch abstatten will.«

»Dann ist es also keine Überraschung?«

»Wir haben unsere Freunde im Pentagon, die uns warnen, damit wir hier alles auf Vordermann bringen.«

»Es ist wirklich schön hier.«

»Nicht die Schuld des Verteidigungsministeriums. Die hätten am liebsten, wenn das hier 'n echtes Drecksloch wäre. Wir haben es mit unseren eigenen Mitteln hergerichtet und auf die geschissen!«

»Ich würde mich gerne hierher versetzen lassen. Ich bin eingetreten, bevor…«

»Tut mir leid, aber Sie wären nicht geeignet.«

»Nicht geeignet? Wieso denn das?«

»Weil wir hier alle schwul sind. Es würde unserer Moral schweren Schaden zufügen, wenn wir Heteros in unseren Reihen hätten.«

»Aber ich *bin* nicht hetero.«

»Ich bin Rekrutierungssergeant hier und glaube, ich erkenne einen Hetero, wenn ich einen vor mir habe. Klar würden Sie gerne herkommen, jetzt, wo sie gesehen haben, wie schön wir's hier haben.«

»Ich sag Ihnen doch, ich bin schwul.«

»Scheiße. Sie können doch kein Loch in der Klappe von 'nem Schützenloch unterscheiden.«

»Ach, ja? Also ich erkenne 'n dummes Arschloch, wenn ich eins vor mir habe.«

Der Sergeant schnaubte vor Wut. Sergeants schienen Sergeants zu bleiben, ob schwul oder nicht.

»Wen nennen Sie hier ein dummes Arschloch? Ich könnte Sie in den Bau schicken.«

»Ich gehöre nicht zu Ihrer Einheit.«

»Und das werden Sie auch nie, wenn ich was zu sagen habe. Und das tu ich. Wir wollen hier keine beschissenen Heteros.«

»Verdammich, ich *bin* kein Hetero. Was muß ich tun, um Sie zu überzeugen?«

Der Sergeant schaute Todd direkt in die Augen und legte die Hand in den üppigen Schritt. »Als erstes könnten Sie mir den Schwanz lutschen.«

Todd musterte den stämmigen, muskulösen Sergeant. Kräftige, behaarte, tätowierte Unterarme. Es gab schlechtere Methoden, den Nachmittag zu verbringen, stellte Todd fest.

»Ist das ein Test, den alle Rekruten ablegen müssen?«

»Nur die, bei denen ich meine Zweifel habe.«

»Und wenn sie's machen, dann sind sie drin?«

»So einfach auch nicht. Ich habe noch andere Tests.«

»Ich bin schon in der Armee. Wenn ich mich selbst für schwul erkläre, wette ich, daß ich im Nu versetzt werde.«

»Falsch, Kumpel. Wir sind nicht verpflichtet, jeden zu

nehmen, der anfängt, rumzutucken. Wir haben unsere Standards, und die sind hoch.«

»Und was sind dann Ihre Kriterien?«

»Diese Einheit wurde aufgestellt, um zu beweisen, daß Schwuchteln genau so gut kämpfen können wie jeder. Daher wollen wir vor allem körperlich gute Exemplare. Wenn Sie immer nur hinter dem Steuer von Limousinen rumgesessen haben, dann sind Sie wahrscheinlich weich und schlapp.«

»Den Teufel bin ich. Ich trainiere im Sportstudio, ich jogge, ich…«

»Sie können mir viel erzählen. Ich will Muskeln sehen.«

»Ich zeig ihnen Muskeln.«

»Sie wollen wirklich in unsere Einheit?«

»Nein, Arschloch, ich mach nur Konversation«, sagte Todd sarkastisch.

Der Sergeant stand auf. »Kommen Sie mit«, sagte er und ging in Richtung Ausgang. Todd zögerte einen Moment, dann folgte er ihm.

Ohne sich umzuschauen ging der Sergeant über eine der kleineren Straßen des Forts. Todd beeilte sich, ihn einzuholen. Ehe er sich versah, waren sie an einem Hinderniskurs angekommen, wo Männer sich abmühten, Wände zu erklimmen, unter Stacheldraht durchzukriechen und über Gräben zu springen. Auf einer Anhöhe, von der aus man alles überblickte, saßen General Sedgewick und Colonel Shaw in einem Jeep und beobachteten. Todd und der Sergeant blieben lange genug stehen, um zu sehen, wie die Männer sich mit Ruhm bekleckerten, indem sie eine ganze Reihe von Hindernissen überwanden. Todd war stolz auf sie.

»Wissen Sie«, sagte der Sergeant, »im Ersten Weltkrieg lachten die Alliierten und der Feind die schottischen Truppen aus, als die in Kilts aufkreuzten, aber im Nu nannte man sie die Höllenladies. Alle entdeckten, daß unter diesen Röcken tapfere Kämpfer steckten. Genau das gleiche wird mit den Höllenschönheiten passieren.«

»Höllenschönheiten?«

»So nennen wir uns selbst hier. Aber das dürfen nur wir sagen, keiner von draußen.«

Der Sergeant ging weiter, und Todd folgte ihm auf dem Fuß. Der Sergeant betrat eines der Barackengebäude.

»Die Jungs, die hier wohnen sind auf Biwak und spielen Krieg zwischen der lila und der rosa Mannschaft. Wir werden nicht gestört werden.«

Todd schaute sich um. Es gab Vorhänge an den Fenstern und sonstige Verzierungen, die den Ort wohnlicher machten als die Baracken, die Todd kannte. Über vielen Feldbetten hingen Pin-ups, aber nicht langbeinige Mädchen, sondern langschwänzige Männer. Manche davon waren Stars aus Pornostreifen, andere jedoch offensichtlich eher Objekte der Zuneigung als der puren Lust. Einer, fiel Todd auf, trug eine Matrosenuniform.

Der Sergeant bemerkte Todds Blick. »Sein Freund tut Dienst auf der *U.S.S. Provincetown*. Das ist das Schiff mit der rein schwulen Besatzung.«

»Die Navy hat ein rein schwules…«

»Wenn die eine Waffengattung was hat, bestehen die anderen auch darauf. Also hat die Air Force die Fliegenden Schwuchteln, die sich mit den Marinetucken messen.«

»Die Baracke hier ist echt hübsch. Jetzt *weiß* ich, daß ich…«

»Kommen Sie mit«, sagte der Sergeant, der auf die Latrine zuging. Dort angekommen, stellte er sich an ein Pißbecken, zog seinen Reißverschluß herunter und holte einen der saftigsten unbeschnittenen Schwänze heraus, die Todd je gesehen hatte. Dann griff er in seine Khakihose und rollte ein Paar üppiger, tiefhängender, mit schwarzen Drahthaaren bewachsener Eier hervor.

»Jetzt werden wir sehen, ob du nur so tust – oder ob du weißt, was du zu machen hast, wenn du schwere Artillerie vor dir hast.«

Todd kniete vor dem riesigen, eingehüllten Schwengel nieder, nahm die Eichel des Sergeants in den Mund und fuhr mit den Lippen über den langen Schaft. Er spürte, wie das weiche Fleisch steif zu werden begann und fing an, mit den fetten, schweren Eiern zu spielen.

»So weit, so gut«, sagte der Sergeant. Er legte Todd die Hände auf den Hinterkopf, um ihn festzuhalten, und fing an, ihn langsam ins Gesicht zu ficken. Todd rundete die Lippen fest zu einem O und ließ den Sergeant mit seinem inzwischen steifen Schwanz ein- und ausfahren. Er ließ die Eier los, so daß sie bei jedem Stoß vor- und zurückpendelten.

»Mmmm. Es scheint, als sei das nicht das erste Mal für dich.«

Todd verdrehte die Augen, als er daran dachte, wie oft er schon vor dem einen oder anderen Mann auf den Knien gelegen hatte.

Der Sergeant zog den Schwanz heraus, und Todd, dessen Mund sich plötzlich leer anfühlte und gierig auf mehr war, kroch näher.

»Nein. Aufstehen, umdrehen und Hosen runter«, befahl der Sergeant.

Todd spürte ein Kribbeln in Erwartung des Schmerzes, als er auf den nun gigantischen Kolben blickte, den der Sergeant ihm in den Arsch zu bohren drohte.

»Ich weiß ja nicht«, sagte Todd unsicher.

»Ich hab Kondome dabei, wenn du dir darüber Sorgen machst«, sagte der Sergeant und nahm eine Packung aus der

Hüfttasche. Er öffnete sie und schickte sich an, das Kondom über die riesige Eichel und den feuchten Schaft zu schieben.

»Der ist so groß. Das wird auf jeden Fall weh tun.«

»Ach, du fürchtest dich also vor so 'nem bißchen Anfangsschmerz? Ich wußte doch, daß du nicht für die Höllenschönheiten taugst.«

»Tu ich, tu ich«, sagte Todd eilig. Er drehte sich um, ließ Hose und Unterhose herunter und machte sich auf die Attacke des Schwengels gefaßt, der nun dick wie eine Kanone zu sein schien.

Er spürte, wie sich die feuchte Spitze des Kondoms, die den gewaltigen Pilz einhüllte, an sein Arschloch preßte. Er redete sich zu, sich zu entspannen, es sich leichter zu machen. Der Sergeant verstärkte den Druck gegen den widerspenstigen Schließmuskel, der sich schließlich fügte und den Zugang freigab. Nachdem die angeschwollene Eichel drinnen war, rutschte der Rest mühelos nach. Sein Körper nahm die zusätzlichen Zentimeter nun gierig auf, bis er das Gefühl hatte, ausgefüllt zu sein. Während er sich an das heiße Fleisch, das sich in ihm hin und her bewegte, gewöhnte, glitt ein Lächeln über Todds Gesicht, als er daran dachte, ob wohl viele bei den Höllenschönheiten so gut bestückt waren wie der Sergeant.

Der Sergeant packte Todd an der Hüfte und fing an, mit seinem phänomenalen Gerät loszupumpen. Der Schmerz verschwand völlig, und Todd spürte, wie seine Eingeweide von Wärme überflutet wurden. Er fing an, sich im Takt zu den Stößen des Sergeants den Schwanz zu wichsen, aber der Sergeant griff nach vorn und ersetzte Todds Hand durch die eigene. Hin und wieder ließ er davon ab, um Todd einen scharfen Hieb auf den Hintern zu verpassen.

Das Tempo wurde schneller, und dann hörte Todd plötzlich, daß der Atem des Sergeants ruckweise kam, und der gleichmäßige Rhythmus der Stöße von Krämpfen unterbrochen wurde.

»Oh, ja, JA!« schrie der Sergeant, während er sich in Todd hineinrammte, sein Körper steif wurde und er kam. Ein paar wilde Züge an Todds Schwanz, und auch er fing an abzuspritzen und, den fetten Schwanz des Sergeants noch im Arsch, seine Ladung herauszuschießen. Todds Schwengel spritzte heiße Batzen weißen Spermas in die Luft, die auf seine Schenkel und auf den Latrinenboden klatschten. Die beiden Männer keuchten und schnauften. Die starken Arme des Sergeants waren fest um Todds schweißnasse Brust geschlossen.

Eine Weile standen beide Männer still da, bis der Sergeant langsam seinen ausgepowerten, erschlaffenden Schwanz aus Todds Arsch zog. Danach reinigten die beiden ihre Schwänze in benachbarten Becken in der verlassenen Latrine. »Sind Sie jetzt überzeugt, daß ich qualifiziert bin?« fragte Todd.

Der Sergeant lächelte. »Ich habe keine Sekunde daran gezweifelt.«

»Mistkerl.«

»Aber wenn ich nicht getan hätte, als hielte ich dich für hetero – wie hätte ich dich dann dazu bringen sollen, die Hose runterzulassen?«

Mit gespielter Ernsthaftigkeit sagte Todd: »Sergeant, ich werde Sie wegen Mißbrauchs Ihrer Position melden müssen.«

»Was kann ich tun, um dich davon abzuhalten, mich zu verpfeifen?« fragte der Sergeant lächelnd.

Todd grinste.

»Sie können das machen, was Sie gerade gemacht haben – wann immer mir danach ist.«

»Fairer Handel!« antwortete der Sergeant.

Todd salutierte zackig. Dann senkte er die Hand und faßte den Sergeant an das fette Paket.

LIEBESMATCH

Als ich in der Zeitung las, daß der Tennisstar Andre Agassi einige seiner alten Jeans-Tennisshorts in eine Meute von Teenagergroupies geworfen hatte, wußte ich endlich, was ich von dem blonden Adonis der städtischen Tennisplätze, einem hübschen, jungen Amateur namens Lars, wollte. Wenn ich auf den öffentlichen Tennisplätzen darauf wartete, daß einer frei wurde, hatte ich schon oft mit Ben Johnson, meinem üblichen Tennispartner, an der Seite gesessen und von Lars geträumt, während er spielte. Er und sein Freund spielten etwa auf dem gleichen Niveau wie Ben und ich, aber Lars war viel hübscher.

Ich stehe auf Beine, und Lars hatte Beine, für die man hätte sterben können, Beine, die ich nur allzu gerne langsam mit der Hand gestreichelt hätte, um den blonden Flaum zu spüren, den man seiner goldenen Farbe wegen kaum sah, aber ich stehe auch auf Ärsche, und auf diesem Gebiet hatte Lars ein paar wundervolle Rundungen aufzuweisen. Genau genommen gab es eigentlich keine Stelle an ihm, die ich nicht gerne zum Frühstück verspeist hätte. Wenn er beim Aufschlag den Ball in die Luft warf und dann mit dem Schläger ausholte, um ihn übers Netz zu treiben, rutschte sein weites Hemd hoch und enthüllte seinen leckeren unteren Rücken. Wenn ihm bei heftigen Attacken der Schweiß ausbrach, nachdem er über den ganzen Platz gehetzt war, um die Schläge des Gegners zurückzuschmettern, wischte er sich manchmal das Gesicht mit dem Hemdzipfel ab, und ich konnte seinen flachen Bauch sehen und den Nabel, in den ich am liebsten meine Zunge gebohrt hätte.

Aber nachdem ich gelesen hatte, daß Agassi seine kreischenden jungen Fans mit seiner alten Shorts beglückt hatte, wußte ich, was ich von Lars wirklich wollte. Nicht die obere Shorts, obwohl sie traumhaft auf seiner schlanken Figur saß, sondern den Slip, der die Eier beherbergte.

Als Lars sich vornüber beugte, um einen Ball aufzuheben – auf städtischen Plätzen gibt es einen Luxus wie Balljungen nicht – konnte ich den Saum seines Slips unter der dünnen, weißen oberen Shorts sehen. Ich wollte diese Unterwäsche haben, die sich an seinen Arsch, seine Eier, seinen Busch und seinen Schwanz geschmiegt hatte.

Ben war ein schrecklich netter Kerl, wenn auch ein ziemlicher Hypochonder, aber eine Schönheit war er nicht. Seine Beine waren so dunkel behaart, daß es irgendwie schmutzig wirkte, und außerdem waren sie krumm. Und zusätzlich hatte er abstehende Ohren. Solche Fehler waren bei Lars nicht zu finden. Es hätte mir sogar nichts ausgemacht, wenn sich herausgestellt hätte, daß er einen kleinen Schwanz sein eigen nannte. Alles, was von ihm zu sehen war, war so schön, daß ich mich damit glücklich zufriedengegeben hätte. Okay, glücklich vielleicht nicht, aber bereitwillig.

Wenn Lars und sein Freund, den er Colin nannte, ihr Spiel beendeten, übernahmen gewöhnlich Ben und ich das Spielfeld, es sei denn, es war früher ein anderes freigeworden. Es wunderte mich immer, zu sehen, daß der Verlierer dem Gewinner eine Wette zu begleichen hatte. Ich hatte früher mit kleinen Einsätzen Bridge gespielt, aber es wäre Ben und mir nie eingefallen, darauf zu wetten, wer unsere Tennisspiele gewann. Lars und Colin schienen es ständig zu tun. Auf lange Sicht konnte wohl keiner der beiden viel dabei verlieren, da sie so ausgeglichen spielten, daß der Gewinner des einen Tages wahrscheinlich der Verlierer des nächsten sein würde. Was die Wetterei um so sinnloser erscheinen ließ.

Ich erwähnte bereits, daß Ben ein kleiner Hypochonder war. Er jammerte und sorgte sich um jede winzige Körperstelle, sei es, ob aus einem Leberfleck wohl Krebs entstehen könne, sei es, ob er eine Glatze bekäme. Dann kam der Tag, an dem er richtig vom Leder zog.

Als wir nach einem Spiel unsere Schläger in ihren Taschen verstauten, sagte er: »Weißt du, alter Junge, das könnte das letzte Tennis gewesen sein, daß ich je spielen kann.« Bei diesen Worten vergaß ich völlig, Lars, der auf dem Platz daneben spielte, im Geist auszuziehen.

»Was?« fragte ich ungläubig. »Versetzt dich deine Firma nach Tacoma oder sowas?«

»Nichts dergleichen. Es ist etwas viel Ernsteres. Die alte Pumpe macht schlapp. Eben gerade kann ich spüren, wie sie aussetzt. Ich will nicht vor dir tot auf dem Platz umfallen.«

»Du hast noch nie etwas von Herzbeschwerden erzählt«, sagte ich ziemlich entrüstet, da ich gerade einen ziemlich großen Batzen Geld für neue Schläger, neue Schuhe, neues Outfit ausgegeben hatte und unter meinen Freunden keine andere Menschenseele kannte, mit der ich hätte Tennis spielen können. Einige joggten, aber bei den meisten bestand die größte körperliche Betätigung darin, Cocktailgläser an den Mund zu führen. Ben war derjenige gewesen, der mich überredet hatte, mit Tennis anzufangen, und jetzt redete er davon, es aufzugeben.

»Ich hatte schon immer dann und wann kleine Aussetzer«, sagte Ben. »Die alte Pumpe läßt ständig Schläge aus.«

Lars beugte sich vornüber, um einen Ball nahe am Zaun aufzuheben, wo Ben und ich uns unterhielten, und seine Shorts spannte sich eng um seine schönen Pfirsiche, wobei mein Herz länger aussetzte, als Ben es sich je hätte träumen lassen.

»Was sagt denn dein Arzt?« fragte ich.

»Ich habe Angst davor, ihn zu fragen.«

»Spinn nicht rum. Laß dich untersuchen.«

»Der nimmt meine Beschwerden nie ernst.«

»Egal ... Und hol dir eine Zweitdiagnose ein.«

Was Ben machte. Ein paar Tage später rief er mich an.

»Und, was haben sie gesagt?« fragte ich.

»Beide haben gesagt, es ist nichts.«

»Na dann gut.«

»Aber ich weiß es besser. Ich wäre nicht der erste, der mit einer einwandfreien Diagnose aus der Praxis eines Herzspezialisten kommt und im Wartezimmer tot umkippt.«

»Oh, um Himmels Willen«, sagte ich ungeduldig, verärgert bei dem Gedanken, die ganze neue Ausrüstung wäre für die Katz, und noch ärgerlicher, daß ich keinen Vorwand mehr haben würde, um mich hinzusetzen und Lars beim Spielen zuzusehen, während wir auf einen freien Platz warteten.

Aber bei Ben war nichts zu machen. Er redete sich ein, sein Herz sei nicht in Ordnung, und das war das Ende unserer vierzehntägigen Spiele. Ein oder zweimal ging ich in den Park und äugte über die Tennisplätze, um einen Blick auf den blonden Traum zu erhaschen, dem ich an die Unterwäsche gehen wollte, und sah ihn seine verlorene Wette bezahlen, während sie ihre Sachen einpackten. Dann zog ich dreimal hintereinander eine Niete. Kein Lars. Hatten sie etwa ihre

Spielzeiten geändert, oder hatte ihn seine Firma versetzt, oder war er krank? Nicht einmal seinen verführerischen Anblick genießen zu können, machte mich elend. Ich war gefaßt darauf gewesen, daß das Einsetzen des kalten Wetters dem Bild seiner Schönheit, das mir so viel bedeutete, ein Ende setzen würde, aber zur Zeit standen uns noch einige Monate schönen Tenniswetters bevor.

Als ich ihn beim viertenmal nirgends auf den Plätzen fand, ging ich weiter zur westlichen Seite des Parks und kehrte in einer Bar ein, um meinen Kummer zu ertränken. Ich fing schon an, keinen Schmerz mehr zu spüren, als ich am Tresen hinunterblickte, und da war er und wirkte so unglücklich wie ich selbst mich fühlte. Allerdings ging es mir von seinem reinen Anblick, selbst in einem Anzug, der die herrlichen Beine verdeckte, sofort besser.

Die Drinks hatten mich mutiger gemacht, als ich es normalerweise bin. Ich ging auf ihn zu und drängte mich neben ihn.

»Ich hab Sie in letzter Zeit gar nicht mehr auf dem Court gesehen«, sagte ich.

»Ach, ich arbeite nicht am Gericht. Ich stecke meine Nase im Büro in die Gesetze.«

Er war also Jurist. Und offenbar war ich ihm im Park nicht aufgefallen, so wie er mir aufgefallen war.

»Nicht *den* Court«, sagte ich. »Den Tenniscourt. Sie und Ihr Freund haben schon oft gerade aufgehört, wenn mein Freund und ich spielen wollten.«

»Oh«, sagte Lars. »Ach ja, im Anzug habe ich Sie gar nicht erkannt.«

»Haben Sie Ihre Spielzeiten geändert?«

»Ich habe keinen mehr, mit dem ich spielen kann. Mein bescheuerter Kumpel hat sich in den Hafen der Ehe schleppen lassen, und die Landpomeranze, die er geheiratet hat, haßt die Stadt. Sie hat darauf bestanden, daß sie nach Hintertupfingen ziehen.«

Ich nahm noch einen Schluck und machte meinen Zug.

»Ich habe meinen Partner auch verloren. Er glaubt, er hat's am Herzen. Vielleicht könnten ja Sie und ich zusammen spielen.«

Lars schien darüber nachzudenken und nickte langsam mit dem Kopf. »Das ginge vielleicht. Wie gut sind Sie?«

»Etwa Ihr Niveau.«

»Sie haben mich spielen sehen?«

»Oh, und ob ich Sie spielen sehen habe«, sagte ich viel zu begeistert. Der Alkohol, oder vielleicht auch pure Freude, machten mich leichtsinnig.

»Ich wette eigentlich ganz gerne auf den Ausgang«, sagte Lars zögernd.

»Kein Problem.«

»Keine großen Beträge. Nur genug, damit das Gewinnen mehr Reiz bekommt.«

»Darüber können wir reden, wenn wir uns auf dem Tennisplatz treffen«, sagte ich.

Lars lächelte und streckte die Hand aus, um den Deal zu besiegeln. Wir verabredeten gleich einen Termin zum Spielen und schrieben ihn in unsere Terminkalender, für den Fall, daß wir ein wenig zu beschwipst waren, um uns später daran zu erinnern.

Meine Füße berührten kaum den Boden, als ich nach Hause ging. Ich fühlte mich wie ein menschliches Luftkissenboot, das auf einer Schicht aus Luft schwebt.

Als wir uns zu unserem ersten Spiel trafen, war ich natürlich nüchtern. Er kam von der westlichen Seite des Parks, ich von der östlichen. Fast hätte ich die Nerven verloren und mich gedrückt. Als wir aber nebeneinander auf der Bank saßen und darauf warteten, daß ein Spielfeld frei wurde, schaute ich auf seine langen, nackten Beine und den leichten Flaum aus goldenem Vlies und entschloß mich, alles zu riskieren. Besonders, da er sich darüber beschwerte, daß die Ehe so vielen seiner Freundschaften ein Ende gesetzt hatte. Und die Kneipe, in der ich ihn getroffen hatte, war schließlich eine Schwulenkneipe gewesen.

»Was diese Wette angeht, die wir auf das Spiel abschließen wollten ...«, sagte ich.

»Ach ja. Wieso legen Sie nicht eine Höhe fest, die Ihnen paßt? Mir ist's schon recht.«

Ich schaute mich um, um sicherzugehen, daß sich niemand in Hörweite befand.

»Sagen wir, wenn ich gewinne, bekomme ich Ihre Unterhose.«

Lars wirkte zunächst verblüfft, dann breitete sich langsam ein Lächeln über sein Gesicht.

»Das soll jetzt kein Witz sein, oder? Nein, ich sehe, daß es keiner ist.«

»Abgemacht?«

Lars schaute mich auf ganz neue Art an, musterte mich aus ganz anderen und, wie ich mir schmeichelte, anerkennenden Augen. Er zuckte selbstgefällig die Achseln. »Wenn Sie's so wollen.«

Das Spielfeld, auf das wir warteten, wurde von den beiden schwitzenden Trotteln, die den Ball meistens ins Netz oder ins Aus geschlagen hatten, endlich freigegeben. Als Lars und ich aufstanden, um es in Besitz zu nehmen, sah ich, daß er in sich hineinschmunzelte.

Wie ich auch ihm schon gesagt hatte, spielten wir normalerweise auf etwa gleichem Niveau, und mehr oder weniger nach der gleichen Taktik, nicht die Grundlinienklopferei, wie man sie bei Herrenturnieren sieht. Wir liefen häufig ans Netz und versuchten, Schläge quer übers Feld anzubringen, wechselten häufig, was meiner Meinung nach für den Spieler eine ebenso interessante Spielweise ist wie für die Zuschauer. Aber an diesem Tag war ich wie besessen. Schon fast beim ersten Aufschlag schmetterte ich das erste As, an das ich mich erinnerte, so gezielt und hart, daß vielleicht sogar sogar Big Bill Tilden oder Jimmy Connors nicht drangekommen wären, geschweige denn Lars. Mein Punktestand wuchs beständig – 15-Love, 30-Love, 40-Love, Spiel. Es heißt, Konzentration sei der Schlüssel zu einem guten Spiel, und, Junge, wie ich mich konzentrierte – und zwar auf Lars' Unterhose!

Mitten im nächsten Spiel fiel mir auf, daß ich, abgesehen von dem As, gar nicht so über meinem Niveau spielte. Lars, der Halunke, überließ mir das ganze verdammte Spiel. Ich stellte fest, daß er normalerweise niemals so viele Lobs probiert hätte, bei denen es mir kaum möglich war, sie nicht über das Netz zu schmettern und einen Punkt zu machen. Und wenn er gegen seinen nunmehr verheirateten Gegner spielte bemühte er sich viel öfter, Bälle zurückzuschlagen, hinter denen er jetzt nur lasch und erfolglos herlief. Gewöhnlich konnte er Entfernungen weit besser einschätzen und schlug den Ball nur selten ins Aus, während er nun auf sie eindrosch, als gelte es, sie über die Linien zu befördern. Ergebnis war, daß das Spiel mit 6:0 für mich endete, das erste Zu-Null-Spiel meines Lebens.

Lars schien das nicht zu ärgern, sondern er schien sogar ein bißchen mit sich zufrieden zu sein. Zweimal konnte ich ihn allerdings nicht verlieren lassen. Ich bewies, daß ich ebenso gut ein Spiel verlieren konnte wie er. Es zeigte sich, daß es genauso schwer ist zu spielen, wenn beide Spieler zu verlieren versuchen, wie wenn sie gewinnen wollen. Wer uns sah, mußte uns für erbärmliche Amateure halten, so wie wir versuchten, uns gegenseitig auszutricksen. Aber es kümmerte mich nicht im geringsten, was man über uns dachte. Mir wurde ganz heiß, als ich erkannte, daß Lars das Match absichtlich schmeißen zu wollen schien, damit er mir den Preis, seine Unterhose, überreichen konnte.

Als ich ihm den dritten Satz abnahm, zuckte Lars die Achseln.

»Einfach nicht mein Tag.« Dabei lächelte er jedoch.

Wir überließen das Feld den ungeduldig wartenden Spielern und zogen Tücher hervor, um uns die Stirn zu wischen.

»Sie erwarten doch nicht, daß ich meine Wettschulden gleich hier bezahle, oder?« fragte Lars augenzwinkernd.

»Ich bin dabei, wenn Sie's sind«, lächelte ich.

»Ich wohne am Parkrand. Ich glaube, wir gehen besser dorthin«, sagte Lars und ging voraus. Ich folgte ihm bereitwillig. Dann blieb er stehen.

»Ich könnte sie natürlich auch mitbringen, wenn wir das nächstemal spielen«, sagte er neckend. Ich versetzte ihm einen Stoß in die Richtung, in die er losgelaufen war.

Wir brauchten nicht lange zu seiner Wohnung; sie war klein, ein kombiniertes Wohn-und Eßzimmer, eine kleine Küche und, wie ich annahm, ein Schlafzimmer.

»Eins mache ich nie«, sagte Lars, nachdem er seinen Schläger und die Sporttasche in einem Schrank verstaut hatte. »Ich drücke mich nie vor einer Wette.«

Damit knöpfte er seine Designershorts auf, ließ sie fallen und stieg heraus. Der Slip darunter wirkte im Kontrast zu seinen wunderschön braunen Beinen besonders weiß. Mit bedachter, verlockender Langsamkeit zog er ihn herunter, und alles was er enthielt, kam voll zum Vorschein, ein hübsch dichter, blonder Busch, ein Schwanz, gegen den ich nicht das Geringste einzuwenden hatte, und recht stattliche, mit blondem Fell bewachsene Eier.

Er stieg aus der Unterhose und hielt sie mir entgegen, aber

als ich nach vorn trat, um sie in Besitz zu nehmen, wich er zurück. Jedesmal wenn ich auf ihn zuging, wich er weiter zurück und ließ meinen Preis knapp außerhalb meiner Reichweite vor mir baumeln, bis ich feststellte, daß wir uns im Schlafzimmer befanden. Inzwischen wurde sein Schwanz steif und hob sich. Genau wie meiner in meiner Unterhose.

Lars trat noch ein Stück zurück und stand am Fuß des Betts. Den Slip hoch über den Kopf haltend, ließ er sich nach hinten fallen. Blitzschnell meine Klamotten ausziehend, war ich im Nu über ihm und stellte fest, wie schwierig es ist, jemanden zu küssen, der lacht. Folglich fing ich an, mich über seinen Körper nach unten vorzuarbeiten und an seinem Hals zu saugen, bis er aussah, als habe er ein Date mit Dracula gehabt.

Auf dem Weg abwärts machte ich mich über seine Brustwarzen her, die einladend von seiner gut entwickelten Brust abstanden, während er sein T-Shirt lüpfte. In den Nabel, der mich schon so lange gereizt hatte, wenn er sich mit den Hemdzipfeln die Stirn abgewischt hatte, bohrte ich meine Zunge, und dann war ich in seinem Busch.

Endlich nahm ich zärtlich seinen Schwanz in den Mund und fuhr mit den Lippen der Länge nach über den Schaft, während ich die Tiefe meiner Kehle auslotete.

Lars gab sich dem Genuß offenherzig hin, und als er abgelenkt war, hätte ich ihm den Preis leicht entreißen können – aber irgendwie war ich darüber inzwischen hinaus. Ich hatte es nicht mehr nötig, mich mit der Unterhose zufrieden zu geben, die all diese Leckereien enthalten hatte. Ich hatte ja die Leckereien selber im Mund.

Ich wechselte meine Stellung auf ihm und fuhr mit den Händen über die goldenen Beine, während ich ihm weiter die Eier leckte. Ich spürte jedem Muskel in seinen Waden nach, jedem goldenen Härchen auf der Haut. Dann spürte ich, wie sein Mund sich über meinem Schwanz schloß und seine Hände meine Arschbacken streichelten. Er spreizte die Beine ein Stück weiter und öffnete sich den Nachforschungen meiner Zunge und meiner Lippen.

In unausgesprochenem Einvernehmen rollten wir uns herum, so daß er auf mir lag, während ich es mir glücklich unter ihm bequem machte. Es war genau so schön, ihn von unten anzuschauen wie von oben. Dann war er mit einem Mal im Badezimmer verschwunden. Die Unterwäsche blieb unbeachtet zurück, und ich schnappte sie mir und versteckte sie unter meinem Leib. Ich war über dieses Ziel hinausgeschossen, wollte es aber als Andenken behalten. Als Lars nicht gleich wieder zurückkam, zog ich sie hervor und legte sie mir übers Gesicht. Sie roch nicht streng, hatte sich aber um seine privatesten Teile geschmiegt, die ich inzwischen kennen und sehr zu schätzen gelernt hatte. Ich atmete gerade tief ein, als mir die Unterhose vom Gesicht gerissen wurde und Lars sich über mich setzte und seine haarigen Eier auf mein Gesicht senkte. Zuerst küßte ich die Innenseite seines einen Oberschenkels, dann den anderen weichen, warmen, um darauf mit der Zunge über die Stelle genau unter seinen Eiern zu lecken. Sein Schwanz ragte außerhalb meiner Reichweite steif nach oben. Ich zog ihn herunter, küßte die Eichel und ließ ihn dann federnd wieder zurückschnappen. Es wurde immer schwieriger, ihn herunterzuziehen, und jedesmal zuckte er entschlossener wieder zurück. In meiner ganzen Kindheit hatte ich kein Spielzeug gehabt, das soviel Spaß gemacht hatte.

Lars war inzwischen, wie ich plötzlich feststellte, dabei, eine Kondompackung aufzureißen. Er setzte den Gummi an der Spitze seines Ständers an, und meine Zunge zeigte ihm den Weg, als er ihn bis zur Wurzel seines Schafts rollte, bis der Rand in seinem Busch verschwunden war.

Lars stieg von mir ab, und meine Beine reckten sich bereitwillig in die Luft. Er zog mich bis ans Ende des Betts, so daß mein Arsch auf der Kante lag, worauf seine Finger mit ihren Nachforschungen begannen, indem sie anfangs verführerisch den Rand meines Arschlochs umkreisten, um dann langsam und behutsam einzudringen. Jede Minute glaubte ich, aus einem Traum zu erwachen. Als aber die Finger herausgezogen und durch seinen Schwanz ersetzt wurden, belehrte mich ein momentaner Schmerz, daß es sich nicht um einen Traum handelte. Die Muskeln, die zuerst Widerstand leisteten, entspannten sich alsbald, und es war ein reiner Genuß, ihn in mir und seinen tollen Körper über mir zu haben.

Ich wünschte mir, der Fick würde nie enden. Aber er mußte gespürt haben, daß er sich dem Höhepunkt näherte und wurde, um die Sache auszudehnen, langsamer, bis er nahezu innehielt. Dann legte er wieder los, beschleunigte und überschritt den Punkt, an dem es kein Zurück mehr gab. Sein Kopf flog nach hinten, er schnappte nach Luft, und sein Leib verkrampfte sich, als er seine Ladung abschoß. Als sein letztes Keuchen verebbte, zog er den Schwanz langsam heraus und brach über mir zusammen.

»Ich wollte, daß es immer weitergeht, aber du hast mich zu scharf gemacht«, entschuldigte er sich.

»Wir sind noch nicht fertig. Hast du noch mehr Kondome da?«

»Da ist noch eins für dich und Gleitcreme, da auf dem Nachttisch. Aber laß mich noch ein bißchen auf dir ausruhen.«

Nichts hätte mich glücklicher machen können, und ich schlang die Arme um ihn, herzte ihn und leckte ihn am Ohr.

Ausgeruht ließ Lars sich eine oder zwei Minuten darauf von mir gleiten und legte ein Kissen unter seine Mitte, um seine köstlichen Backen in die Luft zu recken. Ich nahm das Kondom vom Nachttisch, riß die Packung auf, und Lars rollte es liebevoll über meinen gierigen Schwengel. Ich ging auf die Knie, teilte seine Arschbacken und warf einen Blick auf sein Loch, das schon in Vorfreude zuckte. Ich nahm etwas von dem Gleitmittel und verteilte es auf dem bereits angefeuchteten Kondom. Ich wollte das lieblich gerunzelte Loch weder einreißen, noch Lars in irgendeiner Weise Schmerz zufügen. Als ich langsam in ihn eindrang, hörte ich an dem tiefen Schnurren in seiner Kehle, daß ich ihm Lust, nicht Schmerzen bereitete.

Da ich von ihm gelernt hatte, würde ich mir viel, viel Zeit nehmen, um nicht abzuspritzen, bevor ich es wollte. Es dauerte länger als unser einseitiges Tennismatch. Endlich jedoch beschloß ich, es sei an der Zeit, und beschleunigte meine immer härteren Stöße. Als ich kam, stieß ich einen Schrei aus. Ich ließ mir Zeit mit dem Herausziehen, brach über Lars zusammen und blieb einfach auf ihm liegen und küßte ihn auf den Hals, während mein Schwanz in seinem Arsch immer schlaffer wurde.

Ich weiß nicht, wie lange wir so da lagen. Wir mochten sogar ein paar Sekunden lang eingenickt sein. Dann sagte ich schließlich: »Ich denke, ich nehme mir jetzt besser meinen Preis und gehe nach Hause.«

»Du willst meinen Slip immer noch?«

»Natürlich.«

»Glaub bloß nicht, daß du das nächstemal genau so leicht gewinnst, wenn wir spielen.«

»Erwarte ich gar nicht. Aber um was wollen wir wetten?«

»Darum, wie der Verlierer die Nacht mit dem Gewinner verbringt.«

»Das klingt wie eine Wette, die ich gar nicht verlieren kann.«

»Weißt du, eins frag ich mich. Wie ist es dazu gekommen, daß beim Tennis das Wort ›Love‹ null bedeutet?« fragte Lars.

»Das müssen wir ergründen«, sagte ich. Ich hoffte, noch eine ganze Menge Fragen mit Lars zusammen zu ergründen.

DER GLÜCKSPILZ

Norman hatte viel Einfallsreichtum darauf verwendet, die Tatsache zu verschleiern, daß die Kasserolle, die er zubereitet hatte, eine weitere Wiederverwertung der Überreste des Thanksgivingtruthahns war, die letzte hoffentlich. Daher war er nicht entzückt, daß Tom so lange wegblieb, obwohl er, als er dem dringlichen Flehen des Hundes, ausgeführt zu werden, nachgegeben hatte, genau wußte, wann das Essen auf den Tisch kommen würde. Was zum Teufel hielt ihn auf?

Norman drehte den Backofen herunter und ließ die Kasserolle in der Hitze vor sich hinköcheln, sein Blut aber fing an, fast genau so wild zu kochen. Bei diesem Tempo würden sie nicht rechtzeitig abgespült haben, um das neue Pornovideo anschauen zu können, das Larry ihnen ausgeliehen hatte, bevor im Fernsehen die Theateraufführung anfing. Wenn Norman einen Abend arrangierte, schätzte er es nicht, wenn jemand seinen Zeitplan durcheinanderbrachte. Tom ging dieses Wagnis normalerweise nicht ein, sonst wären sie nicht nach zehn Jahren immer noch zusammen gewesen.

Als er gerade so richtig in Fahrt geriet, hörte Norman einen Schlüssel in der Wohnungstür. Ein erleichterter Chip, der dem Ruf der Natur offensichtlich gefolgt war, stürmte herein. Und Tom, vorhin noch so mürrisch, weil es an ihm hängengeblieben war, Chip auszuführen, hüpfte fast genauso wie der Airedale.

»Alles steht fertig auf dem Tisch«, sagte Norman ein wenig eingeschnappt, aber sein Anflug von Ärger konnte Toms guter Laune nichts anhaben. Er schnappte sich Norman, tanzte eine Runde mit ihm und küßte ihn.

»Wenn wir mit dem Essen fertig sind, muß ich dich auf einen Spaziergang mit rausnehmen«, sagte er fröhlich.

»Wir wollten uns doch den Porno ansehen, bevor wir...«

»Der Porno läuft uns nicht weg. Ich will dir was richtiges aus dem Leben zeigen.«

»Hast du das gemacht, während mir hier die Kasserolle verbruzelt ist, 'nen Typen angemacht?«

Tom, der Größere, beugte sich vor und gab Norman noch einen Kuß. »Wir haben unser erstes Weihnachtsgeschenk«, sagte er, während er sich die Hände wusch und sich an den Tisch setzte. »Ich hab's auf der Straße gefunden.«

»Also, jetzt iß und erzähl's mir später«, sagte Norman, nahm die Kasserolle aus dem Ofen und schleppte sie mit den Küchenhandschuhen zu dem Stövchen auf dem Tisch.

»Das Weihnachtsgeschäft fängt von Jahr zu Jahr früher an«, sagte Tom. »Die verkaufen jetzt schon Christbäume auf der Straße.«

»Mein Gott, die Nadeln werden abgefallen sein, bevor auch nur die vierte Kerze brennt«, schnaubte Norman. »Ich bin froh, daß wir den künstlichen Baum haben und ich mir darum keine Sorgen machen muß.«

»Aaalso – ich dachte, wir besorgen uns dieses Jahr zur Abwechslung mal einen echten Baum«, sagte Tom, der sich eine große Portion aus dem Topf nahm.

»Lächerlich. Ich dachte, du seist so ein Umweltfanatiker –

wir wollen doch die Leute nicht dazu ermuntern, Bäume zu fällen, nur damit sie sie eine Woche lang schmücken und dann aus dem Fenster werfen.«

»Ich wäre bereit, die Sorge um die Umwelt dieses Jahr hintanzustellen, wenn das bedeutet, einen Baum persönlich von einem dieser Jungs geliefert zu bekommen.«

»Einem von welchen Jungs?«

»Diesen beiden tollen jungen Männern, die aus dem Norden von Maine runtergekommen sind, um Christbäume praktisch vor unserer Haustür zu verscherbeln. Sie schlafen in ihrem Kombi gleich am Straßenrand neben ihrem Laster mit Bäumen, und sie sind hübscher als jedes Lametta, das wir je an einen Baum gehängt haben.«

»Mmm«, sagte Norman, interessiert, aber noch nicht überzeugt, bevor er Gelegenheit zu einem eigenen Urteil gehabt hatte, wenngleich er und Tom gewöhnlich darin übereinstimmten, wer ein schöner Mann war und wer nicht.

»Sie haben diese französische Art von gutem Aussehen, obwohl sie von diesseits der Grenze kommen. Der eine ist blond, der andere dunkel, und beide haben so ein frisches Rot auf ihren hübschen rosigen Wangen«, sagte Tom, um dann loszusingen: »Ihr Sünderlein kommet, oh, kommet doch all.«

»Und wieso glaubst du, daß die zu kriegen sind?« fragte Norman, stets praktisch.

»Die Hoffnung sprießt überall. Keiner trägt einen Ehering. Das hab ich nachgeprüft, obwohl das so weit von zu Hause auch nicht unbedingt ein Hindernis wäre.«

»Kein Wunder, daß du so lange weg warst.«

»Naja, ich hatte da ein kleines Problem. Ich mußte auf größere Entfernung mit ihnen reden, weil ich Angst hatte, Chip könnte das Bein heben und ihre Bäume wässern. Ich dachte mir, das sei kein guter Anfang, um Bekanntschaft zu schließen.«

»Vermutlich nicht.«

»Sie sind dieses Jahr zum erstenmal hier. Sie sagten, die Händler würden ihnen nur einen Bruchteil des Preises zahlen, den sie verlangen, wenn sie sie in der Stadt verkaufen, und so hätten sie beschlossen, es selbst zu machen. Daher schläft einer im Kombi, und der andere verkauft die Bäume. Aber natürlich ist der Kombi nicht dafür eingerichtet, eine Dusche zu nehmen. Ich überlegte mir, wir könnten sie ja einladen, unsere zu benutzen.«

»Das hast du dir ja schön ausgedacht. Aber von allem anderen abgesehen, haben sie sich selbst.«

»Wir haben uns auch selbst, aber das hindert uns nicht daran, unsere Liebe ab und an mit einem Dreier aufzufrischen.«

»Du bist ein richtiger Lustmolch.«

»Wenn du vornehm darüber erhaben sein willst, kannst du ja die *Kritik der reinen Vernunft* lesen, während Pierre und ich...«

»Der eine heißt tatsächlich Pierre?«

»Zumindest in meinen Träumen. Bis zu den Namen sind wir nicht gekommen. Chip zog an der Leine und wollte an diese Bäume kommen. Aber ich habe sie mir genau angeschaut, und die sind erste Wahl. Der eine trug ganz enge Jeans und der andere einen Overall, und von der ganzen Arbeit in der Baumschule haben sie überall an den richtigen Stellen Muskeln.«

Norman fing an, mit einer Geschwindigkeit zu essen, die nichts mit Hunger zu tun hatte, zumindest nicht mit dem Hunger auf Nahrung. Tom lächelte. Offenbar hatte er Normans Interesse erregt, denn der war jetzt so gierig darauf, rauszukommen, wie Chip es gewesen war. Innerhalb von zehn Minuten waren sie auf dem Weg, um die Machoschönlinge aus den nördlichen Wäldern zu begutachten.

»Oh, ja, eindeutig ja«, schnappte Norman nach Luft, sobald er die beiden vor ihrem kleinen Wald aus Christbäumen stehen sah.

Der Dunklere, und für Norman Hübschere der beiden, löste gerade die Schnur vom unteren Teil eines Baumes, damit der Kunde dessen Fülle sehen konnte. Der Richtung der Blicke des Mannes nach zu urteilen, interessierte ihn jedoch weniger die Fülle der unteren Äste des Baumes als die Fülle hinten in der Jeans des Verkäufers, und wer hätte ihm das verargen können? Er und Tom waren eindeutig nicht die einzigen New Yorker, die entdeckt hatten, welche Prachtstücke da aus den Wäldern von Maine eingetroffen waren.

Zu dem dunkelhaarigen Jungen gesellte sich nun der Blonde, um ihm beim Verkaufsgespräch mit dem unentschlossenen Kunden beizustehen. Norman bemerkte die riesige Beule im Hosenbein des Blonden, die groß so war, daß sie zu Jeff Stryker hätte passen können.

»Jesses, die werden ja ganz schön groß in Maine«, murmelte Norman zu Tom hin.

Der Blonde hatte es gehört und wandte sich ihnen zu.

»Sie möchten einen großen, *M'sieu*?«

»Das können Sie annehmen.«

»Wir haben nur ein paar dabei. Man hat uns gesagt, die meisten Leute in New York hätten keine hohen Decken.«

»In den Mietwohnungen, stimmt. Aber wir haben ein Stadthaus. Im Augenblick wollen wir nur Ahornsirup, aber später ... näher an Weihnachten...«

Als sie mit einem Topf Sirup nach Hause gingen, sagte Norman: »Das steht auf meiner Wunschliste noch höher als ein neues Videogerät.« Er drehte ruckartig den Kopf in Richtung des jungen Christbaumverkäufers.

Als sie dann mit heruntergelassenen Hosen den ausgeliehenen Porno anschauten und sich selbst und gegenseitig die Schwänze wichsten, sahen weder Tom noch Norman Jeff

Stryker oder Rick Donovan. Im Geist hatten sie sie durch die beiden jungen Franzosen aus Maine ersetzt, die es Zentimeter für Zentimeter gewiß mit jedem Pornostar aufnehmen konnten und da unten fast vor ihrer Haustüre standen! Das Problem würde sein, sie ins Haus zu bekommen.

Als beide gekommen waren und sich die Schwänze abgewischt hatten, kam Norman auf eine brillante Idee.

»Vielleicht hätten sie ja gerne war zum Lesen. Leroy braucht doch nicht all diese Pornohefte, die wir für ihn aufheben. Wir könnten einige Pierre und Gerard anbieten, oder wie die heißen.«

»Toller Eröffnungszug, mein Schatz. Wir machen's gleich morgen abend.«

Aber Norman konnte nicht warten. Während Tom am nächsten Tag im Büro war, schnappte Norman sich die Einkaufstasche mit Pornoheften und machte sich auf den Weg zu den Bäumen und dem Kombi.

Tagsüber gab es auf der Lexington Avenue nicht das abendliche Gewimmel, und von den jungen Männern war in der Nähe ihrer Bäume nichts zu sehen. Als Norman aber näher kam, bemerkte er, daß die hintere Tür des Kombis offenstand, so daß sie sich zweifellos drinnen aufhielten, um herauszukommen, sollte ein potentieller Käufer auftauchen. Als er noch näher kam, sah Norman, daß der Dunkelhaarige auf einem Feldbett im Kombi schlief und seine hübschen Hinterbacken zwei verführerische Hügel bildeten. Der Blonde saß wachsam auf einem Stuhl bei der Tür.

»Wir dachten uns, Sie hätten vielleicht gerne etwas zum Lesen, wenn nichts los ist«, sagte Norman freundlich und reichte ihm die Tasche mit den Zeitschriften.

»Danke sehr *M'sieu*«, sagte der Blonde, nahm sie heraus und blätterte ein wenig durch die Titelseiten mit schönen nackten Männern.

»Sind die schwul?«, sagte er mit leichtem Stirnrunzeln.
»Ja.«
»Und Sie und Ihr Freund sind auch schwul?«
»Ja.«
»Wir nicht«, sagte der Blonde sachlich, steckte die Zeitschriften wieder in die Tasche und gab sie zurück. »Aber trotzdem danke.«

»Na, ungeachtet dessen«, sagte Norman, der sich für volles Risiko entschied, einschließlich, die harte Faust eines Holzfällers ins Gesicht zu kriegen, »dachten wir uns auch, Sie würden vielleicht ab und zu eine heiße Dusche zu schätzen wissen, solange Sie in der Stadt sind. Wir wohnen nur zwei Straßen entfernt, und Sie wären uns beiden willkommen...«

»Wir haben schon ein paar Einladungen, die Duschen von Leuten zu benutzen, von Männern und von Frauen«, sagte der Blonde mit wissendem, schlauem Blick.

»Tut mir leid. Wunschdenken meinerseits«, sagte Norman und spürte, daß er ein bißchen rot wurde.

Mehr als alles andere deprimierte Norman, daß er und Tom lahme Enten mit ihrer Idee gewesen waren. Trotzdem war ihm auch der herablassende Blick des Machos peinlich und machte ihn ein bißchen wütend. Norman wandte sich ab. »Wenn Sie es sich noch anders überlegen sollten...«, sagte er ziemlich hoffnungslos.

Als er es am Abend Tom berichtete, war Norman niedergeschlagen, aber Toms Laune war nicht leicht zu dämpfen. Er war ein ewiger Optimist. Als Börsenmakler mußte er das wohl sein, vermutete Norman.

»Mit dem Blonden hast du dir's also verdorben. Aber da ist ja immer noch der Braunhaarige, der mir eigentlich besser gefällt. Der Blonde ist zu spitz.«

»Du weißt, es ist unmöglich, zu spitz zu sein.«

»Im Sinne von selbstgefällig. Ich werd mal sehen, was ich machen kann.«

»Aber der wird sich die Hefte nicht mal anschauen.«

»Du hast schon immer zu leicht aufgegeben, mein Liebling. Die sind einfach nur neu in der Stadt. Wenn sie ein bißchen länger hier sind, werden sie vielleicht geiler.«

»Er sagte, sie hätten schon mehrere Angebote.«

»Kein Zweifel, aber nicht unbedingt von so sexy Charmebolzen wie uns. Und außerdem kannst du kochen. Ein paar von deinen Plätzchen könnten ihren Widerstand brechen. Also meinen brechen sie ganz bestimmt.«

»*Deinen* Widerstand! Welchen Widerstand? Du würdest nicht mal Widerstand gegen Godzilla leisten.«

»Jesses, hat der Tag dich verbittert. Aber Morgen ist auch noch ein Tag.«

Chip bekam mehr als seine übliche Ration an täglichen Spaziergängen, als Tom sich anschickte herauszubekommen, wann der Blonde mit Schlafen an der Reihe war, und sein Freund sozusagen den Laden hütete. Dann, als Norman eines Tages Pläne für ihre Weihnachtsfeier machte, hörte er Toms Schlüssel in der Haustür. Darauf hörte er im Flur zwei Männerstimmen. Tom führte den dunkelhaarigen Jüngling aus Maine ins Wohnzimmer und zwinkerte aus einer Position leicht außerhalb von dessen Blickfeld Norman triumphierend zu.

»Das ist Etienne, Norman, einer unserer Christbaumverkäufer aus der Nachbarschaft,«

»Ach, ja«, sagte Norman bemüht beiläufig, während er aufstand und ihrem Gast die Hand schüttelte. Wie erwartet, war es ein fester Händedruck, aber von weniger schwieligen Händen als er angenommen hatte.

»Ich sagte Etienne, wie sehr es uns freuen würde, wenn sie unser Badezimmer zum Duschen benützen würden, solange sie in ihrem Kombi wohnen, oder einfach rüberkommen, wenn es ihnen zu eng wird.«

Norman hatte das Gefühl, an dieser Stelle etwas sagen zu müssen, war aber sprachlos. Dann nickte er ein ein wenig zu begeistertes Ja.

»Ich hole Ihnen ein Handtuch«, sagte Tom.

»Nein, ich hol's«, sagte Norman, der seine Stimme wiedergefunden hatte.

»Wir holen es, während Sie sich ausziehen«, sagte Tom. »Zum Bad geht's hier lang.«

Tom ging voraus, aber Norman war es ganz recht, die Nachhut zu bilden, da er so einen netten Blick auf die schönen Arschbacken des französischen Jungen werfen konnte. Und wie schön die waren.

Im Schlafzimmer angekommen, brauchte Etienne nicht lange, um das Hemd und das Thermounterhemd auszuziehen. Er enthüllte saftige Brustwarzen, die so weit hervorragten, daß sie geradezu danach schrien, gelutscht zu werden. Ganz ohne Scham zog er darauf Schuhe, Socken und Hose aus. Selbst die Thermounterhose konnte die bewunderungswürdigen Formen seines Leibes nicht verbergen, und als er diese auch noch auszog und seinen wundervollen unbeschnittenen Schwanz und die baumelnden Eier zum Vorschein brachte, war Norman bereit, ihm alles zu verzeihen, selbst die Zerstörung der Wälder, zu deren Erhaltung er und Tom durch Spenden an verschiedene Verbände so viel beigetragen hatten. Norman haßte es, sich auch nur einen Moment von dem herrlichen Anblick abwenden zu müssen, um Seife und Handtuch aus dem Wäscheschrank zu holen. So dramatisch und verführerisch wirkte das dichte Gewirr von Schamhaaren auf der bleichen Haut des nicht oft der Sonne ausgesetzten Körpers.

Nahezu sprachlos vor Begierde reichte Norman dem Gast

die Seife und das Handtuch, die mit einem betörenden Lächeln entgegengenommen wurden, und als die Badezimmertür sich hinter dem Besucher schloß, fiel Norman selig in Toms Arme.

Sobald sie hörten, daß die Dusche aufgedreht wurde, und wußten daß das strömende Wasser ihr Flüstern übertönen würde, fragte Norman: »Wie hast du das geschafft?«

»Mit 'nem Stück Kuchen.«

»Aber sein Freund – ist er sein Freund oder sein Bruder?«

»Sein Cousin.«

»Der sagte mir doch, sie seien nicht schwul.«

»Etienne meinte, er erzählt seinem Cousin nicht alles. Er gehört dazu.«

»Scheint so. Er scheint geradezu zu erwarten, verführt zu werden. Hast du gesehen, wie er seine Schätze vorgeführt hat?«

»Ich bin sicher, er erwartet, verführt zu werden, wenn man es Verführung nennen kann, so gierig wie der ist.«

Endlich kam Etienne mit glänzender Haut aus dem Badezimmer. »Ich habe saubere Unterwäsche in meinem Schulterbeutel«, sagte er und beugte sich vor, um sie herauszuholen. Tom konnte nicht widerstehen, mit der Hand über die feuchte Haut der wunderschönen Backen zu streichen. Etienne schaute auf und lächelte, als hätte er nichts anderes erwartet. Von seiner Zustimmung ermutigt, streichelte Norman die andere Arschbacke.

Als Etienne sich mit der frischen Unterwäsche in der Hand aufrichtete, lächelte er abwechselnd Norman und Tom an. Norman ließ seine linke Hand zu dem kleinen Wald aus Schamhaaren und zum Schwanz wandern. Bei der Berührung reckte sich die Spitze der Eichel unter der Vorhaut vor, und der Schwanz fing an zu wachsen. Tom beugte sich vor und nahm eine der weit hervorstehenden Brustwarzen in den Mund. Wie ein Gefolgsmann beugte auch Norman sich vor, um an der anderen zu lutschen. Etienne warf vor Lust den Kopf zurück, und sein gieriger junger Schwanz folgte auf dem Fuß.

Normans rechte Hand streichelte die muskulösen Arschbacken des jungen Mannes, um dann das enge Arschloch zu befingern und schließlich einzudringen. Etienne schnappte leise nach Luft.

»Vielleicht sollten wir ins Bett gehen«, sagte der junge französische Macker heiser.

Er hatte die Worte kaum ausgesprochen, als Tom sich rasch die Kleider vom Leib riß, während Norman fortfuhr, den Besucher zu streicheln und zu liebkosen. Als Tom, inzwischen nackt, die Hände wieder an Etienne legte, zog auch Norman sich in Rekordzeit aus. Tom dirigierte Etienne behutsam zum Bett. Um nicht zurückzubleiben, hastete Norman ihnen nach. Etiennes Vorhaut hatte sich jetzt völlig zurückgezogen, und sein Schwanz mit der pilzförmigen Eichel ragte steif in die Luft.

Tom warf die Bettdecken zurück, und die beiden legten sich hin. Tom beugte sich herüber und küßte die enorm kußfreudigen, feuchten Lippen, die sich ihm offen und bereitwillig darboten. Bevor Norman sich zu ihnen legte, öffnete er die Schublade des Nachttischs und holte drei Kondome heraus, von denen er eins über Etiennes Körper hinweg Tom zuwarf.

Norman legte sich neben den beiden hin und küßte Etienne zärtlich auf die Schulter, während der und Tom sich heftig umarmten. Für den Augenblick war dies für Norman lustvoll genug, und er küßte sich seinen Weg an Etiennes Rückgrat hinab, um ihm zärtlich in den Hintern zu beißen. Er streckte die Hand zu der Stelle aus, wo Toms Ständer leicht an dem von Etienne rieb. Norman packte beide

Schwänze, hielt sie fest aneinander, um, über die beiden Leiber gebeugt, alle zwei Eicheln zugleich in den Mund zu nehmen.

Stück für Stück zwängte Norman sich zwischen die beiden Körper, arbeitete sich nach oben, bis er zuerst an Etiennes Brustwarzen lutschte, um ihn dann voll auf den üppigen Mund zu küssen. Tom krabbelte auf die andere Seite, rollte sich im Rücken von Etienne das Kondom über, und Norman spürte wie Etienne erstarrte, als Toms fetter Schwanz in seinen Arsch eindrang. Norman ging mit dem Kopf ans Fußende des Betts, so daß er seinen Mund über Etiennes Schwanz stülpen und ihm die dicken Eier streicheln konnte, während Etienne das gleiche bei ihm machte.

Norman nahm eins der Kondome, die er umklammert hielt, und rollte es über Etiennes Schwanz, wobei er fortfuhr, an den behaarten Eiern zu lecken, deren nasses Fell nun an den fetten Kugeln klebte. Dann wechselte er die Stellung erneut und preßte seine Backen einladend gegen Etienne zurück. Der Besucher nahm die Einladung an, schlang die Arme um Norman, um dann langsam von hinten in Norman einzudringen. Gefickt von Tom, fickte der junge Mann Norman. Tom streckte die langen Arme aus, um alle beide zu umarmen. Etienne küßte Norman auf den Nacken, griff nach vorn und wichste ihm den Schwanz.

»Kehrt – marsch!« rief Norman schließlich, und sie zogen die Schwänze heraus und drehten sich um, so daß nun Norman Etienne fickte, während der Franzose den Schwanz in Tom bohrte.

»Ich komme«, keuchte Norman endlich, obwohl die Zuckungen seines Körpers die Ankündigung überflüssig machten. Es dauerte nur Sekunden, bis Etienne es ihm gleichtat und Tom, als Etienne seinen Schwanz losließ, übernahm und sich selbst zum Höhepunkt brachte.

Ohne die Schwänze herauszuziehen, blieben sie erschöpft Seite an Seite liegen.

Schließlich fand Tom genügend Energie zum Sprechen. »Was für eine Schande. Nur noch fünfzehn bescheuerte Tage bis Weihnachten.«

Etienne stieß ein leises Lachen aus. »Ich komm mir vor wie der Belag auf einem Sandwich«, sagte er.

Norman pflichtete ihm bei. »Bist du auch, und ich sag dir eins, Erdnußbutter und Marmelade schlägst du bei weitem.«

OH, BRUDER!

Brad Clevenger blätterte die Zeitschriften durch, die im Wartezimmers des Psychiaters auslagen, ohne die Seiten wirklich zu sehen. Vor seinem geistigen Auge lag Dr. Winbergh nackt und lüstern auf seiner Couch. Nicht, daß er ihn schon je so gesehen hatte, aber er hegte Hoffnungen und Pläne.

Brad schmunzelte, als er daran dachte, wie er, genau wie sein Bruder Ben, dagegen aufbegehrt hatte, als ihr Vater gesagt hatte, er habe genug von ihren ewigen Streitereien, und daß sie beide einen Analytiker aufsuchen müßten, um zu sehen, ob ihrer lebenslangen geschwisterlichen Rivalität nicht irgendwie ein Ende zu setzen wäre. Und jetzt waren sie beide Patienten von Dr. Winbergh und hatten jeder eine Sitzung hinter sich – und beide wetteiferten, wer es wohl als erster mit dem hübschen blonden Psychiater treiben würde, der viel zu jung wirkte, um über die gesamte Ausbildung, die, wie Brad wußte, Psychiater absolvieren müssen, zu verfügen.

»Es ist vielleicht natürlich«, hatte ihr genervter Vater gesagt, »daß Brüder miteinander streiten, wenn sie noch klein sind. Ich habe mich mit meinem Bruder als Kind auch gestritten, aber als wir im Collegealter waren, hatte sich das ausgewachsen. Aber ihr beide macht immer weiter und versucht, euch gegenseitig auszustechen. Wenn ihr eines Tages mein Geschäft übernehmen wollt, müßt ihr miteinander Frieden schließen.«

»Niemals«, hatten Brad und Ben im Chor gesagt, wahrscheinlich das einzige Mal, daß sie sich je über etwas einig gewesen waren.

»Eure Mutter hat sich von einer Freundin den Namen eines guten Psychiaters besorgt. Er soll ein Spezialist auf dem Gebiet von Geschwisterrivalität sein, obwohl ich nicht weiß, ob er je so einen schweren Fall wie euch beide hatte. Sie wird Termine für euch alle beide vereinbaren, denn sie ist euer Gequengel und euer Konkurrenzverhalten ebenso leid wie ich, und dabei kriegt sie es nur zu hören, wenn sie zu Hause ist... Ich muß es mir den ganzen Tag im Büro anhören, seit ihr vom College abgegangen und in die Firma eingetreten seid.«

Die beiden jungen Männer starrten sich betroffen an, jeder von beiden überzeugt, daß nur der andere schuld daran sei, daß sie zu einer Psychoanalyse gezwungen wurden.

»Wir haben alles versucht, was in Erziehungsratgebern geraten wird, und nichts hat funktioniert«, zürnte Mr. Clevenger weiter. »Wir dachten, wenn ihr mit der Highschool fertig seid und an verschiedene Colleges geht, würde es besser werden, würdet ihr euch gegenseitig vermissen. Aber nein, ihr kommt heim, und wenn einer bessere Noten hat als der andere, streitet ihr euch darüber, wer böswillig Nachhilfestunden genommen hat, und wessen College die höheren Anforderungen stellt.«

»Jeder weiß«, hatte Ben gesagt, »daß eine Eins in Yale nur einer Drei in Harvard entspricht.«

»Vorsicht«, hatte Brad ihn gewarnt. »Wenn du mein College niedermachst, denk dran, daß Papa da auch hingegangen ist.«

»Kein weiteres Wort, von keinem von euch«, hatte Clevenger senior befohlen. »Ihr werdet beide diesen Dr. Winbergh aufsuchen, den Evelyn eurer Mutter empfohlen hat, und wenn einer von euch nicht zum Termin erscheint, braucht er sich auch bei Clevenger Büromöbeln nicht mehr blicken zu lassen!«

Unter derartigen Drohungen hatten die Jungen sich bedrückt bereit erklärt, zu dem Therapeuten zu gehen.

Kaum waren sie jedoch Dr. Sven Winberghs ansichtig geworden, war ihre Niedergeschlagenheit wie weggeblasen. In Erwartung einer ziemlich alten, möglicherweise glatzköpfigen Person, waren sie beim Betreten des Büros des Psychiaters angenehm überrascht gewesen, einen jungen – und sehr hübschen – Skandinavier vorzufinden. Ben (dessen Termin dem von Brad einen Tag vorausging) hatte nicht berichtet, wie attraktiv Winbergh war, in der Hoffnung, Brad würde seinen Termin nicht einhalten und ihm freie Bahn lassen, und zudem aus der Firma gefeuert werden.

»Du hast kein Wort darüber gesagt, wie *extrem* attraktiv er ist«, hatte Brad anklagend gesagt, als er, nachdem seine Sitzung bei Dr. Winbergh beendet war, ins Büro zurückgekommen war.

»Ach, *extrem* attraktiv würde ich ihn nicht nennen«, hatte Ben gesagt, der irgendwie widersprechen mußte. »Einigermaßen attraktiv würde ich ihm höchstens zugestehen. Und er hat einen schrecklichen Geschmack, was Kleidung betrifft.«

»Für mich ist er extrem attraktiv, und an seinem Geschmack bei der Kleidung ist nichts auszusetzen. Trotzdem leg ich's drauf an, ihn aus den Klamotten rauszukriegen, ob gut oder schlecht.«

»Da bildet sich ja eine Schlange hinter mir«, sagte Ben abschätzig schnaubend.

»Aber wenn du ihn gar nicht für so attraktiv hältst, wieso willst du's dann mit ihm treiben?«

»Weil du's willst«, sagte Ben höhnisch grinsend, womit er einmal in seinem, nach Brads Meinung, Lügenleben deutlich die Wahrheit sagte.

Brad dachte daran, wie sehr es die Verstimmung seiner Eltern über ihre lange Rivalität gesteigert hätte, wäre ihnen ihr volles Ausmaß bewußt gewesen. Jahrelang hatten sie sich die Streitereien angehört, kannten aber nicht einmal die Hälfte davon. Daß ihre Söhne ihre Schwänze verglichen, um zu sehen, wer den Größten hatte (ein Unentschieden), gemeinsam wichsten, um zu sehen wer mehr und wer weiter abspritzte (Ben war Sieger in der Weite, Brad gewann den Mengenpreis), und darin wetteiferten, wer die meisten Mitglieder der verschiedenen Sportmannschaften ihrer jeweiligen Highschools flachlegen konnte. Und dann in den Semesterferien hatten sie versucht, sich gegenseitig mit Schilderungen von Unierfolgen auszustechen.

Ben war nach Brads Ansicht immer ein ausgemachter Lügner gewesen, und Brad glaubte keine Minute lang, daß der Quarterback von Harvard tatsächlich so einen langen und dicken Schwanz hatte, wie Ben gesagt hatte, noch daß er und Ben es so oft pro Nacht getrieben hatten, wie Ben es behauptete. Wenn, dann hätte der Quarterback nicht mehr genügend Energie gehabt, um auch nur Murmeln, geschweige denn Football, zu spielen. Und ganz entschieden glaubte er nicht an Bens Geschichte von dem Wochenende, das er mit der Schwimmannschaft, der er angehörte, auf dem Landsitz der Clevengers verbracht haben wollte, und das angeblich in einer Kette rund um den Swimmingpool von dreißig geilen jungen Kerlen, die sich die Schwänze bliesen, gegipfelt hatte! Nicht, daß nicht die Vorstellung allein ausgereicht hatte, um sich immer wieder einen darauf runterzuholen!

Brad stellte sich vor, daß Ben auch während der Sitzung bei Dr. Winbergh eine Menge Lügen erzählte, um zu versuchen, Brad auszustechen, indem er dem appetitlichen Doktor die falsche Information einflüsterte, Brad sei nur kümmerlich bestückt, impotent und überhaupt mies im Bett, während er... Irgendwie würde Brad ihm den Wind aus den Segeln nehmen müssen.

Die Tür zum Behandlungszimmer öffnete sich, und Dr. Winbergh geleitete eine rothaarige Frau nach draußen, die sich die Augen tupfte.

»Donnerstag um die gleiche Zeit?« fragte Dr. Winbergh mit seiner tiefen Stimme, die Brad durch Mark und Bein – und zwischen die Beine – drang.

Die Frau nickte zustimmend, straffte sich, wie um der Außenwelt tapfer entgegenzutreten, und ging. Brad stand hastig auf, aber Winbergh hielt abwehrend die Hand hoch.

»Lassen Sie mir ein paar Minuten Zeit«, sagte er, während er die Tür zum Behandlungszimmer hinter sich schloß. Wahrscheinlich, um sich ein paar Notizen über die rothaarige Frau zu machen, vermutete Brad.

Brad nahm wieder Platz. Wie kam dieser Scheißkerl, dieses Arschloch Ben, nur darauf zu sagen, Winbergh sei nicht *extrem* gutaussehend, wie konnte jemand behaupten, er habe keinen Geschmack, dachte er. Wenn Ben das wirklich glaubte und es nicht nur um des Streitens Willen sagte, zeigte das nur, was für einen miesen Geschmack er selbst hatte.

Der Summer auf dem Schreibtisch der Praxishilfe ertönte, und die junge Frau sagte Brad, er könne eintreten.

Obwohl sich in dem Raum eine Couch befand, wahrscheinlich aus Tradition, wurden die Klienten zu einem breiten schwarzen Ledersessel mit Fußstütze geführt. Und anstatt wie in den Filmen und Cartoons, die Brad über Psychiater gesehen hatte, außerhalb des Blickfelds hinter dem Klienten, saß Winbergh Brad direkt gegenüber. Das war fein, denn es wäre eine Schande gewesen, nicht seinen Kopf anschauen zu können, der einem Model zur Ehre gereicht hätte, und die langen, muskulösen Beine, die geradewegs zu einem appetitlichen V verliefen.

Winbergh, der offenbar bemerkte, daß Brad auf die Beule in seinem Schritt starrte, errötete leicht und schlug die Beine übereinander.

»Möchten Sie mir etwas über die Tage seit Ihrem ersten Besuch berichten?« fragte Winbergh.

»Ja«, sagte Brad, »und zwar über diese verdammten Träume, die ich über sie geträumt habe.«

»Jetzt schon?« sagte Winbergh verblüfft. »Zur Übertragung kommt es normalerweise ein wenig später. Das ist erst Ihr zweiter Besuch.«

»Sie kommen jede Nacht«, unterbrach Brad ihn und spreizte im Gegensatz zu dem Doktor die Beine provozierend weit. Für Feinheiten hatte er keine Zeit, da Bruder Ben es auch auf den hübschen Doktor abgesehen hatte.

Winbergh schien zu zögern, nach Einzelheiten der Träume zu fragen, aber Brad brauchte nicht bedrängt zu werden – er sei denn, Dr. Winbergh wäre der Bedränger gewesen! Er hatte seinen Feldzug voll durchgeplant.

»Es ist nicht immer genau der gleiche Traum. Manchmal stehe ich unter der Dusche, und Sie kommen ins Badezimmer. Sie ziehen sich aus und stellen sich zu mir unter die Dusche und fangen an, mir den Rücken zu massieren. Dann greifen Sie um mich herum und seifen mir den Schwanz und die Eier ein«, sagte Brad, den Blick fest auf Winberghs Gesicht gerichtet.

Winbergh versuchte, sich den Anschein professioneller

Zuwendung zu geben, aber über sein hübsches Gesicht breitete sich eindeutig eine gewisse Röte. Brad bekam einen Ständer, während er seinen erfundenen Traum erzählte. Frustrierenderweise war Winbergh in Wirklichkeit nie in seinen Träumen aufgetaucht. In dem einzigen tatsächlichen Traum in der letzten Woche, an den er sich erinnern konnte, war es um einen Streit mit Ben im Büro gegangen, wer daran schuld war, daß fünfzig Aktenschränke, die von einer Versicherungsgesellschaft bestellt worden waren, versehentlich in einen Käfig im Zoo geliefert wurden, wo eine Gorillafamilie sich so in sie verliebt hatte, daß sie sich weigerte, sie wieder herauszurücken!

»Dann drehen Sie mich um«, fuhr Brad fort, »und machen sich über mich her. Zuerst nehmen Sie meinen Schwanz in den Mund, dann meine Eier. Sie haben ein bißchen Mühe, beide Eier gleichzeitig in den Mund zu kriegen, weil sie so groß sind, aber Sie schaffen es und streicheln sie mit der Zunge.«

Brad fing an, sich beim Reden zwischen den Beinen zu streicheln, stellte aber fest, daß Winbergh, der große Augen bekommen hatte, hastig den Blick senkte und tat, als sei er von seinen Notizen in Anspruch genommen.

»Im Nu steht Ihr Schwanz habacht wie ein Westpointkadett bei der Parade. Dann drehen Sie mich um, und ich spüre, wie Ihre Zunge an meinem Arschloch leckt.«

»Ich glaube, ich kann es mir vorstellen«, unterbrach Winbergh brüsk, mit erstickter Stimme. »Noch andere Träume?«

»Ja, manchmal träume ich, wir sind hier in Ihrer Praxis. Als ich hereinkomme, sagen Sie mir, ich solle mich ausziehen, und dann ziehen Sie sich selbst aus. ›Machen Sie den Mund auf, und sagen Sie A‹, sagen Sie, und ich könnte auch kaum anders, als Sie Ihre Unterhose herunterschieben und ich sehe, was Sie da drin stecken haben! Nachdem ich eine

Weile begeistert daran gelutscht habe, führen Sie mich zu der Couch da drüben. Dann gehen Sie zum Schreibtisch und holen Gleitcreme und Kondome. Sie streifen das Kondom über Ihre Eichel und rollen es über Ihren dicken Schaft ...«

»Keine Träume von Ben?« unterbrach Winbergh erneut.

»Nicht, seitdem ich Sie zum erstenmal gesehen habe«, log Brad. In Wirklichkeit war da dieser Traum gewesen, in dem die gesamte Footballmannschaft von Bens College, tolle junge Machokerle, sich in einem Gedränge auf Ben gestürzt und ihn als platte Flunder hatten liegen lassen, woraufhin Brad die Pompomgirls zu rauschendem Beifall animiert hatte. Aber Brad hatte nicht die Absicht, sich von seinem gegenwärtigen Kurs ablenken zu lassen, indem er darauf einging. Winbergh wußte bereits, daß er und Ben nicht gut miteinander auskamen, um es milde auszudrücken.

»Eines nachts träumte ich, Sie würden nackt zu mir ins Bett steigen und sich an mich kuscheln, bis ich durch die Schlafanzughose Ihren steifen Schwanz am Arsch spüren kann. Dann ziehen Sie mir die Hose runter, und ich spüre Haut auf Haut. Ich drehe mich um und nehme Sie in die Arme, und unsere steifen Schwänze berühren sich und zucken.«

Brad begann, sich in seinem Sessel zu winden, während er sich zwischen den Beinen rieb und in seine Stimme ein Stöhnen mischte.

»Ich rutsche tiefer und knabbere an Ihren Brustwarzen. Ich bekomme ein Haar in den Mund und höre auf, um es herauszunehmen, dann gehe ich tiefer und schnuppere da, wo noch mehr Haare sind. Ich ...«

»Entschuldigen Sie, aber ich denke, wir sollten diese Farce besser beenden. Ich glaube Ihnen nicht, daß Sie auch nur einen dieser Träume hatten.«

»Nachts vielleicht nicht, aber zählen Tagträume nicht auch?« fragte Brad flehend.

Damit zog er seinen Reißverschluß nach unten und griff in den Schlitz, um seinen ächzenden Schwanz zu richten.

»Hören Sie auf«, befahl Winbergh panisch. »Lassen Sie das Ding da drin!«

»Ich muß«, beharrte Ben. »Ich sterbe, wenn das Ding da drinnen so groß wird.«

Er holte den Schwanz heraus und zog die Eier nach. Wenn sein geliebter Bruder Ben gesagt hatte, Brad sei kümmerlich behangen, wußte Winbergh jetzt, was für ein Lügner der war.

»Ich bestehe darauf, daß Sie Ihren Penis und die Hoden wieder in die Hose stecken und den Schlitz schließen«, sagte Winbergh streng und versuchte, sich umzudrehen, konnte den Blick allerdings nicht ganz von dem losreißen, was Brad ihm so stolz präsentierte.

»Sind Sie sich ganz sicher, daß Sie das nicht interessiert? Ich wette, Sie sind inzwischen so steif wie ich. Zeigen Sie mal.«

Der arme Doktor schloß hastig die Beine und bedeckte den Unterleib mit seinem Notizbuch als zusätzlichen Schutz gegen seinen lüsternen Klienten. »Das werde ich nicht. Und selbst wenn ich interessiert wäre, würde es gegen mein Ethos verstoßen, mich mit einem Klienten einzulassen. Ich glaube, ich empfehle Ihren Eltern am besten, Sie zu einem meiner Kollegen zu schicken. Ich kann Ihnen mehrere vorschlagen.«

»Sie werfen mich doch nicht etwa hinaus?«

»Ich beende diese Sitzung und sage alle weiteren Termine mit Ihnen ab. Ein junger Psychiater, der gerade anfängt, muß, was das Ethos betrifft, besonders gewissenhaft sein.«

»Und wie wollen Sie das meinen Leuten erklären?«

»Sie stecken jetzt auf der Stelle Ihren Schwanz wieder in die Hose, dann werde ich es auf eine Weise erklären, die Ihnen vor Ihren Eltern nicht peinlich sein muß. Wenn nicht, erzähle ich ihnen die Wahrheit.«

Winbergh stand auf zum Zeichen, daß die Sitzung beendet war, als er aber sah, daß sich seine Hose über einem gewaltigen Ständer ausbeulte und daß Brads Blicke an der Stelle klebten, setzte er sich wieder hin und schlug so hastig die Beine übereinander, daß er sich die Eier einklemmte. Er wimmerte auf. Die Röte in seinem Gesicht ging inzwischen zusehends in Scharlachrot über.

»Gott, wie gern hätte ich das Ding da im Arsch, Doktor«, sagte Brad hingerissen.

Bei diesen Worten erhob Winbergh, Ständer oder nicht, sich, ging zur Tür und riß sie weit auf, während Brad eilig einpackte und den Reißverschluß hochzog, für den Fall daß draußen schon der nächste Klient wartete.

»Sie verschwenden meine Zeit und das Geld Ihrer Familie«, sagte Winbergh.

»Hierher zu kommen und mir Blas-und-Quetsch...ich meine Quatsch-Geschichten zu erzählen!«

»Zum erstenmal richtig getroffen, Doc«, antwortete Brad grinsend.

»Die Worte waren schlecht gewählt, aber Sie wissen genau, was ich meine.«

»Nichts davon war gelogen. Davon träume ich wirklich. Was soll's, wenn ich dabei nicht schlafe. Spielt das so eine große Rolle?«

»Tut mit leid«, sagte Winbergh, »aber damit kann ich nicht umgehen. Ich hatte schon Klienten, die eine Übertragung durchmachten und glaubten, sie seien in mich verliebt, aber *so* etwas ist mir noch nicht vorgekommen. Nein, ich glaube, Sie sollten sich einen anderen Analytiker suchen. Manchmal stimmt die Chemie zwischen Klient und Analytiker einfach nicht. Und genau das werde ich Ihren Eltern sagen, daß die Chemie nicht stimmt.«

»Ich glaube, unsere Chemie ist reines Dynamit. Ich muß

nachts nur an Sie denken, sogar mit den Klamotten an, um mein Wasserbett zum Kochen zu bringen.«

Gegen seinen Willen stahl sich ein Lächeln auf Winberghs nordisch strenges Gesicht ... er faßte sich jedoch und machte Brad Zeichen zu gehen.

Schockiert und wütend auf sich selbst, so stürmisch vorgegangen zu sein, verließ Brad die Praxis. Das war normalerweise nicht seine Art, aber angesichts der Drohungen Bens, den Doktor als erster flachzulegen, hatte er es für nötig gehalten. Jetzt würde er den tollen Mann nicht einmal mehr sehen und von ihm träumen können. Sein einziger Trost, wenn es denn einen gab, war, daß bei Winberghs strengen ethischen Maßstäben auch Ben am Ohr hinausgeworfen werden würde, wenn er sich an den Analytiker heranmachte.

Als Brad ein paar Tage darauf zu dem Termin bei dem Psychiater ging, den Winbergh empfohlen hatte, hatte er das Gefühl, vom Sublimen ins Lächerliche abgerutscht zu sein. Dr. Pilsudski war das krasse Gegenteil von Winbergh. Wenn dieser eine Zehn war, war Pilsudski eine minus Dreiundzwanzig! Beleibt, ohne eine Spur der Munterkeit, die oft mit hohem Gewicht einhergeht, kahlköpfig, pockennarbig und mit Brillengläsern dick wie die Böden von Weinflaschen. August Pilsudski hatte sogar die Andeutung eines Buckels. Brad mußte an Rigoletto denken, nur daß Rigoletto ein Hofnarr war und Brad bezweifelte, daß Pilsudski einen Witz erkennen würde, selbst wenn er vor ihm auf der Couch lag. Um Ben nicht zu sehr darüber triumphieren zu lassen, daß er nach wie vor den schönen Winbergh aufsuchte, beschrieb Brad Pilsudski ihm gegenüber als ›verkrümmt‹, ohne zu erwähnen, wie wörtlich das zutraf.

Wenn er so an der Inventur im Lagerhaus des Unternehmens arbeitete, nagte es jedesmal an Brad, wenn Ben sich zu seinen Terminen bei Winbergh aufmachte. Wie kam es, daß

Ben nicht zu einem anderen Arzt überwiesen wurde, wie er selbst? Spielte er etwa dem Doktor nichts vor, oder ...? Dann kehrte Ben mit einem breiten Grinsen von seinem Termin zurück.

»Worüber freust du dich denn so?« fragte Brad, der das Schlimmste fürchtete.

Leise, damit es keiner der Arbeiter hörte, sagte Ben: »Winbergh und ich haben's heute endlich getrieben. Ich bin los, während er die Couch abwischte.«

»Du lügst!« knurrte Brad.

»Ich kann's beweisen«, sagte Ben selbstgefällig und zog, nachdem er sich vergewissert hatte, daß die anderen beschäftigt waren, aus der Jackentasche ein eindeutig benutztes und wohlgefülltes Kondom, das am Ende zugeknotet war.

»Ich krieg 'n Schock!«, rief Brad laut, worauf sich alle Köpfe drehten.

»Ja, sie haben ein Schock bestellt« sagte Ben, der das Kondom rasch wieder in die Tasche steckte und nach einem Inventurformular griff.

»Wie kannst du sagen, Winbergh habe keinen Geschmack, wenn du solche Souvenirs sammelst?« fragte Brad mit gedämpfter Stimme, als die anderen wieder an ihre Arbeit gegangen waren.

»Ich wußte, daß du mir ohne Beweise nicht glauben würdest.«

»Das überzeugt mich auch nicht, mein Gott. Da ist ja schließlich kein Monogramm auf dem Ding.«

»Du bist vielleicht ein ungläubiger Thomas.«

»Wenn's um dich geht, ja. Wahrscheinlich hast du's im Auto selbst abgefüllt.«

»Das nächstemal heuere ich einen Fotografen an, der Bilder macht.«

»Winbergh würde mit einem Klienten so etwas nicht

machen. Das verstößt gegen sein Berufsethos. Wenn du ihn angemacht hättest, hätte er dich an einen Kollegen überwiesen, genau wie mich.«

»Ach, das war's also. Naja, mir ist er auch mit diesem Ethosscheiß gekommen, aber ich habe seine ›Skrupel‹ überwunden.«

»Mit deiner unwiderstehlichen Schönheit, nehm ich mal an.«

»Indem ich zu ihm sagte, ich würde zu Hause erzählen, er hätte sich mir während der Sitzung unsittlich genähert und mich vergewaltigt, als ich Widerstand leistete.«

»Du hast ihn erpreßt!«

»Am Ende hat's ihm gefallen ... und genau dort hat's ihm auch gefallen.«

»Also, ich weiß ja, daß du jemanden erpressen würdest, um zu bekommen, was du willst, aber ich glaub dir nicht, daß er nachgegeben hat.«

»Tja, also es hat ihm so gut gefallen, daß er sogar vorgeschlagen hat, ich solle jeden Tag zur Sitzung kommen, anstatt nur dreimal die Woche.«

Brad war sprachlos vor Wut und Neid. Um so mehr, als seine Mutter bestätigte, daß Winbergh empfohlen hatte, die Häufigkeit von Bens Besuchen heraufzusetzen. War die Erpressungsgeschichte nun wahr, oder empfand Winbergh Ben einfach nur als den attraktiveren Bruder? Es machte ihn krank, daß Ben Winberghs Schönheit bewundern konnte, während er, Brad, nicht einmal in der Lage zu sein schien, ihn in seinen Träumen heraufzubeschwören. Na, wenigstens kannte er Winberghs Arbeitszeiten und wußte, wann er nach seiner letzten abendlichen Sitzung gehen würde. Er konnte ja rein ›zufällig‹ vorbeikommen, wenn Winbergh die Praxis verließ.

Es war eine Art hoffnungslosen Schwärmens für einen

Mann, wie es Brad seit seiner frühen Highschoolzeit, als er in den Kunstlehrer verknallt gewesen war, nicht mehr erlebt hatte. Er kam sich pubertär dabei vor, sah aber keine andere Möglichkeit, wenn er Winbergh treffen wollte, und mit jedem Tag, der vorüberging, wünschte er sich sehnlicher, den Doktor zu sehen.

Die ersten Versuche, etwas auf die Beine zu stellen, was wie ein zufälliges Zusammentreffen aussah, schlugen fehl. Nach dem Ende der Sprechstunden tauchte eine Stunde lang kein Winbergh auf, und es wurde Brad peinlich, immer wieder auf- und abzugehen. War er dageblieben, um Schreibkram zu erledigen? Gab es eine Hintertür in dem Gebäude, von der Brad nichts wußte? Am dritten Tag jedoch wären sie beinahe an der Tür übereinandergestürzt.

»Oh, hallo«, sagte Brad, der auf seine schauspielerischen Fähigkeiten, die er bei Schulaufführungen erworben hatte, baute, um das Zusammentreffen als Zufall erscheinen zu lassen. »Wieder das Ende eines langen Tages, an dem Sie sich die Probleme anderer Leute angehört haben?«

»Äh, ja. Wie kommen Sie mit Pilsudski zurecht?«

»Gut, wirklich. Er hatte keine Probleme mit dem, was ich ihm erzählte.«

Winbergh lächelte. »Nein, das kann ich mir vorstellen.«

»Und ihm erzähle ich meine Tagträume nicht, die sich immer noch ums gleiche Thema drehen«, sagte Brad ganz schwermütig.

»Ah, fein ...«, sagte Winbergh. Er verstummte.

»Ben sagt, Ihre ethischen Maßstäbe seien gar nicht so streng, wie Sie mir weismachen wollten. Er sagt, ihr beide würdet es bei jeder Sitzung treiben und die Couch echt stark beanspruchen.«

Winbergh klappte der Kiefer herunter, worauf er ihn wütend wieder schloß.

»Ihr Bruder lügt. Er hat es versucht, aber ich bin nicht darauf eingegangen.«

Brads Herzschlag beschleunigte sich. Er glaubte Winbergh auf der Stelle. Abgesehen davon, daß er wußte, was für ein Lügner Ben war, wußte Brad auch, daß einer, der so leicht errötete wie Winbergh, bestimmt puterrot werden würde, wenn er log.

»Er hat Sie angemacht, aber Sie haben ihn nicht rausgeworfen so wie mich?«

»Die Situation ist anders«, sagte Winbergh seufzend.

»Sie lassen ihn weiterhin zu sich kommen und haben sogar noch seine Stundenzahl erhöht?«

»Er hat tiefsitzende Probleme. Ich muß ihn täglich sehen, um zu versuchen, ihm herauszuhelfen, obwohl ich meine Zweifel habe.«

»Während ich bei diesem grauenhaften Pilsudski sitze?«

»Pilsudski ist ein hervorragender Analytiker. Eines Tages wird es Ihnen vielleicht klar werden.«

»Das ist nicht allzu schwer. Sie finden Ben attraktiv und mich nicht.«

Winbergh lächelte traurig und schüttelte den Kopf.

»Das müssen Sie genau umdrehen.«

Brads Herz machte einen Satz.

»Sie meinen – es ist kein Wunschdenken meinerseits, daß Sie mich vielleicht an Pilsudski überwiesen haben, damit ich nicht mehr Ihr Klient bin und ...«

»Jetzt kommen Sie der Sache schon näher.«

»Und wenn ich nicht Ihr Klient bin, dann würden auch keine ethischen Erwägungen mehr im Weg stehen?«

»Ich hoffte, daß Sie eines Tages darauf kommen würden, was ich im Sinn hatte. Steigen Sie ein«, befahl Winbergh dem bereitwilligen jungen Mann.

Als sie ihr Ziel erreichten, Winberghs Wohnung nämlich,

in der eine Wand des Wohnzimmers mit einer Masse von Büchern zugestellt war, während sich an einer anderen eine Audio-Videoanlage befand, verspürte Brad ein kurzes Gefühl des Triumphs über Ben. Er wehrte es ab. Ben schien jetzt keine Rolle zu spielen.

Winbergh führte Brad ins Schlafzimmer und schickte sich an, die Kleider auszuziehen, die Ben als so geschmacklos bezeichnet hatte. Brad sah mit Freuden, daß Sven einer jener Männer war, die dazu geboren waren, nackt zu sein: sein Körper war eine gewellte Masse durchtrainierter Muskeln, die mit einem leichten Flaum blond schimmernder Haare bedeckt war und in einem blondbewachsenen Unterleib gipfelte, aus dem ein beachtlicher, unbeschnittener Schwanz hervorragte, mit zwei großen, baumelnden Eiern, die zwischen kräftigen Schenkeln hingen. Brad verlor keine Zeit und zog sich selbst auch aus.

»Ich habe deinen Schwanz in der Praxis nur viel zu kurz sehen können«, sagte Sven, als Brads Slip zu Boden segelte und sein steifer Schwengel gegen seinen Waschbrettbauch federte.

»Ich hab deinen überhaupt nicht gesehen, aber er ist besser als alles, was ich mir hätte vorstellen können, Doc«, sagte Brad mit offener Bewunderung.

»Nenn mich Sven«, sagte Winbergh und schloß den nackten Brad in die Arme. Ihre steifen Schwänze wurden zwischen ihren Leibern zusammengepreßt.

Als ihre Lippen sich endlich trennten, seufzte Brad. »Endlich hab ich mal einen Vorteil davon, daß ich mich nie mit meinem Bruder vertragen habe. Wenn meine Eltern unsere Streitereien nicht leid geworden wären, hätte ich dich nie kennengelernt.«

Sven versiegelte die Lippen seines jungen Lovers mit einem weiteren Kuß, während seine Hände liebevoll über

Brads glatte, runde Hinterbacken strichen. Brad erwiderte Svens Umarmung leidenschaftlich.

Sven führte Brad zum Bett und warf ihn darauf nieder. Brad streckte die Arme aus, um den nackten Körper, den er für den Rest der Nächte seines Lebens festhalten wollte, zu empfangen. Sven aber wandte sich ab und ging zu einer Kommode, aus der er etwas holte. Als er zum Bett zurückkam, setzte er ein Kondom an Brads zuckendem Schwanz an und rollte es zärtlich über den steifen Schaft. Bei Svens leichter, liebevoller Berührung fuhr ein Blitz durch Brads Wirbelsäule. Als darauf Sven ein Kondom über die Spitze seines eigenen Schwengels schob, rief Brad: »Nein, laß mich!«

Er streckte die Hand aus und rollte den Gummi ebenso sachte und sinnlich über Svens riesigen Schwanz, wie dieser es bei ihm gemacht hatte. Dann beugte er sich über ihn und nahm den angeschwollenen Schwanz in den Mund. Sven schnappte vor Lust nach Luft.

Als Brad den Hengstriemen noch tiefer in die Kehle aufnahm und daran züngelte, erschauerte Sven ekstatisch. »Es gibt keinen größeren Genuß als die aufgeschobene Bedürfnisbefriedigung. Die ist das Warten wert. Es ist besser, als ich mir erträumt hatte.«

Brad wich zurück und lachte. »Es ist nicht Sache des Arztes, dem Klienten seine Träume zu erzählen!«

»Du bist nicht mehr mein Klient, weißt du noch?«

Brad nahm Svens Schwanz erneut in den Mund, spielte mit den wundervollen Eiern und fuhr mit den Fingern durch das dichte Gewirr seidig blonder Haare an Svens Unterleib.

Sven legte zärtlich eine Hand auf Brads Schulter, um ihn von sich zu schieben und sich in klassischer Neunundsechzigerposition neben ihn zu legen. Er nahm Brads Schwanz in den Mund, und Brad tat das gleiche mit Svens massivem Teil. Während sie sich gegenseitig in den Mund vögelten, streichelten ihre Hände ihre Arschbacken. Dann spürte Brad, wie sich einer von Svens Fingern in sein Arschloch bohrte. Brad stöhnte vor Lust auf. Er hoffte, Sven würde ihn ficken.

Während Svens kundige Finger Brads Prostata streichelten, bearbeitete Brad Svens Schwengel mit dem Mund, um ihn zu maximaler Härte und Größe zu bringen, in der Hoffnung, er würde alsbald dem Pfad folgen, den Svens Finger gebahnt hatte.

Und das geschah. Sven rollte Brad auf den Rücken und setzte sich auf ihn. Brad konnte kaum glauben, daß der prächtige Macker, der auf seinem Bauch saß, echt war. Er griff nach oben und zwirbelte Svens große, saftige Brustwarzen, während Sven Brads Arschloch und seinen eigenen, in das Kondom gehüllten Schwanz mit einer wasserlöslichen Gleitcreme einschmierte. »Hast du wirklich geglaubt, ich würde es mit Ben treiben?«

»Reden wir nicht über Ben. Fick Ben!«

Als ihm klar wurde, was er gerade gesagt hatte, fügte Brad eilig hinzu: »Nimm das nicht wörtlich. Das ist das letzte, was ich will, daß du tust.«

»Und was ist das erste?«

»Das, was du gerade in dieser Minute machst!« stöhnte Brad, als Winberghs Riesenschwengel anfing, sich langsam in die warmen, gierigen Tiefen von Brads Arschloch zu bohren.

»Genau das werd ich deinen Eltern sagen, daß die Chemie nicht stimmt.«

WÜNSCHE UND BEFEHLE

Ich bin eindeutig zum Barpianisten geboren. Als meine Eltern in meiner frühen Kindheit meine Neigung zum Klavier entdeckten, hatten sie etwas Höheres im Sinn. Sie schickten mich zu den besten Lehrern, bei denen ich die ganzen öden Czernyetüden spielen mußte. Aber das Leben als Konzertpianist reizte mich nicht. Einerseits all die Herumfahrerei. Andererseits das stundenlange Üben. Für die leichte Unterhaltungsmusik, die mir geradezu von selbst aus meinen geschmeidigen Fingern floß, brauchte ich nicht viel zu üben. Außerdem hatte ich genug Stimme, um dann und wann beim Spielen zu singen, was mir besonders gut gefiel, wenn die Texte witzig oder leicht anzüglich waren wie bei Songs von Cole Porter oder Noël Coward. Scheiß auf die Carnegie Hall. Zum Klimpern auf den Elfenbeintasten bevorzugte ich eine schummrig beleuchtete Cocktailbar.

Ich genoß es einfach, die Finger über die achtundachtzig Tasten huschen zu lassen. Wenn ich auf Zahlen wettete, war die Achtundachtzig irgendwie immer ebenso enthalten wie die Neunundsechzig, die sich auf meine zweitliebste Tätigkeit bezog.

Von Des Moines ausgehend arbeitete ich mich über immer

schickere Bars in östlicher Richtung vor, zunächst in Milwaukee, dann Louisville und endlich New York, wo aus einem zweiwöchentlichen Engagement in der Blue Box eine permanente Anstellung wurde. Die Box war in einem weitgehend von Dauergästen belegten Hotel beheimatet, einem von sieben in der Gegend voller reicher, versoffener Witwen, die zu ihrer Happy Hour die Bars zu besuchen pflegten. Sie liebten ihren Alkohol, sie liebten die Songs ihrer Jugend, und ein paar bildeten sich ein, mich zu lieben.

Ich spielte für sie auf, da die Trinkgelder, die sie mir zuweilen zusammen mit dem Wunsch nach einem besonderen Stück zukommen ließen, sehr großzügig sein konnten. Auf Frauen stand ich allerdings nicht, selbst wenn ihre Schönheit nicht mehrere Jahrzehnte zurücklag. Manchmal kamen Männer mit ihren Freundinnen oder Ehefrauen in die Bar, aber ich hatte gelernt, zumindest weit im Hinterland wie in Milwaukee oder auch Des Moines, meine Zeit nicht mit Träumen von heterosexuellen Männern zu verschwenden.

Es kamen auch Männer mit Kollegen oder Kunden, um zum Unmut meiner weiblichen Fans quer durch meine Darbietungen hindurch über Geschäfte zu reden. Dann sah ich eines Tages, daß wenigstens einer der Männer ohne weiblichen Anhang mir wirklich Aufmerksamkeit schenkte. Er wurde noch von zwei weiteren Männern begleitet, aber um das Geschäft schien es nicht zu gehen. Alle drei trugen ihre teuren Sonnenbrillen selbst im Halbdunkel der Bar, und mir kam der Gedanke, es handle sich bei ihren Geschäften möglicherweise um solche, die man in der Öffentlichkeit besser nicht diskutiert. Der Mann in der Mitte, eindeutig eine bedeutende Person, war mit einem, wie man es hinten in Iowa genannt hätte, Exzess aus goldenem Geschmeide behangen. An ihm jedoch sah es gut aus und hellte düstere, grüblerische Züge auf, die ihn sonst etwas finster hätten wirken lassen.

Obwohl er glattrasiert war, schien gleich unter der Haut ein frischer, dunkler schwerer Bartwuchs zu lauern.

Während ich ein Lieblingsstück meiner mit Perücken bewehrten Ladies spielte, sah ich, daß der Mann die drinnen so dumme Sonnenbrille abnahm, worauf ich ein atemberaubendes Paar südländischer Augen erblickte, die mich eingehend musterten, bis er mich schließlich anlächelte. Ich sah, daß er mit den Fingern schnippte und ihm der Mann neben ihm rasch einen Stift reichte. Er schrieb etwas auf eine Cocktailserviette und schnippte befehlsgewohnt dem Kellner, bei dem es sich zufällig um den jungen Dominic handelte.

Dominic brachte mir die Serviette, auf der stand, ›Spielen Sie -You Do Something to Me-‹.

»Wer ist das?« fragte ich Dominic. »Weißt du irgendwas über ihn?«

»Er ist hübsch«, sagte Dominic.

»Das sehe ich selbst«, sagte ich ungeduldig. »Hast du ihn oder seine Kumpels schon mal gesehen?«

»Kumpels!« schnaubte Dominic. »Wohl eher Gorillas. Laß dich nicht mit dem ein.«

»Meinst du, er gehört zur Mafia?« fragte ich, ziemlich aufgeregt bei dem Gedanken.

»Oder ich bin Bette Midler«, sagte Dominic über die Schulter hinweg, während er sich eilig wieder seinen Aufgaben zuwendete.

Ich leitete zu ›You Do Something to Me‹ über, und mein Bewunderer lächelte breit, schnippte erneut mit den Fingern und erhielt wieder einen Stift, diesmal von dem Mann auf der anderen Seite. Wieder wurde Dominic gerufen, der mir diesmal eine Visitenkarte überbrachte. Er händigte sie mir ziemlich ungehalten aus. Auf der Rückseite stand, ›I May Be Wrong But I Think You're Wonderful‹. Ich schaute zu seinem Tisch hinüber, und er zwinkerte mir zu. Ich wurde rot und dann noch röter, weil ich rot wurde. Ich drehte die Karte um und las GIANNI PACHETTI, SPEDITIONS- UND BAUUNTERNEHMEN.

Dominic hatte über meine Schulter geschaut. »Zur Tarnung betreiben die alle ein anscheinend legales Geschäft. Wahrscheinlich will er dich für ein Casino in Las Vegas anheuern, das von seiner Familie kontrolliert wird«, sagte er mit gedämpfter Stimme.

Aber so wie Gianni mich anschaute, war ich mir sicher, daß es sich bei dem, was er mit mir im Sinn hatte, nicht um einen Pianistenjob handelte. Eher einen Blowjob. Den ich ihm liebend gerne auf Bestellung geliefert hätte. Nach einem langen Blick auf seine römische Schönheit wäre ich ohne weiteres bereit gewesen, unter den Tisch zu kriechen, ihm den Hosenschlitz aufzuziehen und mich über ihn herzumachen.

Ich machte ihm Zeichen, daß ich zuerst eine Bitte einer meiner weiblichen Stammgäste erfüllen mußte, die vor der seinen eingetroffen war. Er zuckte die Achseln und stimmte zu. Ich spielte also ›Rosalie‹, während meine Lady kokett an ihrem Martini nippte. In einem überschwenglichen Moment hatte sie mir erzählt, wieso das ihre Lieblingsmelodie war, aber ich konnte mich nicht erinnern, ob es ihr Vorname war oder ob sie vor Jahren als Revuegirl in der Show getanzt hatte. Als sie es mir erzählt hatte, war ich von dem echt knackigen Hintern eines Aushilfskellners abgelenkt gewesen.

Als ich ›Rosalie‹ beendete, hob die Lady zum Dank ihr Glas. Dann leitete ich fließend zu Giannis Bitte über.

Dominic brachte mir einen Drink mit Empfehlungen von Pachetti. Ich lehnte ab, nickte aber Gianni dankend zu.

»Sag ihm, ich bedanke mich, aber es sei gegen die Hausordnung, wenn ich trinke«, wies ich Dominic an. »Wirkt 'n bißchen schräg, wenn man als Abstinenzler aus Iowa in einer Cocktailbar arbeitet.«

»Ich würd mich nicht mit ihm einlassen«, warnte mich Dominic. »Das ist der Typ, der dir von seinen Gorillas sämtliche zehn Finger brechen läßt, wenn du ihm quer kommst.«

»Ich glaub nicht, daß er ein Mafioso ist«, sagte ich. »Das liegt nur daran, daß er so dunkel ist und wir durch Filme und vom Fernsehen darauf konditioniert sind, alle dunklen Typen für Schurken und alle blonden wie mich für Gute und Helden zu halten.«

»Sag hinterher nicht, ich hätte dich nicht gewarnt«, sagte Dominic, der davonschwebte, um den Drink an Pachettis Tisch zurückzubringen.

Mir fiel auf, daß er, wenn er Gianni und Freunde bediente, völlig offen mit dem sogenannten Gangster flirtete. Ich kam zu dem Schluß, daß der kleine Scheißer mir den Mist über Verbindungen zur Unterwelt nur erzählt hatte, um mich abzuschrecken, weil er selbst auf den Mann scharf war.

Sowohl Dominic als auch meine weiblichen Stammgäste zeigten sich deutlich erbost, als Gianni eine weitere Bitte zum Klavier schickte. ›Anything Goes‹, las ich. Aus dem Stück, das ich gerade spielte, leitete ich dazu über.

Sichtlich verstimmt, daß Gianni so schamlos Bitte um Bitte äußerte, bat ein Stammgast mit hennaroter Frisur um ›Making Whoopee‹, ein Song, den sie nie leid wurde – und wenn ich dazu sang, kicherte sie die ganze Zeit, als sei der Song anstößig und als sei es anstößig von ihr, ihn sich zu wünschen. Während ich ihn spielte, sah ich, daß Gianni lächelnd nickte. Ich sah, daß er mit einem Stift, den sein Begleiter ihm gereicht hatte, ohne daß er zu schnipsen brauchte, wieder etwas kritzelte.

»Das wird allmählich langweilig«, zischte Dominic, als er die Bestellung auf das Klavier schmiß.

›Let's Do It‹, stand auf dem Zettel. Ich lächelte, spielte es und ging direkt zu ›Where or When‹ von Rogers und Hart über. Gianni stand eindeutig ebenso auf seine alten Songs wie ich (noch nie hatte mich jemand in Verlegenheit bringen können, egal ob ein Song aus den Zwanzigern, Dreißigern oder sogar davor bestellt wurde). Noch bevor ich mit ›Where or When‹ zuende war, kam ein weiterer Zettel von Pachetti. ›Tomorrow‹, las ich, worauf ich den großen Hit aus *Annie* anstimmte.

Schamlos schrieb Gianni noch einen Wunsch. Dominic tat, als sähe er ihn nicht damit nach ihm wedeln. Er gab vor, ganz damit beschäftigt zu sein, einen anderen Gast zu bedienen. Als Giannis Gesicht sich verdüsterte, kam einer seiner Begleiter einer Explosion zuvor, nahm ihm den Zettel aus der Hand und brachte ihn zu mir herauf. ›I'll Be Round to Get You in a Taxi, Honey‹, stand darauf.

Es war jedoch kein Taxi, das er am nächsten Tag für mich rief, nachdem ich meinen Job in der Box erledigt hatte. Es handelte sich um nichts Geringeres als eine Stretchlimousine, die erste, in der ich je gefahren war. Ich aalte mich in den Polstern, während ich über die Brücke irgendwohin nach Long Island chauffiert wurde. Wir fuhren vor einem prächtigen Haus vor – ich weiß nicht, ob man es ein Anwesen nennen würde, aber es war alles andere als eine gemütliche Hütte. Nun, ich nehme an, wenn man genügend LKWs besaß, konnte man sich ein derartig großes Heim auch leisten, ohne im Kokainhandel oder einem anderen kriminellen Gewerbe zu stecken.

Der Chauffeur hielt mir die Tür der Limousine auf, und im gleichen Augenblick öffnete Gianni die Tür des großen Gebäudes. Er war viel weniger formell gekleidet als in der Blue Box. Kein Anzug, nicht der bewußte Goldschmuck, und seine Jeans hing so tief, daß ein paar Zentimeter seiner Unterhose über den Bund ragten. Gianni nickte dem Chauffeur zu und hielt die Tür weit für mich auf. Kaum hatte er sie geschlossen, packte er mich kraftvoll und umarmte mich leidenschaftlich.

»Du bist so wundervoll blond«, jubelte er laut. Die Anziehung der Gegensätze tat ihre Wirkung, denn ich, der ich in einer Gegend aufgewachsen war, wo Blonde und Rothaarige die Regel waren, fand seine dunklen Züge attraktiv.

»Du bist so schön«, sagte er und küßte mich mit heißen Lippen.

»Du hast's nötig«, sagte ich, als er mir wieder Luft zum Atmen ließ.

Gianni runzelte abschätzig die Brauen. »Ich bin nicht schön. Ich bin ein ganz gewöhnlicher dunkler, behaarter Italo-Amerikaner.«

»Genau das gefällt mir an dir«, sagte ich.

»Auf was warten wir dann noch?« fragte Gianni und fing an, auf eine Weise ›Let's Do It‹ zu singen, die den Mythos, alle Italiener seien musikalisch, als komplette Lüge entlarvte. Ich bemühte mich, bei seinem mißtönenden Gesang nicht aufzuwimmern und mich auf die Botschaft zu konzentrieren.

Gianni nahm mich bei der Hand, hob meine Finger an die Lippen und küßte sie, dann zerrte er mich über eine ziemlich ausladende Treppe hinauf ins Schlafzimmer. Dort schickte er sich an, Hemd und Unterhemd auszuziehen. Genau so hatte ich mir seine Brust vorgestellt, Brustwarzen, die über breiten Brustmuskeln hervorstanden, von dem Wald aus schwarzen Haaren jedoch fast begraben wurden. Er hatte die Muskeln eines Mannes, der Transporter be- und entladen hatte, bevor er das Unternehmen besaß. Ich hielt mit dem Ausziehen inne, um die Hand auszustrecken und mit den Fingern durch die ganzen Haare zu fahren, die sich auf seiner Brust kräuselten. Die Brustwarzen standen habacht, als ich sie mit den Fingern berührte, und Gianni erbebte leicht. Ich beugte mich vor und nahm die am nächsten liegende in den Mund.

»Oh, ja, lutsch, Baby«, keuchte Gianni und beeilte sich, den Gürtel zu öffnen und den Reißverschluß der Hose herunterzuziehen. Als die Hose zu Boden fiel, klaffte der Schlitz seiner Boxershorts auf, und ich sah noch mehr dunkle Haare und noch etwas größeres. Ich fiel auf die Knie und zog ihm die Shorts auf die Knöchel. Aus dem dichten, üppigen Busch ragte ein dicker, unbeschnittener Schwanz auf, dessen Vorhaut sich zurückzog, als er immer steifer wurde. Ich beeilte mich, die Zunge darunterzustecken und um die Eichel kreisen zu lassen, bevor die Vorhaut völlig flach an dem geschwollenen Schaft anlag. Unter dem Schwanz hingen riesige, behaarte Eier, die ich anfaßte, worauf ich bemerkte, daß sie sich näher an den Unterleib zogen. Ich tauchte ab und saugte sie in den Mund, solange sie noch locker waren. Ich saugte sie ganz nach hinten, nicht ohne Widerstand der Eier, die entschlossen waren, in Gefechtsposition zu gehen. Schließlich gab ich nach, und während sie in die Höhe flutschten, kehrte ich zu dem inzwischen steifen Schwanz mit der fetten Eichel zurück. Ich züngelte über das gesamte dicke Ende und bohrte die äußerste Zungenspitze in das Loch. Dann lockerte ich meine Kehle und machte mich daran, ihn ganz aufzunehmen, indem ich die Lippen nach unten stieß, bis sein Busch an ihnen kitzelte und sein Schaft gegen meine Mandeln hämmerte.

»Deine Finger sind nicht das einzige, womit du talentiert bist, Baby«, keuchte Gianni. »Den haben nicht viele vor dir ganz reingekriegt.«

Ich konnte nicht antworten, da meine Kehle völlig von dem langen Bolzen ausgefüllt zu sein schien.

Ich wich zurück, um Luft zu schnappen, und als ich mir den fetten Schwengel anschaute, konnte ich kaum glauben, daß ich es geschafft hatte, ihn runterzukriegen.

»Komm, wir machen im Bett weiter«, sagte Gianni. »Im

Bett ist's am besten. Zieh die Klamotten aus, und zeig mir deinen blassen Körper.«

Ich stand auf und tat, wie geheißen, denn Gianni war zweifellos ein Mann, dem man gehorchte.

»Oh, sogar deine Schamhaare sind blond«, sagte Gianni, offenkundig entzückt, als ich die Unterhose auszog. Mein Schwanz war dünner als seiner, aber das schien ihm zu gefallen. »Lang und dünn, wie deine Finger«, sagte er. »Irgendwie war ich mir dessen sicher.«

Er setzte sich auf den Bettrand und beugte sich über mich, um mich ganz zärtlich auf die Schwanzspitze zu küssen. Mit der Zunge fuhr er der Länge nach über den Schaft, der dadurch noch steifer und länger wurde.

»Wußtest du«, fragte er, »daß ich immer in dieser Cocktailbar gesessen und dich im Geist ausgezogen habe?«

»Das gleiche hab ich mit dir gemacht.«

»Und seh ich aus, wie du dir's vorgestellt hast?«

»Sogar noch besser. Dickerer Schwanz, mehr Brusthaare.«

»Dreh dich um«, befahl Gianni. Ich gehorchte. Er biß mir liebevoll in beide Arschbacken, um sie dann mit seinen starken Händen zu teilen, und ich spürte seine Zunge an meinem Arschloch kitzeln.

»Was für ein herrlicher Fickarsch«, rief Gianni aus.

»Nein«, sagte ich und drehte mich rasch um. »Da steh ich nicht drauf«, widersprach ich, aber nur schwach.

Giannis Gesicht verdüsterte sich. »Bei mir stehst du drauf«, sagte er finster, und mir fiel wieder ein, was Dominic über gebrochene Finger gesagt hatte.

»Das hat damals mal ein Farmer in Iowa mit mir gemacht, und mir hat tagelang der Arsch wehgetan. Ich konnte kaum noch am Klavier sitzen.«

»Der wußte offensichtlich nicht, wie man einen engen

Arsch dehnt, bevor er sein Ding reingerammt hat«, sagte Gianni. »Ein Amateur. Hier hast du's mit 'nem Preisficker zu tun. Leg dich hin.«

»Ich – äh ...«, stotterte ich, schaute auf den langen, dicken Schwanz in Wartestellung und erkannte, daß er etwa doppelt so dick war wie der, der mich in Iowa gemartert hatte.

»Du hast die Wahl – entweder auf dem Bauch oder auf dem Rücken mit den Beinen in der Luft.«

Vor Angst knickten meine Knie ein, und ich setzte mich aufs Bett. »Ich würd lieber blasen. Ich ...«

»Dazu hast du noch genug Gelegenheit. Leg dich auf den Rücken, und ich setz mich auf dein Gesicht, damit du ihn schön naßmachen kannst. Und dann kommt er in deinen Arsch.«

Da das nach einem Befehl klang, legte ich mich zurück. Er setzte sich über mich und rammte mir den riesigen Schwengel in den gierigen Mund. Nach ein paar Stößen schwang er einen Arm nach hinten, und ein großer, behaarter Finger drückte sich zwischen meinen gespreizten Beinen an mein Arschloch. Als er eindrang, spannte sich mein Schließmuskel an, wie um den Eindringling abzuwehren. Der Finger bohrte sich tiefer hinein, während sich sein Schwanz in meinem Mund bewegte. Bald schmerzten meine Kiefer ein wenig, weil ich sie so weit aufsperren mußte, um so viel Schwanz hineinzubekommen.

Gianni steckte einen zweiten Finger zu dem ersten, mit dem er mich fickte, um mein Arschloch noch weiter zu dehnen. Urplötzlich zog er den Schwanz aus meinem Mund, als würde er schon nach nur einem weiteren Stoß abspritzen müssen, und auf den Knien robbte er zum Fußende des Betts. Ein dritter Finger gesellte sich zu den beiden anderen, und ich spürte, wie mein Arschloch sich weit dehnte, um sich an eine, wie ich fürchtete, Faust zu gewöhnen. Mit einem Mal erschien mir sein Schwanz als das kleinere Übel. Er zog die Finger heraus, holte ein Kondom aus dem Nachttisch und rollte es sich über, um seine gewaltige Salami daraufhin behutsam aber unnachgiebig in mich hineinzurammen.

Anfangs bohrte er sich langsam der Länge nach hinein und zog ihn dann wieder zurück. Ein paar Sekunden lang verspürte ich Schmerzen, aber ganz anders als ich es damals in der Scheune des Farmers und noch Tage danach empfunden hatte. Bald schluckte mein Arsch die heiße Latte von Giannis Schwanz, der sich in mir hin- und herschob. Ich blickte zu der breiten Brust voll schwarzer Haare auf, die über mir ragte, und streckte die Zunge heraus, um an eine der unerreichbaren Brustwarzen zu kommen.

Gianni legte Tempo zu, und ich schlang meine langen Beine um seinen Körper, als wollte ich ihn festhalten und nicht loslassen, bevor er mir den Teufel aus dem Leib gefickt hatte. Mir war, als wollte ich seinen Schwanz für immer in mir spüren.

Plötzlich brach meine Version des Andrew-Sisters-Hit aus dem Zweiten Weltkrieg aus mir hervor. »Oh, Gianni, oh, Gianni, oh, Gianni, oh.«

Gianni kicherte, aber dann runzelte er die Stirn. »Bring mich nicht zum Lachen. Ficken ist 'ne erste Sache.«

Aber bald darauf wurde mein Stöhnen todernst. Gianni mochte zwar in der Cocktailbar elegant gekleidet gewesen sein, aber er fickte wie ein LKW-Fahrer, der er einst gewesen war. Er brachte damit etwas im Innersten meines Wesens zum Glühen.

Meine Japser, wenn sein Schwanz fest in mich hineingestoßen wurde, waren nichts im Vergleich zu dem, was Gianni ausstieß, als er spürte, daß er kam. »Oh, ja, ja, ja, *ja*«, brüllte er, als sein Schwanz unter Zuckungen Schwall auf Schwall in die Spitze des Kondoms abschoß. Nachdem er aufgehört hatte zuzustoßen, holte er ein paar tiefe Atemzüge, brach über mir zusammen und küßte mich leidenschaftlich. Ich liebte das Gefühl, sein Gewicht auf mir zu spüren, besonders wenn die Haare auf seiner Brust an den weniger sichtbaren blonden Haaren auf meiner rieben.

»Wenn du das nächstemal in die Bar kommst«, sagte ich, »dann weiß ich jetzt schon, was ich spiele.«

»Und was?« fragte er, während er sich die Hose anzog.

»Do, do, do what you done, done, done before, Baby.«

»Wo du meine Wünsche immer erfüllt hast, wie könnte ich da widersprechen?«

Er beugte sich zu mir und versetzte mir einen dicken, fetten Gorillaschmatz.

AUF DEM POSTEN

Als sie sahen, daß die Wachparade vor dem Buckingham Palast jetzt vorüber war, zerstreute sich die Massen der Touristen, die sich wieder die Kameras über die Schulter hängten und zum nächsten Höhepunkt ihrer Londonbesichtigung weitergingen.

Nur Alden und Barry blieben zurück, fasziniert von der großen Pracht und beachtlichen Schönheit der neuen Wachposten, die nun die Tore zum Palastgelände flankierten. Ohne die Menge, die ihnen die Sicht versperrt hatte, ließen sie die Blicke an den hochgewachsenen Gestalten von der Füßen bis zu den Tschakos emporwandern.

»Das war ein guter Wachwechsel«, sagte Barry zu Alden seinem Partner im Leben wie im Antiquitätengeschäft.

»Und der bietet noch mehr«, sagte Alden. »Einsneuzig würde ich sagen, was meinst du?«

»Vielleicht sogar über zwei.«

»Nicht ohne Hut, glaube ich.«

»Tschako.«

»Was?«

»Das ist kein Hut, das ist ein Tschako«, sagte Barry.

Sie traten noch näher.

»Du hast doch gesagt, ein Dreier könnte unser Liebesleben auffrischen. Mir scheint, der Wachposten hier würde es beachtlich beleben.«

Er bemühte sich nicht, die Stimme zu senken, da er genau wußte, daß die Wachen der Königin im Dienst nicht einmal mit einem Wimpernzucken eine Reaktion auf ihre Bemerkungen zeigen durften, was sie auch sagen mochten.

»Hast du jemals etwas so starr dastehen sehen?« fragte Alden verwundert.

»Ja. Deinen Dödel.«

»Ich wette bei seinem Dödel würde meiner schamrot werden.«

»Der hat doch keinen Dödel.«

»Der soll keinen Dödel haben? Du kannst mir nicht erzählen, daß zwischen diesen tollen langen Beinen…«

»Hier in England sagt man nicht Dödel. Hier heißt es Willy«, sagte Barry, stets bereit, seinen Partner zu korrigieren.

»Willy hört sich zu klein an. Du kannst mir nicht erzählen, daß der 'nen kleinen hat.«

»Manche Männer sind nicht ihrer Größe entsprechend ausgestattet.«

»Also, ich bin mir sicher, der schon. Er hat den selbstsicheren Blick eines Mannes, der ein richtiges Gehänge hat.«

Einander zuzwinkernd musterten Barry und Alden das hübsche Gesicht des Wachpostens, um zu sehen, ob er eine Reaktion zeigen würde. Sie wechselten zufriedene Blicke, als sie sahen, daß sein Gesicht rot wurde, bis es dem Scharlachrot seines Umhangs glich. Der Soldat war in der Lage, seinen Blick starr geradeaus zu richten, hatte jedoch keine Kontrolle über sein Erröten.

»Erinnerst du dich an die Szene in *Bent*? Wo die beiden Schwulen in dem Konzentrationslager, die sich nicht berühren dürfen, im Gefängnishof stehen und schweinische

Sachen sagen, bis sie sich zum Orgasmus gebracht haben? Meinst du, sowas geht in Wirklichkeit?«

»Beim Telefonsex machen sie's so ähnlich«, sagte Alden.

»Ach, da können sie sich ja mit der Hand helfen. Das kann der da nicht.«

»Komm wir probieren's aus. Wär doch toll, wenn wir ihn dazu bringen, in die Hose abzuspritzen, während er auf Wache steht.«

»Und wie sollen wir das merken?«

»Ich könnte mir vorstellen, daß sein Körper trotz aller militärischen Disziplin ein bißchen zittert, wenn er abspritzt. Und vielleicht sehen wir ja sogar einen feuchten Fleck im Hosenbein seiner Uniform. Und bei dem Batzen, den dieser Soldat abfeuert, wär das ein GROSSER feuchter Fleck, wetten?« sagte Alden.

Dem Wachposten, der keinen Muskel rührte, wurde zunehmend sichtlich ungemütlich zumute.

»Aber würde ein solcher Fleck auf der Paradeuniform nicht zu Scherereien mit den Vorgesetzten führen?« fragte Barry, besorgt, sie könnten über den netten jungen Mann Disziplinarmaßnahmen oder Schande heraufbeschwören.

»Das wollen wir doch nicht, oder?«

»Also ich nicht«, sagte Barry entschlossen.

»Vielleicht würd's ja nicht durchdringen«, sagte Alden.

»Entschuldigen Sie, würden sie ein Foto von mir und meiner Frau mit dem Wachposten da machen?« ertönte eine Stimme in Aldens Ohr. Er drehte sich um und sah ein Touristenpaar, das die Stadt offensichtlich auf eigene Faust anstatt mit einer Stadtrundfahrt durchstreifte.

Ohne auf eine Antwort zu warten, befreite sich der Tourist von seinen Kameriemen und überreichte die Kamera Alden. »Es ist ganz einfach. Ich stelle die Blende und die Entfernung ein, und sie müssen nur da draufdrücken.«

Er gesellte sich zu seiner Frau, die schon so nahe, wie sie sich getraute, neben dem Posten Aufstellung genommen hatte.

Alden machte das Foto und hielt die Kamera dem Touristen entgegen, der sich murmelnd bedankte und dann, als er mit seiner Frau weiterging, zu ihr sagte: »Also ich finde ja nicht, daß es so schön ist wie das Weiße Haus.«

Alden seufzte. »Na, damit wäre unsere Unternehmung ja wohl gelaufen.«

»Der Posten ist über die Unterbrechung anscheinend ein bißchen erleichtert«, bemerkte Barry, »aber ich glaub nicht, daß es wirklich möglich ist, jemanden zum Abspritzen zu bringen, ohne ihn anzufassen, und außerdem *will* ich ihn anfassen. Ich will mit dem Mund an seinen Schwanz, seine Eier, sein Arschloch.«

»Naja, das würde natürlich mehr Spaß machen. Wär so'n Wachpostensandwich nicht eine tolle Erinnerung an London?« meinte Alden.

»Jesses und ob, ich leck ihm das Arschloch, und du lutschst ihm den Dödel – den Willy.«

»Ich wette, der wünscht sich grade, er sei außer Dienst und könnte sich's mit einem deiner berühmten Blowjobs besorgen lassen.«

Der Posten, bemerkten sie, schwitzte ein bißchen, obwohl es ein kühler Tag war.

»Ich wette, der hat noch nie 'n Blowjob bekommen, der's mit deinen aufnehmen kann.«

»Dem würden die Eier direkt in die Eingeweide steigen, so als ob du sie ihm durch die Pißröhre saugen wolltest.«

Der Posten biß sich auf die Lippen, und so wie seine Brust in der scharlachroten Uniformjacke sich hob und senkte, atmete er schwer.

»Ich glaube, er ist ein bißchen aufgegeilt.«

»Ach, ich könnte mir denken, daß der da ständig geil ist. So ein strammer junger Soldat wie der muß doch Saft in den Eiern haben, der immer am Überkochen ist.«

Der Posten schlug bemüht energisch die Hacken zusammen, behielt aber das erforderliche Pokerface bei.

»Ich frage mich, ob sich Edward um ihn kümmert.«

»Der Prinz? Ach, ich glaube, das würde sich keiner von beiden trauen.«

»Ich hab gehört ...«

»Das haben wir alle, aber ich glaube nicht. Vielleicht ein paar von seinen Barackenkameraden!«

»Glückliche Kameraden.«

»Tolle lange Beine, nicht? Würdest du nicht einfach liebend gern mit der Hand drüberstreichen bis an...«

»Also nackt in einem Sessel und weit gespreizt würden die echt gut aussehen.«

Der Posten schien sich unter Qualen zu bemühen, die richtige Haltung und Miene beizubehalten.

»Weißt du«, sagte Alden, »Ackerley erzählt in einem seiner Bücher, wie er und vor ihm sein Vater feststellten, daß die Wachen der Königin zu Verhandlungen durchaus bereit sind. Obwohl die Königin eine der reichsten Frauen der Welt ist, entlohnt sie ihre Bediensteten nicht besonders gut. Ackerley sagt, viele der Wachposten verdienten sich gerne etwas dazu, indem sie großzügigen Herren zu Willen sind.«

»Herren können auch nicht viel großzügiger sein als wir, meinst du nicht?«

»Stimmt. Und ich habe das Gefühl, dieser Posten hier hätte nichts dagegen, im Savoy bewirtet zu werden und in seiner Brieftasche ein Zeichen unserer Dankbarkeit mit nach Hause zu nehmen.«

Es war unmöglich, aus den Zügen des Soldaten abzulesen, ob dem so war oder nicht.

»Wenn sein Dienst beendet ist, könnte er doch ins Savoy kommen, und dem Empfangschef sagen, er sei mit Mr. Spenser und Mr. Palmer verabredet.«

»Die Namen sollte er sich merken können. Wie die beiden Handschriftmethoden. Spenser und Palmer.«

»Fein, nehmen wir an, er meldet sich als Buck Gates.«

»Perfekt. Auch leicht zu merken. Dort, wo er arbeitet. Buck Gates.«

»Meinst du, er kann das alles behalten?«

»Willst du damit etwa andeuten, dieses herrliche Exemplar sei blöd unter seinem Tschako? Ich sage dir, der ist so helle wie seine Messingknöpfe. Und außerdem muß er sich an das alles ja nur bis heute abend erinnern, wenn er dienstfrei hat. Morgen werden Spenser und Palmer London verlassen haben, um die Provinz nach Antiquitäten abzugrasen, die sie nach Philadelphia schicken können.«

Barry schaute genauer hin und glaubte zu sehen, daß sich die Lippen des Postens ein kleines bißchen bewegten, als würde er sich bereits die Namen einprägen. Alden wechselte einen vielsagenden Blick mit seinem Partner.

»Inzwischen, Mr. Palmer ...«

»Ja, Mr. Spenser?«

»Sie und ich könnten vielleicht bei Harrods vorbeischauen, um für den ach so jungen Buck Gates einen stattlichen Geschenkgutschein zu erstehen, mit dem er sich etwas kaufen kann, das er sich von seinem kümmerlichen Lohn nicht leisten könnte.«

»Gute Idee, Mr. Spenser. Und im Hotel sollten wir für unseren Gast etwas Champagner auf Eis legen lassen.«

»Recht haben Sie, Mr. Palmer. Und unterwegs besorgen wir uns besser ein paar Kondome und etwas Gleitcreme, meinen Sie nicht?«

»Und ein paar Spielsachen, Mr. Spenser.«

»Buck Gates wird die beiden einzigen Spielsachen mitbringen, derer wir bedürfen. Bei der dicken Rute, die er, wie ich sicher bin, hat, und den haarigen Eiern, was brauchen wir da mehr?«

»Also, auf zu Harrods, und hoffen wir, Buck Gates – und Willy – dann später zu sehen.«

»Aber, Mr. Spenser, bevor wir diese ausgesuchten Vorbereitungen zur Unterhaltung von Mr. Gates treffen, meinen Sie nicht, wir sollten uns vergewissern, daß er auch wirklich kommt?«

»In der Tat, denn wenn nicht, könnten wir sehen, ob der Posten auf der anderen Seite des Tors daran interessiert ist, von zwei Besuchern aus Amerika königlich bewirtet zu werden. Er ist zwar nicht so schön wie Mr. Gates, aber auch nicht schief und krumm. Ich hätte keine Probleme damit, die Beine auch um ihn zu schlingen.«

»Buck kann uns zwar nicht direkt sagen, ob er sich im Savoy einfinden wird, aber ich denke, es würde nicht gegen ein militärisches Reglement verstoßen, wenn er, sagen wir, fünfmal blinzelt, um uns zu verstehen zu geben, daß er kommen wird.«

Barry und Alden musterten das starr ausdruckslose Gesicht des Postens und mußten lächeln, als sie sahen, daß er fünfmal blinzelte. Triumphierend nickten sie sich zu.

»Ich denke«, sagte Alden, »wir sollten vielleicht auch wissen, wann wir ihn erwarten können, wann er nach Dienstschluß im Savoy sein kann.«

»Stimmt«, pflichtete Barry ihm bei. »Er sollte uns zublinzeln, um welche Zeit er einzutreffen beabsichtigt.«

Erneut musterten die beiden Lover das Gesicht ihrer Beute. Einen Moment lang blinzelte der Posten überhaupt nicht. Dann endlich blinzelte er siebenmal.

»Ah, sieben. Eine Glückszahl«, sagte Alden.

»Für uns alle drei, glaube ich. Wir werden glückliche Erinnerungen mit nach Hause nehmen und er, nun ja, die Zeichen unserer Wertschätzung.«

»Und wir wohnen auf der siebten Etage. Ein netter Zufall.«

Damit verbeugten sich Alden und Barry leicht vor dem Posten und machten sich voller Zufriedenheit und Vorfreude auf den Weg zu Harrods, um ihren Teil der Abmachung einzuhalten.

Alles stand in voller Pracht bereit, als die siebte Stunde nahte – und wieder verging, ohne daß ein Anruf von der Rezeption gekommen war, Mr. Gates sei eingetroffen.

»Ich nehme an, es war zu schön, um wahr zu sein«, sagte Alden traurig.

»Gib nicht so leicht auf«, rügte Barry ihn.

»Denk doch nur dran, wie wir die Dinnerparties drüben in Philadelphia mit unserer Erzählung, es mit einem Wachposten der Königin getrieben zu haben, hätten ergötzen können.«

»Ach, das können wir immer noch, ob's stimmt oder nicht. Woher sollen sie wissen, daß Mr. Gates uns versetzt hat?«

»Wir haben weiß Gott genügend Champagner, um unsere Enttäuschung zu ertränken.«

Genau in diesem Augenblick läutete das Telefon. Beide stürzten sich darauf, um abzuheben, aber Alden war schneller. An dem Lächeln, das sich über sein Gesicht breitete, erkannte Barry, daß ihr Gast doch noch eingetroffen war.

»Schicken Sie ihn herauf«, sagte Alden würdevoll, wobei er gleichzeitig einen kleinen Freudensprung machte.

Als er aufgelegt hatte, umarmte er Barry, und sie tanzten durchs Zimmer. Ihr triumphaler Freudenausbruch endete abrupt, als ein scharfes Klopfen an der Tür ertönte.

»Soll ich aufmachen, oder willst du?« fragte Barry.

»Wieso nicht wir beide«, antwortete Alden, worauf sie gemeinsam zur Tür eilten.

Als sie öffneten, wurden sie von der blonden Schönheit, die im Flur stand, nahezu geblendet. Ohne sein Tschako wirkte er nicht so groß, aber noch hübscher, da sein goldenes Haar seinen Kopf aufleuchten ließ. Er errötete ein bißchen, da es ihm peinlich war, sozusagen als Söldner aufzutreten.

»Treten Sie ein, Mr. Gates«, sagten Barry und Alden im Chor.

»Eigentlich heiß ich ja Phipps.«

»Wie schön, Sie kennenzulernen, Mr. Phipps«, sagten die beiden Lover und streckten die Hände aus.

»Hatte zuerst 'n kleines Problem an der Rezeption«, erklärte Phipps. »Ich fragte nach Mr. Marks und Mr. Spencer, und sie sagten, es gäb hier keine solchen Gentlemen. Ich dachte schon, ich wär an der Nase rumgeführt worden und hätte mein Dartstournier im Pub für nichts und wieder nichts verpaßt.«

»Marks und Spencer ist das Kaufhaus. Wir sind die Handschriften, Spenser und Palmer.«

»Dann sagte ich, Sie würden auf der siebten Etage wohnen, und als sie da Palmer und Spenser fanden, sagte ich, ›Das sind 'se‹. Da ist's mir wieder eingefallen.«

Barry verdrehte außerhalb seines Blickfelds die Augen. Nachdem sie so oft Palmer und Spenser wiederholt hatten, fragte der nach Marks und Spencer. Ach, egal, wen kümmerte es, wenn er nicht der Hellste war, solange er so atemberaubend aussah?

»Lassen Sie uns Ihr Kommen feiern«, sagte Alden und nahm eine Flasche Champagner aus dem Kühler.

»Ich hab 'nen Freund, den ich anrufen könnt, wenn Sie alle beide…«

»Vielen Dank. Wir ziehen es vor, zu teilen.«

»Es ist der Posten von der anderen Seite vom Tor. Er sagte, er hätte einiges von dem, was Sie zu mir gesagt haben, hören können, als der Wind in seine Richtung wehte, und er hätte 'nen schrecklichen Ständer gekriegt.«

»Vielleicht denken wir an ihn, wenn wir von unserer Tour über Land nach London zurückkommen, besonders, wenn Sie sich als Enttäuschung erweisen sollten.«

Phipps war sichtlich schockiert von dem Gedanken, er könne eine Enttäuschung sein. »Oh, ich glaub, sie werden ganz zufrieden sein«, sagte er. Damit faßte er sich kühn in den Schritt und trank einen Schluck aus dem Glas, das Barry ihm reichte.

Alden trat näher und legte seine Hand über die von Phipps. Der Posten lächelte und zog seine große Hand weg, um Alden vollen Zugang zu gewähren. »Hmmm«, sagte Alden, während er die dicke Beule zwischen Phipps' Beinen betastete. »Ich würde meinen, bei einer solchen erstklassigen Ausstattung ist eine Enttäuschung wenig wahrscheinlich.«

»Ziehen wir uns aus«, sagte Barry und fing an, die Kleider abzulegen. Die anderen beiden stellten ihren Champagner ab und folgten ihm auf dem Fuß.

Sie nahmen sich einen Stuhl, auf den sie ihre Kleider legten, wobei Phipps, als der gut ausgebildete Soldat, der er war, die seinen peinlich genau faltete. Barrys Hemd fiel zu Boden, da er an dem Stuhl vorbeitraf, als er fasziniert zuschaute, wie Phipps' Unterhemd über den Kopf gezogen wurde und eine wohltrainierte Brust mit zwei saftigen, hervorstehenden Brustwarzen, die geradezu danach schrien, gezwirbelt oder gelutscht zu werden, zum Vorschein kam. Als hätten sie es sorgfältig geprobt, traten Alden und Barry vor und nahmen je eine steife Warze zwischen die Lippen.

»Da drunten gibt's was besseres und größeres zu

lutschen«, sagte Phipps, während er den Gürtel öffnete und die Hose fallenließ. Er griff nach dem Bund seiner Unterhose, aber Barry und Alden kamen ihm zuvor, fielen auf die Knie und zogen die Unterwäsche dabei mit herunter.

»Ich hab's noch nie mit zwei gleichzeitig gemacht«, sagte Phipps leicht verwundert.

»Ah, aber mit Einzelnen schon?« fragte Barry, nachdem er die Eier, die er gerade geschluckt hatte, freigegeben hatte.

Phipps errötete ein bißchen. »Naja, ja.«

»Auch mit Royals?« fragte Alden. Barry, dessen Mund inzwischen an dem Schaft des Postens auf- und abfuhr, hielt inne und spitzte die Ohren, um die Antwort zu hören.

»Ganz gewiß nicht«, sagte Phipps, als sei er zutiefst schockiert. Alden nahm seinen Versuch, den gesamten mächtigen Schaft in die Kehle und die Lippen an die Schamhaare zu bekommen, wieder auf.

Als er zurückwich, um Luft zu schnappen, fing Barry an, den Schwanz an der Seite abzulecken. Sofort machte Alden sich wieder an die Arbeit und leckte die andere Seite. Als sie an die Eichel kamen, wechselten sie sich ab. Phipps griff nach unten und hielt den Schwanz fest, um ihnen damit auf die Gesichter zu klatschen, dann hob er ihn genau über die vor Verlangen hechelnden Münder.

Barry nutzte einfach die Gelegenheit, um die Eier zu schlucken, die sich in ihrem behaarten Sack hoben und senkten. Alden machte sich über Phipps' wundervoll runden Arsch her und küßte und biß zuerst die eine Backe, dann die andere. Mit den Händen drückte er sie ein wenig auseinander und leckte, das Gesicht in den beiden üppigen Hügeln vergraben, das hübsch enge Arschloch. Phipps schnappte nach Luft, als Alden über den Rand züngelte. Barrys Hände fuhren an Phipps' blond behaartem linken Bein auf und ab und die von Alden am rechten.

»Die Knie werden mir 'n bißchen weich«, keuchte Phipps. »Kann ich mich setzen?«

»Noch besser«, schlug Alden vor, »gehen wir ins Bett.«

Die beiden Amerikaner erhoben sich von den Knien und gleiteten Phipps zum Bett, wo sie rasch die Decken zurückschlugen. Phipps legte sich hin. »Das Bett da ist um einiges weicher als die in der Kaserne«, sagte er träumerisch.

»Solange nur *das da* hart ist«, sagte Alden und griff nach Phipps' zuckendem Schwanz. Er steckte die Nase noch einmal in Phipps' dichten Busch, bevor er erneut versuchte, den riesigen Schwengel Stück um geiles Stück in die gierige Kehle zu bekommen. Barry hatte sich unterdessen dafür entschieden, Phipps auf die wundervoll feuchten Lippen zu küssen.

Phipps wandte den Kopf ab und setzte an, zu sagen, ›Küssen is nicht drin‹, als Barrys Mund sich fest auf seinen pflanzte und Barrys Zunge lüstern hineingestoßen wurde.

Phipps gab auf, und alsbald hatte sich seine Zunge um die von Barry gewunden. Dem jungen Wachposten schien das Gefühl überaus zu behagen.

Alden hob Phipps' herrlich lange Beine an, so daß das Arschloch zum Vorschein kam. Im Nu schlabberte Alden an der engen rosa Rosette, und Phipps, eine Zunge im Mund, eine andere im Arsch, wand sich.

Urplötzlich war es mit Phipps' Passivität zuende. Er senkte die Beine, stieß beide Männer beiseite und stand auf.

»Wer von euch beiden Spinnern will den beschissenen Arsch gefickt haben?«

»Ich«, sagten sie wie aus einem Mund, obgleich Barry dann zögerte, besorgt, wie sich der monströse Schwengel anfühlen mochte, wenn Phipps ihn zu roh hineinbohrte. Die starre Erektion wirkte mit einem Mal so groß wie die Kanonen, die sie im Tower von London gesehen hatten.

Alden war der erste, der sich, Kopf gesenkt, Arsch in der Luft, hinkniete, bereit das riesige Gerät des Postens aufzunehmen.

Phipps nahm hinter ihm Aufstellung, um seinen langen Schwengel tief in dem empfangsbereiten Arsch zu versenken.

»Warte«, rief Barry. »Ich will dir erst ein Kondom überziehen – und ihn ein bißchen mit Gleitcreme einschmieren, damit du ihn nicht beim ersten Stoß in Stücke reißt.«

Phipps, scharf darauf loszulegen, wirkte unwillig, aber rasch hatte Barry einen Gummi und Gleitmittel aus dem Nachttisch geholt. Mit der einen Hand rollte er das Kondom liebevoll über Phipps' zuckenden Schaft, mir der anderen rieb er etwas Gleitmittel um die feuchten Ränder des Lochs seines Partners.

»So«, sagte er schließlich. »Das wär's.«

Er setzte sich neben Alden auf die Fersen, bereit, die Lüste eines Voyeurs zu genießen, bis er an die Reihe kam. Es hatte ihm schon immer Spaß gemacht, seinen Partner ficken oder gefickt werden zu sehen.

Phipps war nicht der raffinierteste Sextechniker, mit dem Barry und Alden es je zu tun gehabt hatten; mit roher, brutaler Kraft rammte er sein Gerät einfach hinein.

»Oh, mein Gott«, schrie Alden auf. »Mir kommt's vor, als hätte grade die Queen Elizabeth II in meinem Arsch angedockt.« Aber in den Ton gespielter Pein mischte sich unüberhörbar auch Jubel.

Beim Anblick von Phipps' Ramme, die sich in Alden bohrte, geriet Barry rasch in einen Zustand höchster Erregung. Hastig streifte er sich ein Kondom über, verstärkte den Film aus Gleitmittel, mit dem es bedeckt war, und stellte sich hinter Phipps auf, dessen Arschbacken sich bei jedem Stoß eindellten. Barry packte Phipps mit einem Arm um die Brust und setzte mit der freien Hand seinen Schwanz an dessen Arsch an.

»Hey«, protestierte Phipps. »Ich laß ihn mir nicht reinstecken.« Er hörte auf, zu stoßen, und Barry versenkte seinen Schwanz, worauf sein Widerspruch ebenso verstummte wie der zuvor, als er behauptet hatte, nicht zu küssen.

»Ach nein?« sagte Barry mit einem tiefen Stoß.

»Gottverdammich«, sagte Phipps.

»Laß dich nur nicht aufhalten«, sagte Barry lüstern.

»Ich glaub nicht, daß ich mit 'nem Schwanz im Arsch ficken kann. Das lenkt mich ab«, sagte Phipps mit einer Spur von Wimmern.

»Konzentrier dich«, befahl Alden. »Du hast das gerade ganz toll gemacht.«

Langsam zunächst nahm Phipps das wieder auf, was er getan hatte, bevor sein Arsch attackiert worden war. Barry richtete seine Stellung so aus, daß Phipps sich, wenn er von Alden zurückwich, um erneut zuzustoßen, auf Barrys Schwanz aufspießte.

Sie fielen in einen guten Rhythmus, und schließlich grinste Phipps. »Da könnt ich glatt auf den Geschmack kommen«, sagte er.

Den Arm immer noch um Phipps' Brust geschlungen, spielte Barry mit der Brustwarze des Soldaten, die starr und spitz hervorragte. Mit der anderen Hand griff er unter den Schwerstarbeit leistenden Schwanz und massierte Phipps die fellbedeckten Eier, die längst nicht mehr lose baumelten, sondern sich fest an den Leib gezogen hatten, als würden sie gleich ihre Ladung von sich geben.

Phipps fing an, zu keuchen und wie wild in den Hüften zu bocken. Er stöhnte und stieß gutturale Schreie aus, während er am ganzen Leib erbebte und dann schlaff wurde. Barry pumpte weiter, und mit einem Mal fühlte er, wie das Sperma durch seinen Schwanz schoß und sämtliche Spannung aus seinem Körper wich. Er brach auf Phipps' Rücken zusammen, so wie Phipps auf dem von Alden zusammengebrochen war.

Als sie wieder zu Atem gekommen waren, zog Barry den Schwanz mit dem von seiner Riesenladung weißen Kondom aus Phipps heraus. Phipps tat es ihm nach und streifte das Kondom ab, das er in den Aschenbecher, den Barry ihm von Nachttisch angeboten hatte, fallen ließ.

»Du Wichser, wenn ich mich ein bißchen ausgeruht hab, dann zahl ich's dir heim, daß du mich gevögelt hast, während ich damit beschäftigt war, deinen Freund zu ficken.«

»Meinst du, das ist eine Drohung?« fragte Barry. »Mein Arschloch zuckt schon vor Gier.«

»Es wird dir gefallen«, sagte Alden mit erfahrenem Tonfall.

»Ich hole noch ein Kondom«, sagte Barry und stand auf.

»Hol gleich ein halbes Dutzend«, meinte Alden.

»Nein, Moment«, widersprach Phipps.

»Sechs oder sieben Mal sollten für einen Helden Ihrer Majestät doch kein Problem sein.«

»Ist's auch nicht«, erwiderte Phipps, der sich ob der Herausforderung stolz in die Brust warf. »Ach, was soll's!«

»In der Tat, was soll's!« sagte Allen.

»Rule Britannia!« rief Barry, der mit einer Handvoll Kondomen und einer neuen Tube Gleitcreme zum Bett zurückkam.

ALLE NEUNE FÜR BILLBOB

Als Billbob Dunne von Universal Business Machines den Auftrag erhielt, Lügendetektoren an die städtische Polizeibehörde zu verkaufen, war er begeistert. Hätte er behauptet, er sei es, weil es eine Chance war, viel Geld zu verdienen, hätte ihn der Detektor der Lüge bezichtigt. In Wahrheit hatte Billbob seit der Highschool, als seine Kumpels davon redeten, sie würden sich gerne ›ein Mädchen schnappen‹, davon geträumt, von ›einem Bullen geschnappt zu werden‹.

Vielleicht ging seine Vorliebe für Polizisten sogar noch weiter zurück, auf die Zeit, als er ein kleiner Junge war und sich auf einem Jahrmarkt auf dem Land verlaufen hatte. Als der nette Polizist zu dem schluchzenden Kind trat und fragte, ob es sich verirrt hätte, hatte er die Arme um die langen, uniformierten Beine geschlungen und in den Schoß des Beamten geheult, bis ihm bewußt wurde, daß sich da in der Hose etwas Dickes befand, und dachte, das sei ja eine komische Stelle, einen Schlagstock aufzubewahren.

UBM hatte Billbob in den Süden versetzt, da er von da kam und dort nicht so abgelehnt werden würde wie vielleicht so ein ›verdammter Yankee‹. Aber auch so hatte Billbob einen ziemlich schweren Stand. Die Männer mit den Abzeichen da unten betrachteten einen Apparat, der die Unschuld einer Person beweisen konnte, von der sie entschieden hatten, sie sei ›es todsicher gewesen‹, von jemandem, den ›man früher einfach aufgehängt hätte‹, nicht allzu wohlwollend. Außerdem war die Existenz eines Handlungsreisenden, der in Motels wohnte und die Betten im Nebenzimmer quietschen hörte, ziemlich einsam.

In den ersten drei Wochen seiner ersten Expedition in den ›Bibelgürtel‹ fühlte Billbob sich niedergeschlagen. Meistens sprach er mit Polizisten, die schon so lange am Schreibtisch saßen, daß sie fett geworden waren – nicht besonders reizvoll. Gewiß, einen attraktiven Sergeant hatte er gesehen, der vorbeigekommen war, um die Personalien eines Übeltäters aufzunehmen, als Billbob dabei war, mit dem Chef über den Ankauf eines Lügendetektors zu verhandeln, aber im allgemeinen war mit den Bullen nicht viel los. Was war nur aus den hübschen Polizisten seiner Jugend geworden?

Eines Abends, als er gerade mit dem Essen im Restaurant des Motels fertig war, stellte Billbob fest, daß er von einem Rothaarigen beäugt wurde, der ebenfalls alleine am Tisch saß. Noch ein Vertreter, kein Zweifel – Billbob erinnerte sich, ihn dabei gesehen zu haben, als er etwas von seinem Auto in sein Zimmer schleppte, das wie ein Musterkoffer aussah. Er war zwar natürlich keine Bulle, sah aber eindeutig gut, wenngleich ein bißchen verquollen aus. Billbob vermutete, er habe sich ein paar Schnäpse genehmigt, bevor er in den Speiseraum gekommen war. Der Mann schwankte ein bißchen, als er zur Kasse ging, um seine Zeche zu bezahlen.

Billbob wartete draußen und tat, als bewundere er den Vollmond. Und wie nicht anders zu erwarten: der Rotschopf gesellte sich zu ihm.

»Hi, Kumpel. Du siehst aus, als könntest du Gesellschaft

gebrauchen. Hast'e Lust, auf 'n Drink mit auf mein Zimmer zu kommen?«

Billbob hatte den Verdacht, da würde ihm mehr als ein Drink offeriert. Er stimmte bereitwillig zu, obwohl ihm der Polizeisergeant, den er am Nachmittag auf der Wache gesehen hatte, lieber gewesen wäre. Aber wer war Billbob schon, um wählerisch zu sein?

Der Rothaarige stellte sich als Fred vor. »Die Klimaanlage ist am Arsch, deshalb ist's ziemlich warm hier drinnen. Ich werd nur die Unterhose anbehalten. Wieso machst du dir's nicht auch bequem?«

Billbob war leicht zu überreden. Ohne eine Sekunde zu vergeuden, zog er sich aus. Fred goß gerade einen Drink ein, war aber von Billbobs Striptease so abgelenkt, daß er vorbeischüttete und den Schnaps mit einem Handtuch aufwischen mußte.

Fred war einer von der Sorte, die Alkohol brauchen, um ihre Hemmungen zu überwinden. Leider hatte sich, als Fred die Unterwäsche abstreifte und Billbob zum Bett winkte, sein Schwanz schon zur Nachtruhe begeben. Billbobs sämtliche Künste konnten ihn nicht zum Leben erwecken. Als ein lautes Schnarchen den Raum erzittern ließ, zog Billbob sich angewidert an und ließ Fred seinen Rausch ausschlafen.

Als Billbob am nächsten Morgen beim Frühstück saß, setzte sich Fred zu ihm.

»Junge, war ich gestern Abend besoffen. Ich erinnere mich an überhaupt nichts mehr.«

»Das gibt's auch nichts zu erinnern«, sagte Billbob. »Du hattest, was man einen vorzeitigen Blackout nennen könnte.«

»Oh, tut mir leid«, sagte Fred, der beim Klappern des Geschirrs in der Küche aufwimmerte und sich den pochenden Kopf hielt. Dann hellte sich seine Miene auf. »Ich muß heute noch hierbleiben, um ein paar Telefonate zu erledigen.

Vielleicht hast du ja Lust reinzuschauen. Es gibt in dieser Trockenwüste zwar keine Bars, aber ich bin ganz gut versorgt.«

Billbob wollte gerade ablehnen, als ein Streifenwagen vorfuhr, aus dem der Sergeant ausstieg, den er auf der Wache gesehen hatte. Von seinem Platz am Fenster aus beobachtete er, wie der hochgewachsene Bulle hereinschlenderte und sich über die Essensausgabe beugte, wo eine Frau mittleren Alters die Auslagen mit Torten, Kuchen und Doughnuts auffüllte.

»Zwei Kaffee zum Mitnehmen, Rose.«

»Alles klar, Mike.«

Bei den Handschellen, dem Walkie-Talkie, den Patronen, der Kanone, den Strafzetteln und dem Schlagstock, die an seiner Hüfte hingen, war die eher fleischliche Ausstattung des Bullen nur schwer auszumachen. Billbob hatte jedoch Übung darin, Männer im Geist auszuziehen, und kam zu dem Schluß, daß sich unter den ganzen Nebensächlichkeiten ein Paar hübsch runder, nicht übermäßig breiter Hinterbacken befand. Und das Beste war, er hatte nicht diesen Schmerbauch, wie ihn so viele Polizisten schamlos vor sich herschleppten.

»Du kannst meinen Mann heute abend auf der Bowlingbahn treffen«, sagte Rose, während sie Deckel auf die Kaffeebecher stülpte. »Er liebt sein Bowling heiß und innig.«

»Du solltest selber mit Bowling anfangen, Rose.«

»Ich kriege hier das ganze Training, das ich brauche. Am Abend will ich mich hinsetzen.«

»Meine Frau bowlt auch nicht. Nicht, daß ich was dagegen hätte. Es ist schön, allein mit den Jungs zusammen zu sein.«

»Du arbeitest den ganzen Tag lang nur mit Jungs zusammen. Ich verstehe die Männer nicht. Wenn ihr zwanzig seid, könnt ihr nicht genug von den Mädels kriegen, aber danach scheint ihr ihre Gesellschaft überhaupt nicht mehr zu mögen.«

»Wir Männer könnten das gleiche sagen, Rose. Meine Frau ...«

Ein Auto hupte.

»Delaney wird ungeduldig. Er will seinen Kaffee. Der ist echt süchtig danach«, sagte Mike und griff nach den Bechern.

»Viel Spaß beim Bowling«, sagte Rose, als Mike ging. Der Bulle hatte keine Anstalten gemacht zu zahlen.

»Du hast meine Frage nicht beantwortet«, bohrte Fred nach. »Bleibst du auch über Nacht? Wenn ja, dann ...«

»Hättest du Lust auf Bowling heute abend?«

»Bowling? Ich hab nicht mehr gebowlt, seit ich auf der Highschool versucht habe, dazuzugehören. Ich hab kaum einen Neuner geschafft, geschweige denn einen Zehner.« Fred verzog das Gesicht.

»Ich habe noch nie gebowlt«, gab Billbob zu. »Aber in der Stadt hier gibt's ja nicht viel zu machen.«

»Stimmt. Aber ich könnte mir schon ein paar Sachen vorstellen, die mehr Spaß machen.«

»Die wir genau so gut *nach* dem Bowling machen können.«

Billbob glaubte, daß das Bowling im schlimmsten Fall Fred nüchtern halten würde, oder nüchtern genug, um einen hochzukriegen, wenn sie zum Motel zurückkamen. Und im besten Fall würde sich eine Chance bieten, Mike kennenzulernen, dessen Arsch eindeutig vielversprechend ausgesehen hatte, als er mit dem Kaffee zu dem Streifenwagen zurückgegangen war. Auch seine fette Beule hatte interessant ausgesehen, als er seitwärts in das Auto eingestiegen war, nachdem er seinem Partner seinen Kaffee ausgehändigt hatte.

Mikes energisches Kinn wirkte zwar abweisend, aber darin lag ja schließlich die Herausforderung.

Billbob hatte noch nie den Fuß auf eine Bowlingbahn gesetzt, sicher, daß er sich zum Affen machen würde. Ungeachtet dessen, beeilte er sich, eine Bahn neben der von Mike und dessen Gruppe zu besetzen.

Fred erinnerte sich noch an die Grundregeln des Spiels und zählte sie auf. Billbob holte sich außerdem Hinweise, indem er Mike beobachtete. Es war die reine Freude. Wenn Mike, inzwischen in Zivilklamotten, die sich eng um seinen Leib schmiegten, sich zu einem Wurf vornüberbeugte, spannte sich seine Hose so straff über seinen Arsch, daß die Ränder seiner Unterhose zu sehen waren. Überraschenderweise erwies Billbob sich keineswegs als Niete und landete recht bald einen Neuner. Mike nickte ihm anerkennend zu und lächelte ein Lächeln, bei dem Billbob ganz schwach wurde.

Wenn Billbob geglaubt hatte, beim Bowlen werde Fred nüchtern bleiben, hatte er nicht mit den Bieren gerechnet, die Fred zwischen den Spielen in sich hineinschüttete. Gegen Ende des Abends schließlich folgte Fred seiner Kugel direkt ins Seitenaus.

»Hab den Daumen nicht aus dem Loch gekriegt«, nuschelte Fred, der mit der Kugel noch am Daumen flach auf der Bahn lag.

»Sieht aus, als hätten Sie ein Problem mit Ihrem Freund.«

Billbob drehte sich um und erblickte das markante Kinn von Mike, das von Stoppeln leicht bläulich war. Mike lächelte.

»Er ist eigentlich gar nicht mein Freund. Nur ein anderer Vertreter, der in meinem Motel wohnt.«

Fred versuchte aufzustehen, doch ohne viel Erfolg.

»Ich weiß nicht, ob er Medikamente nimmt, die sich nicht

mit Alkohol vertragen oder was, aber der ist fix und alle«, fuhr Billbob fort.

»Ich helfe Ihnen, ihn ins Auto zu bringen.« Das Benehmen des Bullen war bei weitem nicht so rauh, wie er aussah.

»Wir sind nicht hergefahren. Da es nur kurz über die Straße war, sind wir gelaufen.«

»Ich fahre Sie zurück; Ihr Freund ist nicht in dem Zustand zu gehen«, erbot sich Mike. »Unsere Truppe ist sowieso am Aufbrechen. Da ein paar der Frauen ihren Männern eine Sperrstunde verordnet haben, hören wir ohnehin gewöhnlich um diese Zeit auf.«

»Das wäre eine große Hilfe. So massig ist er ja nicht, aber im Moment ist er die reine Zentnerlast.«

Mike und seine Kumpels beendeten ihr Spiel, beglichen ihre Wetten und brachen auf. Entsetzt sah Billbob, daß Fred auf die Füße kam. Es sah schon aus, als würde er alles verderben, aber dann wurde er glücklicherweise wieder bewußtlos.

»Ohne Sie hätte ich das nie geschafft«, sagte Billbob, als sie den schlaffen Körper endlich auf das Bett in Freds Zimmer fallen ließen. Den Schlüssel hatten sie in seiner Tasche gefunden.

»Keine Ursache.«

Mit seinen Muskeln hätte Mike es eindeutig auch alleine schaffen können.

»Sollen wir ihn so liegenlassen, oder sollen wir ihn ausziehen und ins Bett bringen?« fragte Mike.

Momentan war Billbob von Fred so angewidert, daß er den Drecksack am liebsten hätte liegen lassen, so wie er war, aber bei näherer Überlegung erkannte er, daß er ihm dankbar sein mußte. Hier bot sich die Gelegenheit, noch länger mit dem Bullen zusammenzubleiben.

»Ich schau mal nach, ob er einen Schlafanzug dabei hat«,

sagte Billbob und suchte vergeblich im Schrank und den Schubladen der Kommode danach.

»Vielleicht schläft er ja nackig. Hab ich auch gemacht, bevor ich geheiratet habe«, sagte Mike.

»Es muß entweder so oder in Unterwäsche gehen, heute nacht. Ich kann keinen Schlafanzug finden.«

Während sie dem Betrunkenen die Kleider vom Leib zerrten, wünschte sich Billbob, es sei Mike, den er auszog.

Statt dessen bemühte er sich um Konversation. »Es ist sehr nett von Ihnen, daß Sie zwei Fremden helfen. Sie hatten es wahrscheinlich eilig, nach Hause zu kommen.«

»Ha! Ich hab's inzwischen nie mehr eilig, nach Hause zu kommen.«

»Ärger?« fragte Billbob hellhörig.

»Jedenfalls kein Spaß. Nicht mehr, seit meine Frau 'nen schweren Anfall von Religiosität bekommen hat.«

»Wiedererweckt, was?«

»Sie hat sich so einer Sekte angeschlossen, die alles Körperliche für ekelhaft hält. Trägt in der Stadt ganz lange Kleider, damit keiner ihre Beine sieht. Will sich nicht mehr anfassen lassen.«

Gemeinsam schlugen Mike und Billbob die Laken zurück und versuchten, Fred ins Bett zu bringen. Er kippte mit dem Gesicht nach vorn um, und streckte verführerisch den Arsch in die Luft.

»Gibt es keine Prostituierten in der Stadt, bei denen Sie sich Erleichterung verschaffen könnten?«

»Da gab's mal ein Mädchen namens Rosemarie«, sagte Mike. »Die konnte toll blasen und auch sonst noch alles, aber die lebt jetzt in Memphis. Zu weit, um nur mal so hinzufahren, um sich einen blasen zu lassen.«

»Kann ich mir ja nicht vorstellen, daß Ihre Frau was für Blasen oder Arschficken übrig hat.

»Das können Sie laut sagen. Schon von Anfang an wollte sie, daß ich mich beeile und es hinter mich bringe.«

»Krass. Und dabei denke ich mir, daß Sie ein Mann sind, der seinen Sex mag.«

Mike gab keine Antwort. Er hatte zwei Flaschen Schnaps auf Freds Kommode entdeckt.

»Meinen Sie nicht, daß der Kerl uns einen Drink schuldet, dafür, daß wir ihn heimgebracht und ins Bett gelegt haben?«

»Der ist großzügig. Wenn er bei Bewußtsein wäre, würde er uns einen anbieten.«

In diesem Augenblick stöhnte Fred, warf die Laken von sich und legte seinen Arsch erneut frei.

»Decken Sie das zu, oder ich steck da gleich drin«, sagte Mike. »Ich bin fast soweit, daß ich mich auf ein Loch im Zaun stürzen würde.«

Mike stürzte seinen Drink hinunter und füllte zum Entsetzen Billbobs sein Glas wieder auf. Den Bullen so abzufüllen, daß er seine Hemmungen verlor, war okay, aber Billbob wollte nicht, daß er übers Ziel hinausschoß wie Fred. Und er wollte auch nicht, daß er sich in Freds Arsch bohrte, anstatt in Billbobs eigenen. Ein weiteres Mal verhüllte er Freds Hintern mit Laken.

»Ich weiß wie es ist, wenn man ständig geil ist«, sagte Billbob. »Bei uns Vertretern, die immer nur herumfahren und Tage und Wochen am Stück weit weg von zu Hause in fremden Städten verbringen, ist es das Gleiche.«

»Und wenn Sie heimkommen, besorgt's Ihnen Ihre Frau dann?«

»Ich bin nicht verheiratet. Aber Sex mag ich in allen fünfundsiebzig Variationen.«

»Blasen und alles?«

»Oh, Mann, ich liebe einen guten Blowjob. Eine Zunge,

die an meinem Schwanz auf- und ableckt, rund um die Eichel und dann an meinen Eiern züngelt.«

»Hör auf, Kumpel, ich werd schon bei der Erinnerung scharf. Hättst'e gern noch 'n Drink?«

»Nicht so gern wie ich was anderes gern hätte.«

Leicht schwankend richtete Mike seinen Schwanz im Schritt seiner Hose.

»Als ich in der Highschool war, da gab's so'n Typen, der mir mal einen geblasen hat«, sagte der Bulle. »Danach hab ich ihn vermöbelt. Hab ihm zwei Zähne ausgeschlagen.«

Billbob zögerte. Würde Mike den Ärger wert sein?

»Gefiel dir wohl nicht, daß ein Mann sich auf dich gestürzt hat, hä?« fragte Billbob.

»Das war'n verdammter Amateur. Der war so aufgeregt, daß er zugebissen hat.«

»Blasen ist eine Kunst, das ist mal sicher.«

Billbob wagte es. »Hör zu, Mike, du hast mir geholfen, die Flasche da auf ihr Zimmer zu bringen. Vielleicht könnte ich mich ja revanchieren. Ich bin kein Amateur, und ich beiße nicht zu. Wie wär's?«

»Dachte schon, du fragst nie«, sagte Mike lächelnd, öffnete seinen Schlitz und zog umständlich, da er so steif war, seinen Schwanz heraus.

»Nur nicht überstürzen«, sagte Billbob. »Wir wollen uns ausziehen und es richtig machen.«

Mike dachte einen Augenblick nach, dann stellte er sein Glas ab, um sich darauf zu konzentrieren, die Kleider auszuziehen.

»Gleich wirst du sehen«, nuschelte Billbob, während er strippte, »daß Rosemarie nicht die einzige auf der Welt ist, die weiß, wie man jemandem einen bläst.«

Gemeinsam wälzten sie Fred auf die Seite und legten sich an der Stelle hin, wo er gewesen war.

»Rosemarie konnte tolle Sachen mit ihrer Zunge anstellen«, sagte Mike und ließ sich zurücksinken.

»So etwa?« Billbob schlabberte mit der Zunge zwischen Mikes Beinen.

»Du fährst am besten mal nach Memphis und gibst ihr Stunden«, schnappte Mike nach Luft. Der nach Sex hungernde Polizist war wie jemand, der durch die Wüste gekrochen ist und eine Wasserstelle gefunden hat. Dankbar seufzend spreizte er die behaarten Beine für Billbob.

Billbob küßte sich an der Innenseite von Mikes Schenkel aufwärts, um dann zuerst ein bepelztes Ei und dann das andere in den Mund einzusaugen. Mike konnte nur noch stöhnen. »Ja, ja, ja.«

Genau in diesem Moment wachte Fred auf und fiel über die Bettkante.

Bei dem Plumps setzte Mike sich auf, löste sich mühsam aus seinen sexuellen Freuden und griff an seine nackte Seite nach seiner Kanone, die dort aber nicht war.

»Was war das?«

Da Billbob den Mund voll Schwanz hatte, gab er keine Antwort. Er deutete zur Bettkante, von der Fred gefallen war.

»Oh«, Mike ließ sich aufs Bett zurückfallen und schloß wieder die Augen auf der Suche nach einer Ekstase, die er lange Zeit nicht empfunden hatte.

Als Billbob mit der Zunge über Mikes knackigen Leib, vom flachen Bauch bis zur rechten Brustwarze in ihrem Nest aus Haaren, fuhr, sah er Freds rotbehaarten Kopf mit dämlichem Grinsen über der Matratze auftauchen. Freds verquollene Augen wurden groß. Halb ernüchtert, fuhr er hoch.

»Was geht denn da vor?« fragte er mit schwerer Zunge, aber fröhlich.

Mike streckte eine große Pranke aus, legte sie Frank auf die roten Locken und drückte ihn wieder nach unten.

»Wie kommen meine Frau und ihre Sekte nur darauf, das sei was Schlechtes, wenn es so gut tut.«, beklagte sich Mike. »Aber selbst wenn sie recht haben, und ich in der Hölle schmoren muß, dann ist es das wert.«

»Darf ich mitmachen?« fragte Fred, der mit seinem blöden, schwammigen Grinsen wieder zum Vorschein kam.

Kurz bevor er sich wieder über Mikes zuckenden Schwanz hermachte, kicherte Billbob. »Ich habe meine Zweifel, ob du das schaffst.«

Fred spielte mit seinem schlaffen Schwanz, konnte ihn nicht zum Stehen bringen und zuckte die Achseln. »Wenigstens könnte ich machen, was du da machst«, sagte er unsicher schwankend.

»Hinten anstellen«, sagte Mike und stöhnte, als Billbob mit den Händen über seinen gesamten Leib strich und mit der Zunge der Länge nach am Schwanz des Polizisten auf- und abfuhr.

Fred schien einen Moment darüber nachzudenken und war nicht mehr zu sehen. Dann spürte Billbob plötzlich, daß eine Zunge sich in seinem Arsch einnistete.

»Moment. Halt an, halt an«, schrie Mike. Billbob ließ den Schwanz aus dem Mund fahren, aber es war zu spät. In einem dicken Schwall schoß Mike seine aufgestaute Ladung ab. In großen, perlweißen Tropfen bedeckte sie seinen Bauch.

»Verdammt«, sagte Mike, als er sich ein wenig erholt hatte. »Ich wollte, daß es länger dauert, aber ich hab's so lange nicht mehr gemacht.«

»Mit ein bißchen Ausruhen kann ein Mann wie du noch mal«, sagte Billbob. »Ich hätte gerne deinen Schlagstock im Arsch.«

»Echt? Jesses, ich hab noch nie Gelegenheit gehabt, es zweimal zu versuchen, seit ich verheiratet bin.«

»Mir wär auch siebenmal recht«, sagte Billbob und streichelte Mikes fette, feuchte Eier. Fred fuhr inzwischen fort, Billbob den Arsch zu lecken.

»Ich frag mich, ob ich das könnte«, sagte Mike. »Siebenmal, meine ich. Wer weiß, wann ich wieder mal eine Chance dazu bekomme.«

»Genau. Und die beste Gelegenheit, einen neuen Rekord zu versuchen, ist heute nacht. Wir ruhen uns ein bißchen aus, und dann ...« und mit diesen Worten streckte er sich neben Mike aus und legte ihm liebevoll die Hand auf die behaarte Brust. Zu seiner Überraschung kuschelte sich Mike, der ebenso nach zärtlichen Berührungen gierte wie nach Sex, noch enger an ihn. Fred, der tapsig versuchte, Billbobs Arsch zu folgen, als dieser sich bewegte, fiel ein weiteres Mal vom Bett.

NASSE JEANS

Als Cody auf dem Damm hinauffuhr, sah es aus, als wäre ein besonders emsiges Ameisenvolk an der Arbeit. Hastig schaufelten Menschen Sand von einem Haufen in Säcke und gaben sie dem ersten in einer langen Reihe von Arbeitern. Die Säcke wurden dann von einem zum andern weitergereicht, bis sie bei den Arbeitern am Damm ankamen. Die anwachsende Mauer aus Sandsäcken würde, so hofften sie, die Fluten des angeschwollenen Flusses aufhalten.

Cody parkte sein verschrammtes aber zuverlässiges Auto am höchsten Punkt der Straße, für den Fall, daß die Mühe vergebens war und das Wasser die immer höher werdenden Dämme überflutete. Er stieg aus und schaute sich nach dem Diensthabenden um, um sich bei ihm als freiwilliger Helfer zu melden.

Cody entdeckte einen Mann in militärischer Uniform, wahrscheinlich vom Pioniercorps der Army, der Befehle zu brüllen schien. Einen Moment lang fragte Cody sich, ob der Sergeant, oder was immer er war, es ertragen würde, einen Schwulen in seiner Dammbauergruppe zu beschäftigen. Würde er denken, es ›untergrübe die Moral und den Zusammenhalt der Einheit‹, wie es, wie halsstarrig und dumm das Pentagon behauptete, geschehen würde, wenn Homosexuellen gestattet würde, offen im Militär zu dienen? Cody sah, daß sich Frauen und Schwarze unter den eifrigen Arbeiterameisen befanden; er bezweifelte, daß die sich darum scheren würden, wenn ein weiterer Helfer Sex mit Männern mochte. Er stieg abwärts und ging auf den Sergeant zu.

»Cody Smith meldet sich als Freiwilliger. Was soll ich machen?« fragte er entschlossen.

»Sie können damit anfangen, daß Sie einen von der Schaufelbrigade ablösen und Säcke füllen.« Er wandte sich an einen der Arbeiter. »Haywood, Sie sind am längsten hier. Machen Sie eine Pause, oder stellen Sie sich in die Reihe, die die Säcke weitergibt ...«

»Nein«, unterbrach ihn der herrlich gebaute Schwarze. »Ich halt's schon noch 'ne Weile aus.«

»*Ich* würde gerne eine Pause machen«, sagte ein anderer junger Mann, der ein bißchen übergewichtig war und vom Schaufeln ein rotes Gesicht hatte. Er hielt den Stiel seiner Schaufel Cody entgegen, der ihn übernahm und rasch anfing, Säcke mit Sand zu füllen. Der Sandhaufen wurde niedriger, aber dann kam ein Laster mit einer neuen Ladung. Die Schaufler traten beiseite, als der Laster zurückstieß und die Ladung vor ihren Füßen ablud.

Während sie noch beiseite standen und darauf warteten, daß der Haufen wieder aufgefüllt wurde, blickte der Schwarze zu Cody herüber. Er musterte ihn. »Du siehst nicht aus, als wärst du so eine Arbeit gewohnt. Student?«

Cody nickte. »Im Colucca College wurde nach Freiwilligen gefragt, aber die meisten anderen hatten keine Zeit zu kommen. Zur Zeit sind Prüfungen.«

»Und wieso konntest *du* dich freimachen?« Der Macker stützte sich auf seine Schaufel.

»Ich bin in den meisten meiner Fächer von den Prüfungen befreit, weil ich das ganze Jahr über so gute Noten hatte.«

»Sowas dacht ich mir schon, du siehst aus wie so'n Bücherwurm.«

Plötzlich schaute Haywood zum Himmel und wirkte besorgt. »Scheiße. Sieht aus, als ob's jede Minute regnen könnte, und dann steigt der Fluß noch mehr an.«

»Ist schon verdammt dicht an der Straße über die Brücke« sagte der Fahrer des Lasters. »Die nächste Ladung Sand muß vielleicht schon über eine Umleitung geliefert werden. Is nicht sicher, daß die Brücke bei der nächsten Fahrt noch da ist. Und sicher wär's auf keinen Fall.«

Während er noch sprach, fing es an zu regnen.

Der Fahrer fuhr rasch los. Cody, Haywood und die anderen machten sich eilig wieder daran, Sand in die Säcke zu füllen. Naß würde er noch schwerer zu schaufeln sein als trocken.

Der Regen nahm zu, und bald klebten allen die Kleider am Leib. Unter dem Stoff von Haywoods klatschnassem Hemd konnte Cody jeden Muskel des prächtigen Rückens des dunklen Mackers sehen, der anscheinend ohne Mühe weiterarbeitete. Cody selbst, an ein etwas ruhigeres Leben gewöhnt, fühlte sich ein wenig entkräftet.

Von Regen bedeckt saugten sich sogar schwere Jeans voll Wasser und klebten an den Beinen. Jetzt konnte Cody nicht nur die Rückenmuskeln sehen, sondern unter Haywoods linkem Hosenbein auch die deutlichen Umrisse eines beachtlichen Schwengels. Cody wurde rot bei dem Gedanken, seine eigenen Gliedmaßen könnten ebenso sichtbar werden. Er war nur froh, daß er einen Slip trug, und außerdem, daß Haywood offensichtlich keinen trug. Unter der nassen Jeans konnte man die Ränder von Haywoods Boxershorts sehen und es war eindeutig, daß seine Eichel ein gutes Stück darüber hinausragte. Die Beule der fetten Eier war ebenso eindeutig auszumachen. Es war fast, als hätte er seine Klamotten gar nicht an, so dicht klebten sie an seinem Körper.

Aus den Haaren tropfte Cody der Regen in die Augen, und er hörte kurz mit Schaufeln auf, um ihn abzuwischen. Er wollte nicht, daß etwas ihm die Aussicht auf Haywoods leckeres Gerät beeinträchtigte.

Rechtzeitig versetzte der Sergeant alle Schaufelnden in die Reihe der Dammbauer, um mit ihnen zusammen Säcke aufzuschichten. Cody stellte sich gleich hinter Haywood in die Reihe und reichte ihm Sandsack um Sandsack. Er sehnte sich danach, die Hand auszustrecken, um Haywoods Hintern zu berühren, oder die dicken Brustwarzen, die sich unter seinem Hemd abzeichneten. Und am meisten wünschte er sich, den großen, nassen Schwanz anzufassen. Der Mann war wirklich phantastisch gebaut, und die Natur half ihm, das zu zeigen, indem sie ihm die Kleider durchnäßte.

»Heute abend wirst du Muskelkater haben, Collegeboy«, sagte Haywood, nachdem ihre dritte Stunde angebrochen war.

»Ich *werde* keinen haben. Ich hab jetzt schon welchen«, stöhnte Cody, während er noch einen Sandsack auf den Damm stemmte, der nun mehr als Kopfhöhe erreicht hatte. »Und ich bin total geschlaucht.«

Als hätte er es gehört, befahl der Diensthabende all denen, die drei Stunden oder länger gearbeitet hatten, ihre Posten an die neuen Freiwilligen zu übergeben, die gerade eingetroffen waren. Cody war so in dem Rhythmus, die Säcke entgegenzunehmen und auf den Damm zu schichten, daß er kaum aufhören konnte. Schließlich trat er beiseite, um seinem Ersatzmann Platz zu machen, und rutschte vor Erschöpfung taumelnd auf einer matschigen Stelle aus. Rasch fing Haywood ihn mit seinen kräftigen Armen auf und hielt ihn fest umschlungen. Cody stützte sich auf seine starke Schulter, während sie nach unten gingen.

Der Sergeant dankte routinemäßig allen, die ihren Einsatz beendeten. Er sagte, es sehe so aus, als könnten sie jeden gebrauchen, der am nächsten Tag wiederkommen wolle. Cody verdrehte bei dem Gedanken erschöpft die Augen.

»Du hast deinen Teil erledigt«, versicherte Haywood ihm. »Es war gut, daß du freiwillig geholfen hast.«

»Du hast's nötig«, sagte Cody, der sich noch immer geschwächt auf Haywood stützte.

»Naja, ich hab 'ne Farm, die überflutet wird, wenn der Damm bricht. Du hast es ganz aus freien Stücken gemacht.«

»Du hast eine Farm?« fragte Cody, ohne aufzuschauen.

»Morgen hab ich vielleicht nur noch einen See.«

»Da steht mein Auto«, sagte Cody. »Ich kann dich auf meinem Rückweg zu deiner Farm mitnehmen.«

Haywood schüttelte den Kopf. »Ich will nicht, daß du meinetwegen einen Umweg machst.«

»Wenn die Brücke nicht passierbar ist, weiß ich nicht mal genau, wie ich zum College zurückkomme.«

Als sie sich in den Wagen setzten, war ein platschendes Geräusch zu hören. Aus ihren klatschnassen Hosen floß Wasser auf den Sitz.

Cody war so müde, daß er kaum den Zündschlüssel umdrehen und das Auto anlassen konnte. Als er auf Haywoods Schoß schaute, sah er den tollen Schwanz und die großen Eier, die die nasse Jeans ausbeulten, und stellte fest, daß er fast zu erschlagen war, um noch erregt zu werden. Fast, aber nicht ganz. Er mußte sich dazu zwingen, die Augen auf der Straße zu halten und nicht auf dem deutlich sich abzeichnenden fetten Schwengel.

Haywood wischte die von ihrem Atem beschlagene Windschutzscheibe frei und schaute hinaus. »Wir sind schon fast bei mir. Du kannst mich da an der Kreuzung rauslassen. Von da aus hab ich nur noch ein kleines Stück zu gehen.«

»Nein, ich bring dich bis vor die Haustür. Hat doch keinen Sinn, daß du durch den Schlamm und den Regen latschst.« Cody mußte niesen, während er sprach.

»Klingt, als würdest du von der Nässe 'nen Schnupfen bekommen. Du kommst besser mit rein und läßt dich erstmal trocknen, wenn wir bei mir sind. Bieg hier ab.«

Das hörte sich so gut an, daß Cody noch einmal absichtlich nieste. »Ich fang schon an, ein bißchen zu zittern«, sagte er.

»Ich hab 'ne Menge Holz gehackt und vor dem Regen untergestellt. Ich kann ein Riesenfeuer in meinem Kamin machen«, sagte Haywood.

»Klingt toll.«

»Wir sind da.«

Cody fuhr dicht vor dem Haus vor, das, wie die meisten Farmhäuser, im Vergleich zur Scheune eine bescheidene Größe besaß. Haywood führte den durchnäßten und niesenden Cody in sein gemütliches Wohnzimmer. Bald hatte er ein Feuer entfacht, das den Raum behaglich warm machte.

Cody stand vor den Flammen, da er sich nirgendwo hinsetzen und einen Stuhl naßmachen wollte wie die Sitze im Auto.

»Du ziehst dir besser die nassen Klamotten aus«, sagte Haywood mit einer Sanftheit, wie sie oft bei Großen und Starken anzutreffen ist.

Cody zog Hemd und Unterhemd aus, was nicht so einfach war, da die nassen Kleider an seiner feuchten Haut klebten.

»Ich hole uns Handtücher«, sagte Haywood, nachdem er selbst sein Hemd ausgezogen hatte. Es kam ein Oberkörper zum Vorschein, der für Cody, der ihn praktisch schon durch den nassen Stoff hindurch gesehen hatte, nur wenig Überraschungen bereithielt.

    Cody entledigte sich seiner durchnäßten, quietschenden Schuhe, stellte sie vor das Feuer und zog die Hose aus. Haywood kehrte gerade mit den Handtüchern zurück, als Cody sich zögernd fragte, ob er auch die Unterhose herunterziehen solle. Haywood stellte ein Trockengestell vor dem Kamin auf und hängte die übrigen nassen Klamotten darüber. ›Was soll's‹, entschloß sich Cody und hängte seinen Slip dazu. In den dichten Locken seiner Schamhaare hingen Wassertropfen. Sein Schwanz war von der Nässe und Kälte ein wenig eingeschrumpelt, aber in der Wärme des Feuers wuchs er fast wieder zu seiner normalen Größe. Als Cody sich die Tropfen aus dem Busch wischte, bemerkte er, daß Haywood interessiert zusah. Das, sagte er sich, gab ihm das Recht, genauso unverblümt hinzuschauen, als Haywood sich seine Boxershorts abstreifte und sie auf das Gestell hängte. Der Schwanz seines Gastgebers bestätigte alles, was Cody über die Ausmaße der Schwänze von Schwarzen gehört hatte. Sein Arschloch verkrampfte sich, als er sich allzu lebhaft vorstellte, wie es sich wohl anfühlen mochte, wenn er den Schwengel in den Arsch gestopft bekäme und die fetten schwarzen Eier bei jedem Stoß an seinen Hintern klatschen würden.

    Beide Männer trockneten sich ab und schlangen sich die Handtücher um die Hüften. Cody folgte Haywoods Beispiel und setzte sich mit gekreuzten Beinen vor den Kamin. Eier toasten, sozusagen. Haywood stocherte mit einer Zange im Feuer, um es anzufachen, als er aber ein Holzscheit nicht erreichen konnte, erhob er sich auf die Knie. Cody sah, daß Haywoods Schwanz nach oben ging, was seinen eigenen gleich in die Umlaufbahn schickte. Da er das Gefühl hatte, Haywood werde wohl kaum den ersten Schritt machen, lag es also an ihm. Für den Anfang rückte er ein Stück näher, was Haywood nicht zu bemerken vorgab. Als er sich jedoch auf die Hacken setzte, wurde deutlich, daß sein Schwanz jetzt fast gerade nach oben stand.

»Ich höre den Regen auf dem Dach nicht mehr«, sagte Haywood mit einem Blick nach oben. »Was ein Segen.«

»Trotzdem glaube ich, daß die Zuflüsse noch mehr Wasser zum Fluß bringen. Wir werden morgen gebraucht werden«, sagte Cody und fing an, seine schmerzenden Armmuskeln zu massieren.

»Du hast heute ein ganz schönes Training absolviert, besonders für jemanden, der's nicht gewöhnt ist.« Haywood streckte die Arme aus, um die Schultern seines Gastes zu kneten. Cody überließ sich bereitwillig den starken, schönen schwarzen Händen.

Haywood hockte sich hinter ihm auf die Knie und bearbeitete Muskeln von Schultern und Bizeps.

»Wieso legst du dich nicht zurück?« schlug Haywood vor, als Cody vor Wonne wimmerte. Cody tat, wie geheißen und legte den Kopf zwischen Haywoods Knie. Als er die Augen aufschlug und nach oben sah, erblickte er die große, glänzende Eichel von Haywoods Schwanz, der über seiner Stirn aufragte.

Haywood grinste auf ihn herunter.

»Nichts zu machen«, sagte er. »Deine helle Haut ist so schön. Nicht mal Sommersprossen. Wie Elfenbein.«

»Und deine ist wie schimmerndes Ebenholz«, sagte Cody heiser vor Verlangen.

Cody öffnete einladend den Mund. Haywood zögerte einen Moment, dann hob er sich von den Hacken und schob den Leib über den von Cody. Der steife, lange Schwanz hing über Codys Gesicht, den Knoten am Ende nur verführerische Zentimeter über seinem Mund. Cody hob den Kopf und fing an, ihn zu schlucken, als im gleichen Augenblick Haywood anfing, an der Eichel von Codys steifem Schwengel zu schlabbern. Einmütig lutschten sie sich gegenseitig die Schwänze. Haywood ging mit den Lippen ganz bis in Codys Busch. Cody war nicht ganz dazu in der Lage, das gleiche mit Haywoods viel längerem und dickerem Schwanz zu machen, aber das spielte keine Rolle.

Haywood hob und senkte die Hüfte rhythmisch, so daß sein Schwanz bei Codys gieriger Kehle ein- und ausfuhr. Während noch sein Kopf über dem steifen Mast auf- und abhüpfte, rollte Haywood sich auf die Seite. Cody drehte sich um, und sie fuhren fort, sich hingebungsvoll zu blasen, ohne einen Takt auszusetzen.

Aus dem Kamin ertönte ein Knistern und dann ein leises Knacken, als der Holzstoß in sich zusammenstürzte. Haywood richtete sich auf und ließ Codys Schwanz aus dem Mund fallen, behielt ihn aber zärtlich in der Hand.

»Ich könnte noch Holz nachlegen, aber ich denke, es wäre besser, wenn wir ins Bett gehen.«

»Ja«, stimmte Cody zu. »Ich hab's bis jetzt nicht richtig gemerkt, aber auf dem Boden liegt sich's ein bißchen hart.«

Haywood stand auf, so daß seine dunkle Pracht über Cody aufragte, der sich abmühte, auch aufzustehen, dessen Muskeln aber nicht mitzumachen schienen.

Haywood beugte sich vor, um zu helfen, steckte seine starken Arme unter Codys hellen Leib und hob ihn hoch. Cody wurde in Haywoods Armen schlaff, als dieser ihn ins Schlafzimmer trug.

Haywood legte ihn aufs Bett, nachdem er die Tagesdecke zur Seite gezogen hatte, und Cody fand die Kraft, sich auf das Laken zu rollen. Haywood zog die Laken auf der anderen Seite herunter und legte sich neben Cody. Augenblicklich umarmten sie sich mit verschlungenen Beinen. Haywoods große Farmerhand schob sich über Codys Arschbacke in die Spalte. Sie bahnte sich ihren Weg, bis sie die zuckende Rosette erreichte und sich hineinbohrte. Der Schließmuskel spannte sich und zuckte um den eindringenden Finger, der sich jedoch nicht abwehren ließ.

Mit der anderen Hand rollte Haywood Cody auf den Bauch, und der dicke Finger stieß immer tiefer in den Arsch, der nur schwach Widerstand leistete.

Zu müde, um nicht reines Wachs in den Händen des hübschen Farmers zu sein, legte Cody den Kopf in die Kissen und ließ der Attacke freien Lauf. Als der Finger zurückgezogen wurde, zog sich das Arschloch zusammen, um ihn nicht loszulassen. Er war jedoch kaum draußen, als die heiße, dicke Eichel von Haywoods Schwanz seinen Platz einnahm.

Codys gieriges Loch leistete keine Gegenwehr, als der steife Hammer sich Stück für Stück tief in seine fiebernden Eingeweide bohrte. Schließlich spürte er, daß Haywoods dicke Eier gegen seinen Arsch klatschten, und wußte, daß der heiße Bolzen bis zum Anschlag in ihm steckte.

»Hast du ein Kondom übergezogen?« fragte Cody.

Haywood hatte seinen Schwengel sicher eingehüllt, als Cody das Gesicht in den Kissen vergraben hatte.

»Aber sicher«, sagte Haywood. »Nur die Ruhe. Mach dir um nichts Sorgen.«

Der Farmer fing an, Codys Arsch zu bearbeiten, als pflüge er einen Acker. Er stieß tief vor und zog ihn dann wieder zurück, um sich erneut hineinzurammen. Cody stieß immer wieder grunzende Laute aus, wenn der anscheinend immer noch weiter anschwellende Stößel in die tiefsten Tiefen seiner Eingeweide vordrang.

»Ich würd mich gern umdrehen«, sagte Cody schließlich. »Ich will sehen, wie du das dicke Ding in mich reinrammst.«

Haywood zog den Schwanz heraus, und Cody rollte sich

herum. Er fand die Kraft, die Beine in die Luft zu strecken, und Haywood ging mit seinem kondombeschirmten Schwanz in der zuckenden Mitte von Codys Arsch in Anschlag. Er warf sich nach vorn, und diesmal schien Codys Arschloch den ganzen langen Schaft in einem Stück zu schlucken.

Cody schaute seinen dunkelhäutigen Freund an und streckte die Hand aus, um mit den Fingern über die phantastischen braunen Brustwarzen zu streichen. Sie reagierten, indem sie sich versteiften und hervortraten. Codys Blicke glitten über all die Muskeln, die er beim Sandschaufeln so bewundert hatte, Muskeln, die sich unter der Anstrengung von Ficken, Herausziehen und Nachstoßen jetzt wellten. Er bemerkte, daß er Haywoods Rücken in dem großen Spiegel auf einer Kommode sehen konnte. Cody gefiel, wie sich die Hinterbacken eindellten, wenn Haywood zustieß und sich ausbeulten, wenn er zurückwich. Haywoods Körper war von hinten genau so schön wie von vorne.

Das einzige, was Cody bedauerte, war, daß Haywoods Schwanz unter dem Kondom blaß wirkte, wenn er ihn vor jedem neuen Stoß herauszog. Er wünschte sich, er wäre so schwarz wie Haywoods übriger Leib.

Hatte Cody zuvor vom Regen gefroren, so schienen seine Eingeweide durch die Reibung des riesigen Schwengels nun in Flammen zu stehen. Die Hitze schien sich in seinem eigenen Schwanz auszubreiten, der steif und zuckend über seinem Bauch aufragte. Cody griff nach unten und fing an, sich im Takt mit Haywoods Stößen zu wichsen.

An Haywoods Atemzügen, die zu einem immer kürzeren Luftschnappen wurden, erkannte Cody, daß der Höhepunkt kurz bevorstand.

»Oh, ja, ja«, fing Haywood an zu rufen, und Cody wichste schneller.

Haywoods Kopf flog zurück, sein Leib erbebte unwillkürlich, und er stieß einen ebenso unwillkürlichen Schrei aus, als seine Ladung durch seinen Schwanz ins Kondom schoß. Keine Sekunde darauf strömte Cody das eigene Sperma über die unbehaarte Brust.

»Ja, ja, ja«, stöhnte Cody im Chor mit Haywood.

Einen Augenblick lang hörten sie fast auf zu atmen, dann senkte sich Haywoods Körper zärtlich auf den von Cody. Cody schlang die Arme um ihn. In sich spürte er noch den großen Schwanz, der aber langsam weich wurde, und bald zog Haywood ihn heraus. Cody schaute nach unten und sah an seinem Ende das Kondom mit der schweren Ladung von Haywoods Sperma baumeln.

Nachdem sie ein paar Minuten umschlungen dagelegen hatten, was dem bis auf die Knochen erschöpften Cody wunderbar wohltat, stand Haywood auf. Er streifte sich das Kondom ab und ging ins Badezimmer.

Cody, der fast eingeschlafen wäre, stellte fest, daß Haywood mit Papiertüchern zurückgekommen war und ihm das Sperma von der Brust wischte. Er lächelte dankbar zu ihm auf.

Haywood entsorgte die Tücher, kam wieder ins Bett und zog die Bettdecken über sie beide. Sie umarmten sich so, daß sich ihre Brustwarzen und ihre inzwischen schlaffen Schwänze berührten.

»Wer hätte gedacht, daß ich für meine Arbeit am Damm so belohnt werde?« sagte Cody.

Haywood gab ihm einen Kuß. »Du meldest dich doch morgen wieder, oder?« fragte er augenzwinkernd.

»Ich kann's kaum erwarten«, sagte Cody und wurde vom Schlaf übermannt.

KREUZFAHRT

Es war wirklich zu idiotisch, dachte Derek. Da stand er nun, ein Passagier auf einem Kreuzfahrtschiff, das für eine schwule Kreuzfahrt gechartert worden war, mitten unter mehr als achthundert Männern und ignorierte die fast überschwengliche Bereitschaft von mindestens einem Viertel davon, um statt dessen einem Mitglied der heterosexuellen Stammbesatzung des Schiffs nachzuträumen.

Wie alt war er gewesen – achtzehn? – als er sich geschworen hatte, nie wieder seine Zeit und seine Zuneigung an einen Hetero zu vergeuden? Das war in dem Sommer gewesen, als er als Bademeister am See gearbeitet und sich in einen blonden Adonis ›verguckt‹ hatte, wie es so schön heißt, dessen Familie den Juli über eine Hütte am Seeufer gemietet hatte. Sehnsüchtig, ihm an die Badehose zu kommen, hatte er ihn drei Wochen lang sorgfältig beackert und anscheinend gerade Fortschritte gemacht, als das Objekt seiner Begierde Interesse für ein Mädchen entwickelte, dessen Familie den Sommer auf der anderen Seite des Sees verbrachte. Beim Anblick ihrer ständigen Zweisamkeit hatten alle reiferen Damen geschwärmt, was für ein bildschönes junges Paar sie abgäben; Derek hatte es zum Kotzen gefunden!

Und war er, mit zweiundzwanzig oder so, nicht außerdem zu dem Schluß gekommen, daß Liebesaffären mit jemandem, der nicht innerhalb des eigenen Postleitzahlenbereichs wohnte, mehr Ärger machten, als es wert war? Das war nach dem sehr teuren Hin-und-Her zu einem rothaarigen Collegestudenten aus dem Mittleren Westen gewesen, den er in den Semesterferien in Fort Lauderdale kennengelernt hatte – was mit einer Einladung zu Reds Hochzeit mit einer Getreidemühlenerbin geendet hatte.

Was sollte also der Quatsch mit dem Herzklopfen und dem Ständerkriegen, wann immer er Torvald Norberg auf Dienst sah, dessen knackiger, hochgewachsener Körper von der hervorragend sitzenden, weißen Offiziersuniform noch betont wurde? Nachforschungen bei der kärglichen schwulen Besatzung – um die die eigentliche Mannschaft für die Dauer von schwulen Charterreisen verstärkt wurde – hatten rasch zu der entmutigenden Erkenntnis geführt, daß Norberg nicht zur Familie gehörte und nicht ihre Neigungen teilte. Darüber hinaus wurde gemunkelt, er habe im Heimathafen eine Braut sitzen. Um Dereks Träumen den letzten Dämpfer zu versetzen, hieß es, dieser Hafen läge von dort gesehen, wo Derek lebte und arbeitete, am anderen Ende des Kontinents.

Die ›Willkommen-an-Bord-Party‹, die zu Beginn des ersten Abends auf See stattfand, war außerordentlich vielversprechend gewesen, wie Derek sich nun reumütig erinnerte. Die Planer der Kreuzfahrt, die die Geilheit ihrer Passagiere voll miteinbezogen, hatten von Anfang an ein sinnliches, sexuelles Ambiente geschaffen. Ihr höchst schräger Zeremonienmeister hatte erklärt, die Gäste sollten sich an den Gratiscocktails, die durch die Menge getragen wurden, bedienen, wobei die Strohhalme in den Drinks über den Status des Besitzers Auskunft gaben – ein grüner Strohhalm für diejenigen, die zu haben waren, ein gelber Strohhalm für diejenigen, die unter den richtigen Umständen zu haben waren, und ein roter Strohhalm für diejenigen, die von einem festen Lover begleitet wurden. Der Zeremonienmeister hatte Passagiere aus jeder Kategorie auf die Bühne geholt und kurz interviewt, um einen am Ende zu fragen: »Wie kommt es, daß du einen grünen Strohhalm hast und dein Lover einen roten?«

Der junge Mann hatte die Achseln gezuckt und gelächelt. »Wir haben eine gute Beziehung.«

Die Lounge hatte von Leuten gewimmelt, die Drinks mit grünen Strohhalmen in den Händen hielten, was grünes Licht für eine eindeutig schwindelerregende Menge von Männern gab, aus der man wählen konnte, mindestens zur Hälfte so hübsch wie auf den Fotos in der Kreuzfahrtbroschüre. Derek hatte diese als zynisch aufgemotzten Anmacher gehalten, aber das Leben übertraf die Werbung. Zu diesem Zeitpunkt hatte es ausgesehen, als könnte sich die Kreuzfahrtwoche mühelos mit einer römischen Orgie messen, und als ob Derek infolge Schlafmangels total erledigt und mit schmerzenden Eiern zurückkehren würde, weil er die Grenzen seiner Fähigkeit, endlose Ladungen abzuspritzen, ausgetestet haben würde. Er hatte da noch keine Ahnung gehabt, daß er sich so rasch auf eine einzige Person fixieren würde und auf eine, die in dem Ruf stand, unerreichbar zu sein, noch dazu!

Der selige Zustand, keine größeren Sorgen zu haben als die, welche sensationelle Kostümierung er sich für den großen Maskenball, der den Höhepunkt der Woche bildete, ausdenken sollte, hatte allerdings nicht länger als ein paar wenige Stunden gewährt. Später am gleichen Abend, nach der Willkommensparty und dem ersten Abendessen in dem entzückenden Speisesaal, war er Torvalds zum erstenmal ansichtig geworden. Nach einem nett servierten feinen Mahl begeistert und angetan von seinen Tischgenossen, die er frisch kennengelernt hatte – zwei Paaren und einem trotz allem entschlossen fröhlichen schwulen Witwer in Trauer – meldete sich Derek pflichtbewußt zu einer Rettungsübung. Dort befand sich, um alle, die sich an Meldepunkt B eingefunden hatten, zu belehren und zu ihrem Boot zu führen, Torvald Norberg, bei dessen Anblick Derek fassungslos der Kiefer herunterklappte. Selbst mitten unter so vielen Schönheiten schlug er alles.

Derek glaubte zuerst, die kleine Schwäche, die er beim Anblick von Norberg verspürte, könne trotz des kleinen medizinischen Pflasters, das er wie so viele an Bord hinter dem Ohr trug, Seekrankheit sein. Er hatte jedoch nicht lange gebraucht, um zu erkennen, daß sein Problem nicht Seekrankheit hieß, sondern Liebe auf den ersten Blick. Es sollte irgendwo auf dem Leib Pflaster geben, um Schwule davon abzuhalten, sich in unerreichbare Männer zu verknallen, dachte er, obwohl das für ihn seit Jahren kein Problem mehr gewesen war. Derek war von dem Abbild männlicher Schönheit vor sich zu benommen, um in die ausgelassene Fröhlichkeit derer auf Deck einzulassen, die sich aufreihten, um zu ihren jeweiligen Rettungsbooten geführt zu werden.

»Wenigstens müssen wir auf dieser Kreuzfahrt nicht darauf achten, zuerst die Frauen und Kinder in die Boote zu lassen.«

»Nein, hier steht jede Zicke für sich allein«, antwortete ein offen tuckiger Typ.

Norberg hatte bei einigen der bemüht witzigen Bemerkungen ein sehr gequältes Lächeln aufgesetzt, sich aber strikt abseits gehalten und sich einzig auf die Aufgabe konzentriert, die munteren Passagiere auf eine mögliche Katastrophe auf hoher See vorzubereiten.

»Diese Rettungsweste steht dir überhaupt nicht«, sagte ein Passagier zu einem andern.

»Calvin ist bisher noch nicht dazu gekommen, schicke

Rettungswesten zu entwerfen. Und wie, wenn ich fragen darf, hast du denn deine umgebunden?«

»Also, *entschuldige*, aber nicht alle von uns hier konnten schon beim Untergang der *Titanic* Erfahrungen sammeln wie du vermutlich.«

Norberg, der das gehört hatte, trat vor, löste die mangelhaft geschnürten Riemen der Weste und band sie für den nervösen Passagier ordentlich. Derek bereute zutiefst, daß er die seine gleich korrekt umgebunden hatte, obwohl er fürchtete, er wäre umgekippt, wenn der Offizier zu ihm gekommen wäre und ihm die Weste zugebunden hätte.

Derek ertappte sich dabei, daß er hoffte, Norberg würde merken, daß er nicht herumtuckte. Egal, was es ihm nützen würde, Derek bemühte sich, als ein Typ zu erscheinen, vor dem der Offizier nicht zurückweichen würde. Nichts ließ jedoch darauf schließen, daß Norberg ihn irgendwie bemerkt hatte, so eifrig war der junge Mann damit beschäftigt, seine beruflichen Pflichten zu erfüllen und sicherzugehen, daß all seine Schutzbefohlenen verstanden, wo sie sich einzufinden hatten und was zu tun war, falls das Schiff evakuiert werden müßte.

»Ach, wenn das Schiff untergeht und wir auf einer kleinen Insel stranden, dann schreibe ich ein Buch«, sagte einer. »Ich weiß auch schon den Titel. *Die schwule Familie Robinson*.«

Wie Glühwürmchen in einer Sommernacht leuchteten Blitzlichter auf, als viele Schnappschüsse von ihren von den Rettungswesten aufgedunsenen Mitreisenden machten. Derek hoffte, daß niemand bemerkte, daß seine Kamera nicht auf seine Kameraden in Rettungsboot sechs gerichtet war, sondern auf Torvald Norberg. Einer, der es bemerkte, war Norberg selbst, der rot wurde und sich, wenn das möglich war, noch förmlicher verhielt.

Steif ließ er sie sich in einer Reihe aufstellen und ihm an

die Bootsstation folgen. Derek wäre ihm bereitwilligst auch direkt über Bord in eine See voller Haie gefolgt.

Nachdem sie hintereinander unter ihrem Boot Aufstellung genommen hatten, wurden sie von Norberg ein letztesmal kurz überprüft und entlassen. Eilig verschwand der Offizier in die Eingeweide des Schiffs, und die Passagiere zerstreuten sich, um ihre Rettungswesten wieder in den Schränken ihrer Kabinen zu verstauen.

Am nächsten und übernächsten Tag hielt Derek vergebens Ausschau nach Norberg. Er mußte wohl irgendwo mit Papierkram beschäftigt sein, denn obwohl Derek in der Hoffnung, ihn zu treffen, von einer Aktivität zur anderen durch das Schiff streifte, waren die einzigen Bediensteten die, die von der Chartergesellschaft kamen. Ihr gutes Aussehen mußte weiß Gott eines der Kriterien für ihre Auswahl gewesen sein, aber ihre Schönheit wirkte nur noch schal, nun da ihm das Bild von Norberg nicht mehr aus dem Kopf ging.

Derek ging zu dem Aerobic-Kurs auf dem Achterdeck, weil er glaubte, ein gutgebauter Mann wie Norberg könne vielleicht der Trainer sein, aber nein ... die schweißtreibende Plackerei brachte ihn dem Mann seiner Träume nicht näher. Er ging zu den Einweisungen für die Landexkursionen, um möglicherweise zu erfahren, welche von Norberg geleitet werden würde. Keine, wie es schien. Derek besuchte sogar den Schnorchelkurs, weil er annahm, das sei vielleicht, nur vielleicht, ein Gebiet, auf dem Norberg ein As war. Während all dieser Aktivitäten traf er auf Leute, die gerne mit ihm geflirtet hätten, Männer, die er normalerweise höchst annehmbar gefunden hätte, wäre er nicht von dieser wilden Sehnsucht besessen gewesen, es mit Torvald und keinem Geringeren zu treiben.

Als Derek endlich alle Hoffnung, Norberg wiederzusehen, hatte fahren lassen und glaubte, er sei vielleicht auf dem letzten Landgang vom Schiff desertiert, tauchte der junge Mann wieder als einer der Diensthabenden bei den Bingospielen im großen Saal auf. Derek war bar jeder Hoffnung, Norberg zu sehen, hereingeschneit. Von einigen unglücklichen Nächten im Casino zermürbt, hatte er sich einfach gedacht, es sei spannender, die zehn Dollar für drei Bingokarten einzusetzen, als eine Rolle Vierteldollars in den gierigen Schlund eines Geldautomaten zu stopfen. Als er entdeckte, daß Norberg vorne im Saal die Karten an die Spieler verkaufte, war Derek zumute, als habe er bereits einen Preis gewonnen, bevor auch nur die erste Zahl ausgerufen worden war.

Es war ein heißer Tag in der Karibik, und anstelle der langen weißen Hose, die er beim Rettungsboottraining getragen hatte, war Norberg in Shorts. Seine Beine, entschied Derek, ein Kenner von Männerbeinen, waren jeden einzelnen Zentimeter so gut wie alle, die täglich in der Sonne brutzelten, wenngleich um einiges blasser und viel weniger behaart als so manche. Die hätte er jederzeit, wenn ihm danach war um Derek schlingen dürfen. Obwohl sie mit beiden Füßen fest auf dem Boden standen, konnte Derek nicht anders, als sie sich einladend in die Luft gestreckt vorzustellen. Derek nahm einen Platz genau vor dem Tisch ein, an dem Norberg den Gitterkäfig beaufsichtigte, aus dem, nach einigem Schütteln, die Nummern gezogen wurden. Er wollte die Teile von Norberg unter dem Tisch genau so ausgiebig in Augenschein nehmen wie die darüber.

»Hier kommt die erste Nummer des ersten Spiels«, rief der dunkelhaarige Offizier, der dem blonden Norberg assistierte, als die Reihe der Kartenkäufer schließlich zuende war. »Und denken Sie daran, der erste, der Nummern abdeckt, die ein T in beliebiger Richtung bilden, ruft laut und deutlich ›Bingo‹.«

»B-8«, rief Norberg mit einer tiefen, männlichen Stimme, die für Derek einfach noch das Tüpfelchen auf dem I war.

»B-8«, wiederholte der Dunkelhäutige. »Das erinnert mich an einen von Torvalds Lieblingssprüchen. Er sagt immer, er würde lieber B-8et als belacht.«

Norberg schaute ihn an, als der bemühte Scherz ungehört verhallte. Zu Füßen der beiden Offiziere breitete sich ein Meer der Gleichgültigkeit aus. Die meisten waren entweder damit beschäftigt, die Zahl auf ihren drei Karten zu suchen oder potentiell willigen Passagieren schöne Augen zu machen. Keiner, soweit Derek es sehen konnte, machte sich das Leben damit schwer, einen Gedanken an diese unerreichbaren Heteros zu verschwenden, wo doch überall so viele leichter zu habende Beutestücke herumliefen.

Obwohl Derek schon oft erlebt hatte, daß Bingospiele sich lange hinauszögerten, meldeten sich hier die Gewinner enttäuschend rasch, wo doch Derek sich gefreut hätte, wenn die Spiele sich ein wenig länger hingezogen hätten.

»Ich habe bemerkt«, verkündete Norberg nach den ersten drei Spielen, »daß einige von Ihnen applaudieren, wenn einer ihrer Mitreisenden gewinnt, und andere schlechte Verlierer sind. Beim nächsten Spiel können daher diejenigen, die sich mit dem Gewinner freuen, klatschen, während die übrigen ›Zicke!‹ rufen dürfen.«

Mein Gott, der hat ja auch noch Humor, dachte Derek von dieser Entdeckung entzückt.

Der Applaus, als die beachtliche Ausbeute des nächsten Gewinners verkündet wurde, war großzügig; die ›Zicke!‹-Schreie, die darauf folgten, brachten das Schiff fast zum Kentern. Bei jedem der folgenden Gewinner, und die kamen allzu rasch, wurden die ›Zicke!‹-Rufe lauter, wenngleich ihnen der Stachel durch Gelächter genommen wurde. Dann war es plötzlich für den Nachmittag vorbei, die Karten wurden an die Offiziere zurückgegeben, und Norberg, der blitzschnell verschwunden war, ließ wieder einen unglücklichen Derek zurück.

Er seufzte bekümmert auf und ging hinaus aufs Achterdeck, um zu versuchen, sich mit dem Anblick derer zu trösten, die unter ihm ihre sportstudiogestählten Körper an dem lächerlich kleinen Swimmingpool sonnten.

Derek bemerkte, daß das Wasser in dem fast menschenleeren Becken anfing, ziemlich dramatisch hin und her und über den Rand zu schwappen. Er stellte fest, daß der Boden unter seinen Füßen von Minute zu Minute unsicherer wurde. Sich an der Reling festhaltend, um sich abzustützen, fragte er sich, ob es wohl zu einem Sturm kommen würde, und kam zu dem Schluß, es wäre klüger, in die Kabine zu gehen und sich ein frisches Anti-Seekrankheitspflaster zu holen.

Das Schiff hatte inzwischen angefangen, eindeutig zu schwanken, und Derek machte sich stolpernd zur Tür zum Saal auf, durch den man zu der Treppe zu den Kabinen kam. An der Saaltür hing jedoch ein Schild: KEIN EINGANG.

»Die schließen ab, wenn die Animateure da drinnen für die Abendshow proben«, erklärte ein Mitreisender, als Derek verdutzt davor stehenblieb. »Man muß ein Deck nach oben oder nach unten, wenn man dran vorbei will.«

Unentschlossen, ob er den Weg nach droben oder nach drunten nehmen sollte, wurde Derek durch ein besonders starkes Schlingern des Schiffs zu sofortigem Handeln gedrängt. Er erklomm die Stufen zum oberen Deck und suchte, an die Reling geklammert, einen Umweg zu seiner Kabine. Auf dem Weg im Schatten der Rettungsboote wurde er von dem Schiff, das sich unter seinen Füßen aufzubäumen schien, immer wieder aus dem Gleichgewicht geworfen.

Urplötzlich wurde er auf die andere Seite des Korridors geschleudert und krachte gegen eine Tür. Er spürte, daß sie nachgab, und taumelte in eine Kabine, wo er auf den schwankenden Fußboden stürzte.

Ein wenig benommen setzte Derek sich auf und schüttelte den Kopf, um wieder zu sich zu kommen. Im Bad der Kabine rauschte die Dusche, und in der Koje lagen ein schneeweißer Slip und ein Athletikshirt. Die Kabinentür fing an, gegen die Wand zu schlagen, als das Schiff von Seite zu Seite schwankte. Das Geräusch strömenden Wassers verstummte, und aus dem Bad kam, um nachzusehen, ein splitternackter Torvald Norberg.

Auf dem Boden sitzend und das Gesicht genau in Unterleibshöhe seines Idols, sah Derek, daß es der junge Offizier mit den dicken Paketen und knackigen Hinterbacken, die normalerweise am Pool zu bewundern waren, aufnehmen konnte. Das warme Wasser und möglicherweise ein längeres Einseifen hatten Norbergs Schwanz in einen appetitlich angeschwollenen Zustand versetzt. Mit offenem Mund dasitzend, bewunderte Derek seine Größe und Schönheit. Norberg, dessen Aufmerksamkeit der in ihren Angeln quietschenden Tür galt, schien den Eindringling nicht zu bemerken. Er schloß und verriegelte die Tür, um den Lärm abzustellen, drehte sich um und bekam beim Anblick des auf dem Fußboden sitzenden Derek große Augen. Genau in diesem Moment schleuderte ihn ein Stoß des Schiffs direkt auf Derek. Als sein Schwanz unversehens in Dereks staunend geöffneten Mund landete, war nicht zu sagen, welcher der beiden Männer verblüffter war. Derek packte Norbergs herrliche Schenkel von hinten, um ihn zu stützen. Der Offizier wich zurück, aber wieder warf ihn das Schiff nach vorn, und erneut glitt der Schwanz tief in Dereks gierigen Mund.

»Aufhören! Ich bin kein...«, setzte Norberg an, aber sein Leib erschauerte lustvoll, und er brach mitten im Satz ab.

Derek gab den Schwanz frei und beugte sich vor, um die blondbehaarten Eier, die vor seinem Gesicht baumelten, zu küssen. Ob der Reaktion seines Schwanzes schrecklich verlegen, griff der junge Offizier nach seinem Slip auf dem Bett, verlor jedoch, als das Schiff kippte, erneut das Gleichgewicht und landete auf Derek. Derek war wie in Ekstase, Leib an Leib neben diesem herrlichen Wesen zu liegen und seine nackte Haut unter den Fingerspitzen zu spüren. Leidenschaftlich schlangen sich seine Arme um Norberg.

Norberg wuchtete sich auf die Knie. »Was haben Sie hier im Quartier der Besatzung zu suchen?« fragte er, nicht wirklich streng.

»Ich hab mich verirrt, als ich meine Kabine nicht finden konnte.«

»Sind Sie verletzt? Von Ihrem Sturz, meine ich«, fragte Norberg, erhob sich und streckte Derek eine Hand entgegen, um ihm aufzuhelfen. Statt dessen half ein Rollen des Schiffs Derek, Norberg wieder nach unten zu ziehen.

»Nein, und Sie?« fragte Derek während er mit den Händen, wie um nach Wunden zu suchen, über die glatten, runden Hinterbacken des Offiziers strich. Seine Finger drangen in die Spalte ein und lockten ein Keuchen aus Norberg hervor, als sie den Rand seines Arschlochs berührten.

»Ich steh nicht auf sowas«, protestierte Norberg.

»Dein Schwanz sagt was anderes«, grinste Derek dreckig.

Norberg wurde rot, als er sich Dereks Armen entwand und aufstand, denn sein Schwanz war inzwischen steif und zuckte.

»Das ist nur, weil ich – weil ich so lange auf See war. So lange ohne…«

»Erzähl mir bloß, daß dir das wirklich nicht gefällt«, sagte Derek und beugte sich nach vorn. Norberg versuchte, auszuweichen, aber Dereks Lippen schlossen sich um die Eichel des immer weiter anschwellenden Schwengels des Offiziers.

Norberg trat zurück, packte seinen Schwanz und entzog ihn den gerundeten Lippen. Derek züngelte nur nach Norbergs Eiern, tauchte ab und leckte über ihre Unterseite. Norberg schnappte nach Luft. Hilflos wich er an die Wand zurück.

»Es ist der Besatzung verboten«, keuchte er nach Atem ringend, »sich mit Passagieren einzulassen.«

»Mächte der Natur, die nicht unserem Einfluß unterliegen, haben uns zusammengeworfen – buchstäblich«, sagte Derek. Darauf schluckte er Norbergs Eier.

Norberg warf den Kopf zurück und erschlaffte. »Oh, tut das gut. Ich hätte nie gedacht, wie gut das tut.«

Derek lockerte den Griff um Norbergs Schwanz, und der Offizier ließ die Arme an den Seiten herabhängen, als er sich endgültig ergab. Derek leckte sich über den völlig steifen Schwanz bis zur riesigen Eichel nach oben.

»Ich hab plötzlich ganz weiche Knie«, sagte Torvald halb wimmernd.

»Wieso legen wir uns nicht in die Koje?« schlug Derek lüstern vor, während er anfing, sich die Kleider herunterzureißen und sie auf den Boden zu werfen.

»Nein, nein«, sagte Norberg. »Ich glaube, Sie sollten gehen.« Er drehte sich um, um die Kabinentür zu öffnen, aber Derek drängte sich von hinten an ihn heran, schob die Hose hinunter und steckte seinen steifen Schwengel in die Spalte von Norbergs Arsch, während er ihn mit den Armen umfaßte und mit den Fingerspitzen zärtlich über alle erogenen Zonen fuhr, die er sich denken konnte.

»Das willst du doch nicht wirklich, oder?« flüsterte er und steckte Norberg die Zunge ins Ohr.

Norberg atmete heftig, aber endlich sagte er leise: »Nein, ich glaube, nicht wirklich.«

»Na, dann leg dich hin, bevor wir vom Schwanken des Schiffs wieder umfallen.«

Zärtlich zog Derek Norberg, der inzwischen nur noch wenig Widerstand leistete, rückwärts auf die Koje zu.

»Das verstößt strikt gegen die Bestimmungen«, sagte Torvald leise, als er geschwächt auf der Koje zusammenbrach und Derek ihm die restlichen Kleidungsstücke auszog. Als Derek sich jedoch neben ihn legte, war er nur noch Wachs in dessen erfahrenen Händen.

Derek küßte ihn auf den Hals und arbeitete sich dann nach unten zu den Brustwarzen, die sich ihm steif entgegenreckten, als er sie mit der Zunge berührte. Derek ging tiefer und küßte Torvalds Schenkel, worauf der Offizier die Beine ein Stück weiter spreizte. Wieder nach oben rutschend, leckte Derek an der Unterseite der Eier, die eine besonders empfindsame Stelle zu sein schien. Als Norberg sich wand und vor Lust aufstöhnte, nahm Derek seine Chance wahr.

»Oh, ja, ja ja!« keuchte Norberg. Er streckte die Hand aus und streichelte Derek über die Haare. Seine Beine spreizten sich noch weiter und boten den gesamten Unterleib zu Dereks und seiner Lust dar.

Derek leckte am Schwanz aufwärts und stellte fest, daß die Spitze von Lusttropfen feucht und die ganze steife Rute zu allem bereit war. Er ging wieder nach oben, um den widerstrebenden Leib fest zu umarmen. Zu seiner gelinden Überraschung erwiderte Norberg die Umarmung leidenschaftlich. Dann drehte er sich Ständer zu Ständer Derek entgegen.

»Fick mich«, zischte Derek in Torvalds Ohr. Norberg fuhr schockiert zurück, und Derek streckte provokativ die Beine in die Luft.

Norberg starrte das offen dargebotene Arschloch ein paar Sekunden lang an, während Derek es verführerisch zucken ließ.

»In meiner Hosentasche sind Kondome«, sagte er leise.

Norberg zögerte nur kurz, dann stand er auf und forschte

in Dereks Taschen nach. Als er eine Packung fand, riß er sie auf.

»Laß es mich dir überziehen«, bat Derek, worauf Norberg es ihm stumm reichte.

Langsam und verführerisch rollte Derek das Kondom weit über den langen Schaft hinunter, bis der Gummiring in Norbergs Schamhaaren saß. Der Schwanz zuckte unter Dereks behutsamer Berührung.

Norberg ging zwischen Dereks hochgereckten Beinen auf die Knie und drang vor. In Erwartung des Schmerzes, den ihm das bevorstehende Eindringen bereiten würde, spannte Derek den Arsch an, aber sein ganzer Leib war aufnahmebereit.

Etwas zögerlich, was seine Behauptung bestätigte, solche Sachen würde er normalerweise nicht machen, drang Torvald in Dereks Körper ein, der vor Begierde nach jedem Zentimeter dieses tollen Schwengels fieberte.

Sobald er sich jedoch ganz hineingebohrt hatte, erwies sich der blonde Adonis als überaus gelehrig. Gemessen an seinem anfänglichen Zögern, stieß er voller Entschlossenheit zu, so daß seine Eier bei jedem Stoß an Dereks Hintern klatschten. Die See schien sich beruhigt zu haben, stellte Derek mit einem Mal fest, aber Torwald fickte so stürmisch los, daß das Bett ebenso schwankte wie zuvor das Schiff.

»Ja, gib mir jeden Zentimeter«, flüsterte Derek ihm zu. »Aber mach langsam. Es ist toll.«

Norberg mußte einverstanden sein, denn obwohl er nichts sagte, wurde er zuweilen langsamer, wenn er spürte, daß er gleich abspritzen würde, um dann allmählich wieder auf volle Kraft voraus zu gehen. Schließlich jedoch verlor er die Beherrschung und erreichte den Punkt, an dem es keine Umkehr mehr gab. Sein Körper fing an, zu zittern, und sein Atem kam in Stößen, bis er endlich seine Ladung mit einem leisen

Schrei abschoß. Es gab ein Nachbeben, dann brach Norberg zusammen, Derek senkte die Beine, und umarmt ließen sich beide schlaff zurücksinken.

»Weißt du jetzt, was du verpaßt hast?« fragte Derek leise.

»Ich will nicht darüber reden«, antwortete Torvald.

»Ich schon okay.«

»Und verrat's ja keinem. Das könnte mich den Job kosten.«

»Ich werd den Mund nicht aufmachen. Na, jedenfalls nicht, um's zu erzählen. Wenn du allerdings irgendwann mal wieder Dampf ablassen willst, brauchst du nur zu fragen.«

»Ich steh nicht auf so Sachen«, beharrte Norberg, möglicherweise aus Gewohnheit.

»Süßer, du mußt aufhören, das zu sagen. Wenigstens mir gegenüber. Ich weiß es nämlich jetzt besser, oder nicht?«